1982 年作者与平阳县文联第一届委员们合影

2007 年作者在温州参加恩师张鹏翼先生书法作品展

2001 年作者在江西滕王阁前留影

1988 年作者与时任复旦大学校长苏步青教授在一起

1946 年参加平阳县立中学欢迎王启伟县长暨欢送第十届毕业生合影

1986 年作者与夫人黄丽容女士在武汉首义孙中山塑像前合影

作者七十年代与恩师、书法家张鹏翼先生在一起

一九八零年与中共中央宣传部工作人员合影

2001 年作者携夫人和朋友拜访时任杭州灵隐寺方丈木鱼大法师

鄭立于文集

谢雲题

西湖楹联

第六卷

郑立于 著

浙江工商大学出版社
ZHEJIANG GONGSHANG UNIVERSITY PRESS

图书在版编目(CIP)数据

郑立于文集. 第六卷，西湖楹联 / 郑立于著. — 杭州 ：浙江工商大学出版社，2016.9

ISBN 978-7-5178-1696-6

Ⅰ. ①郑… Ⅱ. ①郑… Ⅲ. ①郑立于—文集②对联—作品集—中国—当代 Ⅳ. ①I217.2

中国版本图书馆 CIP 数据核字(2016)第 149055 号

郑立于文集

——第六卷　西湖楹联

郑立于 著

责任编辑　罗丁瑞
封面设计　叶　斌　林朦朦
责任印制　包建辉
出版发行　浙江工商大学出版社
(杭州市教工路 198 号　邮政编码 310012)
(E-mail:zjgsupress@163.com)
(网址:http://www.zjgsupress.com)
电话:0571-88904980,88831806(传真)
排　　版　杭州朝曦图文设计有限公司
印　　刷　虎彩印艺股份有限公司
开　　本　710mm×1000mm　1/16
印　　张　153.25
字　　数　2725.2 千
版 印 次　2016 年 9 月第 1 版　2016 年 9 月第 1 次印刷
书　　号　ISBN 978-7-5178-1696-6
总 定 价　350.00 元(共 8 册)

浙江工商大学出版社营销部邮购电话　0571-88904970

目　录
CONTENTS

第一编　湖中三岛

第二编　北　山　路

第三编　南　山　路

第四编　苏堤　杨公堤

第五编　孤山路

第六编　湖滨　断桥

第七编　灵隐　三天竺

第八编　虎跑　满觉陇　南高峰　三台山

第九编　玉泉　灵峰　黄龙洞　西溪

第十编　万松岭　凤凰山　玉皇山

第十一编　之江路　九溪　云栖

第十二编　龙井　南天竺

第十三编　吴山　河坊街

第十四编　杭州城区

第十五编　余　　杭

第十六编　萧　　山

第一编

湖中三岛

三潭印月

又称“小瀛洲”。以“湖中有岛，岛中有湖”著称。此处横额颇多，有“湖山一碧”、“月白风清”、“天水合璧”（张光书）、“竹径通幽”（康有为书）等。

天赐湖上名园，绿野初开，十亩荷花三径竹
人在瀛洲仙境，红尘不到，四围潭水一房山

——程云俶撰　黄倬书题静凉轩　沙孟海补书

大地少闲人，谁能作风月嘉宾，湖山贤主
六桥多胜迹，我爱此荷花世界，鸥鸟家乡

——彭玉麟题　周而复补书

夕阳晚映青山郭
罗绮晴娇绿水洲

——陶望龄题

两岸凉生菰叶雨
一亭香透藕花风

——退省老人题亭亭亭

客中客入画中画
楼外楼看山外山

——谢光行撰

山光静对烟波际
塔影清涵水月间

——程之甫撰题我心相印亭　周而复补书

御碑亭

波上平临三塔影
湖中倒浸一轮秋

——许盛题

明月自来去

空潭无古今

——王成瑞题　唐云补书

岛中有岛，湖外有湖，通以卅折画桥，食莼菜香，如此园林，四洲游遍未尝见
霸业销烟，禅心止水，阅尽千年陈迹，饮山水绿，坐忘人世，万方同慨更何之

——康有为题　萧娴补书

（删原联“览沿堤老柳荷花”和“当朝晖暮霭，春煦秋阴”共 18 字）

开网亭

一檐虚待山光补
片席平分潭影清

——罗椠题　主遽常补书

四壁藕花，香风入座
三间水榭，明月满湖

——高鹏年题　颐骧补书

横琴远思观山海
得句清音叩环

——黄倬题

放生池

鸥泛岸间隐
游鱼叶底多

——庆瑞题

三潭漾空碧
一舟摇月明

——卓发题

天地一网罟，欲度众生谤解脱
飞潜皆性命，但存此念即菩提

——张岱题

放鱼人去谁知乐
选佛场空各意消

——金志章题

茹素亦茹荤，凭我山芜野味
不杀亦不放，任他海阔天高

——西湖渔隐主人题

卍字亭

荷风送香气
潭影空人心

——石祖芬集句

贪看湖山来作客
不知风月属何人

——马敦仁题

笠屐清风怀昨日
湖山宦迹已三年

——黄倬题

方　亭

四面荷花三面柳
一城山色半城湖

——陈承望撰　朱春城书

三面湖光，四围山色
一帘松翠，十里荷香

——张沤卿题

亭与湖心相掩映
月从波面鉴空明

——许盛题　董正贺补书

潭月澄心印
湖光豁性灵

——秦号生撰　刘江朴书

青山如髻坊

来往游人，须知爱惜花柳
春秋佳日，切莫辜负湖山

——退省老人旧句　费新我补书

迎翠轩

乐事与人同，坐来水面层轩，鱼跃鸢飞观道妙
胜情因地远，悟澈印潭秋月，天光云影豁诗心

——龚嘉儁题

槛外群松迎万壑
帘前一月印千潭

——德馨题

碧水乍开新镜面
青山都是好屏风

——延俊题

笑隔荷花共人语
坐看孤月到天心

——唐树森题

画图胜景待君开，对平湖烟月，旧地重经，最难忘柳叶听莺，梅边放鹤
潭水多情留客住，趁佳日春秋，及时行乐，休认作鸣驺入谷，张盖游山

——孙家谷题

地拓数弓，却喜冠簪常过从
影开三面，每于水月鉴清华

——邹元培题

舸舰重来，问月三潭怀退叟
骊驹旋唱，看云五岭笑劳人

——谢光绮原题退省庵　谢冰岩朴书

最喜荷花环佛界
每量湖水问渔人

——黄倬题

地经烽火，喜劫余皓月犹新，依然曲港游鱼，添来翠槛红栏、樽开北海
境隔尘寰，爱日久深潭如旧，最好半湖夕照，映遍岚光塔影、钟动南屏

——文桂题

潭水洗征尘，适从海上归来，又领取瀛洲胜景
庭轩邻退省，偶到湖边话叙，更心钦彭泽高风

——恽祖贻题

胜地拓层楹，却招延三面湖光，四围山色

清游移短棹，尽消受一帘松翠，十里荷香

——张沄卿

空潭成对影
明月悟前身

——钱文选题

宛在水中央，近依蒋径彭庵，到此结邻宜买万
空明天上下，照澈寒潭皓月，偶来对影却成三

——张卿书

一丛竹，十亩莲，草木亦成清品
两高峰，三潭水，湖山具有道心

——黄书霖题

楼外水色山光，无非性理
眼前鸢飞鱼跃，尽是天机

——钱士青

静凉轩

碧玉栏边，正酒熟香温，隔墙忽逗初三月
绿荷丛里，有珠帘画舫，携客来尝六一泉

——李瀚章题

且倒金樽永今夕
岂知明月解分身

——陈嘉韩书

半塔斜阳颓老衲
一池残叶战秋声

——金安清书

门外湖光十里碧
坐中山色四周青

——杨昌浚题

退省庵(彭玉麟祠)

旧时三潭印月，有精舍数楹之迎翠轩，其后则彭玉麟之退省庵在焉。彭生前常于巡阅长江之隙来杭钓游，并筑别舍为退休归省居所。光绪十四年(1888)彭去世，清廷赐谥“刚直”，并诏改退省庵为彭公祠。因彭庵有阁名小瀛洲，自此，三

潭印月岛又名小瀛洲矣。

尽此一寸心，与点缀湖光山色
收拾数间屋，尽勾留墨客骚人
浮生若梦谁非寄
到处能安即是家

枫叶芦花秋瑟瑟
闲云潭水日悠悠

四面湖山数间屋
一楼风月半龛诗

退食有余闲，当载酒人来，莫辜负万顷波光、四围山色
临流无俗虑，看采莲船去，只听得一声渔唱、几杵钟声

——以上彭玉麟自题

四面山光照
三潭水影清

——谢光引题

记故乡亦有仙潭，看一样湖光，添得石桥长九曲
至此地宜邀明月，问谁家秋思，吹残玉笛到三更

——俞樾撰　沈阑昆书（以上题小瀛洲牌坊）

孤屿春回，许与梅花为伍
寒潭秋净，邀来月影成三

小筑地无多，隔年驻节来游，想见江湖思魏阙
师恩春似海，容我举杯问字，敢夸桃李属公门

——以上徐琪题

为政有余闲，不废登山临水
与人可同乐，无非明月清风

——秦湘业题

湖上好骑驴，结屋数椽，销熔百战雄心，纵木石与居，罔非一寄
亭前曾放鹤，画梅万本，追索千秋冷趣，极云山之胜，占断三潭

——廖纶养题

奇杰负龙韬，克俭克明，恍如月印三潭、风清两袖
英声隆虎帐，是儒是将，不愧功高南岳、名并西湖

——卢维铨书

圣恩赐西湖一曲
人望若北斗七星

——佚　名

铁石心肠老益壮
诗禅画理退自娱
别具胸襟，是明月前生，梅花知已
偶来爪印，为青山有约，湖水寻盟

——以上两联长善题

佳处便为家，是邵子行窝，谢公别墅
成功聊小憩，占圣湖千顷，明月三潭

——俞樾题

南岳云兴，出为霖雨
大江波静，退领湖山

——程云书题

花草野庭开，居士心闲来放鹤
湖山行处好，圣朝恩重莫骑驴

——王闿运题（以上题退省庵）

帝命重巡江，五千里浪静波平，更播威名到南海
臣心如止水，十二桥月明风淡，长留灏气在西湖

——唐树森题

南岳西泠，大地茅庐两个
吴头楚尾，中流砥柱一人

——高鹏年题

理棹访精庐，秋水白篱，伊人宛在
倚梅寻旧约，青山红豆，到处相思

——徐树铭题

风澹芰荷香，宾客满堂尽豪杰
月照梅花影，宗臣遗像肃清高

——潭汝玉集句并书

天语极哀荣，无欲则刚，直节真堪并南岳

帝恩容退省，有功斯祀，专祠长许傍西湖

——卞宝第题

同侪只几辈仅存，那堪雾暗星沉，南岳又惊奇士殒

隔水问湘潭小住.际此风和日暖，西湖应盼主人归

——陈隽丞题

谁识梦魂萦北阙

只知汤沐是西湖

——许方藻句　吴松年书

识公于琅邪，遇公于洞庭，昨年棨戟遥临，复瞻对大贤，闲放台前闻说论

为官而节钺，辞官而江湖，历岁驰驱尽瘁，忽惊传遗疏，饰终礼下妥英灵

——叶赫松骏题

当年文酒追陪、花木池台，曾见我公亲手定

此日湖山供养、馨香俎豆，可知旧地去思多

——徐琪题

为国家三朝柱石，天子失元辅，将士失主帅，濒江万里失长城，俎豆荐馨香，至今堤畔闲游，多少讴吟怀细柳

奠东南半壁河山，伟绩似鄂王，高隐似和靖，灏气孤行似武肃，巴辞留彩笔，此日崇祠并峙，那堪问讯到秋风

——唐赞衮题

于要官要钱要命中，斩断葛藤，千秋试问几人比

从文正文襄文忠后，开先壁垒，三老相逢一笑云

——黄体芳题

豪杰偶留仙佛迹

江湖常系庙廊忧

——谭钟麟题

万里扫妖氛，收还三竺六桥，龙虎韬钤初试手

千秋隆庙祀，对此湖光山色，鸢鱼飞跃亦衔恩

——李光久题

圣未见刚，应在门墙高第列

道能容直，恰逢朝野中兴年

——赵藩题

自投笔从戎于新宁，歼小丑于全州，御悍寇湘潭纵火，更焚烧贼舰成灰。由是追风逐电，锐厉无前，勷曾文正创立船师，步步进攻，而湘而鄂而皖，东防歙婺、

以屏浙水，西顾湓浔、以蔽漳江。迨至军务底平，兵符暂卸，依然轴轳整顿，不懈操防，周历五行省，勤劳四十年，又躬擐犀甲，远戾虎门。朝中重其硕望，海外怖其威名，今古一奇人，廊庙山林俱不朽

溯巡江驻节在焦山，营杰阁在石钟，筑层楼杭郡消闲，又请建湖庵养病。于焉柳往雪来，寒暑屡易，与岳武穆精忠祠宇，遥遥相对，若左若蒋若刘，生前栉沐、同尝风雨，死后俎豆、同享馨香。论夫壮怀磊落，细行谨严，卓尔翰墨流传，亦推积健，画梅数千幅，赋诗数万言，奈未届八旬，遽归三岛。夕照黯乎雷峰，朝暾迷乎葛岭，乾坤此浩气，忠肝义胆总长存

——楚湘同乡公献

公威慑华夷，提劲旅下泂，百粤腾欢，以忠义感人心耳！溯大角高台、身临前敌，中流砥柱、力控上游。喜斯时沧海波澄，承平有庆，而南方卑湿地，与士卒同尝艰苦。老臣期尽瘁，顿教痼痰入膏肓，徒使楚庭耆旧，蛮岛黔黎，仰飒爽旌旗。忆指挥羽扇，眷言庐字，我亦苍生涕泣述丰功，岘首难忘羊太傅

帝恩旷今古，畀名邦作汤沐，一龛退省，况俎豆从民望乎！对双峰耸翠、岸帻当风，三塔明漪、尘襟浣月。幸历岁长江天堑，刁斗无声，且西湖云水乡，料精魂犹或往来。列帅本同袍，应共寒芒照箕尾，愿偕越国搢绅，钱塘部曲，访衡湘轶事。谭皖鄂戎勋，肃拜崇祠，荐倾白醴趋跄成矩典，壶头永奠马将军

——许应山题

伟哉！斯真河岳精灵乎！自壮岁请缨投笔，佐曾文正创建师船，青幡一片，直下长江，向贼巢夺转小孤山去。东防歙婺，西障湓浔，日日争命于锋镝丛中，百战功高，仍是秀才本色。外授疆臣辞，内授廷臣又辞，强林泉猿鹤，作霄汉夔龙。尚书剑履，回翔上接星辰，少保旌旗，飞舞远临海澨，虎门开绝壁，巉崖突兀，力扼重洋。千载后过大角炮台，寻求故迹，见者犹肃然动容，谓规模宏阔，布置谨严，中国诚知有人在

悲夫！今已旂常俎豆矣！忆畴昔倾盖班荆，借阮太傅留遗讲舍，明镜三潭，劝营别墅，从珂里移将退省庵来。南访云栖，北游花坞，岁岁追陪到烟霞深处，两翁契合，遂联儿辈姻缘。吾家童孙幼，君家女孙亦幼，对秾华桃李，感暮景桑榆。粤峤初还，举步已怜蹩躠，吴阊七至，发言益觉，鸳水遇归桡，俄顷流连，便成永诀。数日前于右台仙馆，传报噩音，闻之为潸焉出涕，念酒座尚温，琴歌顿杳，老夫何忍拜公祠

——俞樾题（以上题彭公祠）

浙江先贤祠

民国元年(1912)2月,浙江都督蒋尊簋令改彭公(玉麟)祠为“浙江先贤祠”,祀黄宗羲、吕留良、齐周华和杭世骏四人,抗战前已圮。

古义士誓不与仇共天,乃有今日
乡先生设而可祀于社,其在斯人

——钱时贡题

三杰唱民权,日月更新,革命导源留种子
一龛崇祀典,湖山洗净,复仇报享慰先臣

——杨学洛题

湖心亭

初名振鹭亭，原为以浚湖葑泥堆砌之小岛，明嘉靖十三年(1534)明知府事孙孟扩而大之，并在岛上筑亭，后屡废屡建，现建筑皆20世纪80年代重鑫。有额“太虚一点”(徐廷裸题)、“天然图画”(李苦禅题)、“清喜阁”“振鹭亭”(松风楼主顾宏书)。清喜阁左侧有一上镌“虫二”二字的石碑，乃寓“风月无边”之意。

一片清光浮水国
十分明月到湖心

——陈小豪撰　谢孝思补书

亭立湖心，俨西子裁扁舟，雅称雨奇晴好
席开水面，恍东坡游赤壁，偏宜月白风清

——郑烨题　俞振飞补书

离世独立
在水中央

——陈小豪撰　吴进贤书

春水绿浮珠一颗
夕阳红湿地三弓

——金安清题　钱太和补书

山横三面碧
湖绕四围青

——石鸿钧题山映檐走廊　叶作楷补书

疑是玉人临镜坐
恍从银汉泛槎来

——聂心汤题水摇槛碧轩　钱会一补书

波涌湖光远
山催水色深

——康熙题

新水影摇双槛碧

旧山光映四围青

——杨昌浚题

偶一长啸众山响
白双老眼万古空

——正岩题

千顷波光帘外雨
一篙春水镜中天

——沈绍姬题

直愁银汉浮身去
惟见金波着地圆

——阮元题

九面烟鬟杨柳外
四围山色雨晴中

——胡思义题

中央宛在
一半勾留

——蒋芗泉题

酌酒花应醉
弹琴鹤与听

——吴二庶书

可怜萧鼓震湖心，痛杀来，还仗西施自捧
不怪楼船空水面，散尽处，只留苏子同居

——李渔题

四面春风风四面
平湖秋月月平湖

——佚　名

四面轩窗宜小坐
一湖风月此平分

——聂心汤题　俞樾补书

一碧浸孤亭，看参差烟柳楼台，绕岸几人沽酒去
明漪比西子，有多少青红儿女，停桡都学捧心来

——胡思义题

一抹斜阳，半堤芳草

几堆竹素，二顷荷花

——佚　名

亭立湖心收万象
风来水面集群流

——朱月樵题

如月当空，偶以微云点河汉
在人为目，且将秋水翦瞳神

——张岱题

四季笙歌，尚有穷民悲夜月
六桥花柳，浑无隙地种桑麻

——胡来潮题

万井桑麻中，点缀六桥烟柳
一城灯光下，辉映十里湖天

——骆成骧题

台榭漫芳塘，柳浪莲房，曲曲层层皆入画
烟霞笼别墅，莺歌蛙鼓，晴晴雨雨总宜人

——郑烨题

湖上清风明月
心头莼菜鲈鱼

——陈小豪撰

双峰云起，古寺钟声，试把酒临流，恰对着曲院风荷、六桥烟柳
三面山环，一亭水绕，倘倚栏凭吊，犹想见旧时帝子、何处人家

——陈觉是题

纤云绝点太清里
片月忽来沧海东

——正岩题

疏钟度水寺边寺
野艇系林湖外湖

——张宣题

三塔已沉青草没
两峰相对黛烟浮

——方九叙题

阮公墩

清嘉庆五年(1800),阮元抚浙,堆浚湖之土成墩,故名。1984年建仿古游乐园,有“环碧小筑”(刘江书)、“忆芸亭”(朱关田书)以及“云水居”(沈定庵书,刘辉乙跋)。

胜地重新,在红藕花中,绿杨阴里

清游自昔,看长天一色,朗月当空

——阮元题平湖秋月　蒋北耿补书

西湖游船

画中游

20 世纪 80 年代，西湖恢复之第一艘游船，形仿南京太平天国天王府石舫。沙孟海题额。

波中画舫樽中酒
堤上行人岸上山

——佚　名

兰　桡

这是当今西湖内最大之豪华游船，船名来自宋代御舟名。郭仲选题额。

彩舫笙箫吹落日
画楼灯烛映残霞

——王安石句　姜东舒书

问花舫

双桨来时，有人似桃根桃叶
画船归去，余情付湖水湖烟

——何绍基集宋词句

试看他春如醉，秋如醒，合四时间变幻景光，尽消凝睛姿雨态、夕霭朝晖，雪映霞酣、星初月午。安排着诗酒琴歌，话南渡当年，过去漫牵无限感

恰好这山为迎，水为送，买一篷儿拓开怀抱，遍探寻邃馆岑台、回楼古刹，名泉秀石、宠柳妍花。狎玩些烟波鱼鸟，算西湖此日，到来俱是有情人

——熊香海题

吟　舫

载酒来游，助画意诗情，歌声笛韵

引人入胜，在瑚光山色，鸟语花香

——郭沛霖题

读书船

亭亭古树流疏日
漾漾轻凫泛碧烟

——佚　名

高风还忆浮海槛
短烛长吟理旧毡

——顾若璞题

狎鸥行槛

湖光才受三分雨
山影全拖一片青

——闵廉风题

摇碧斋

云深不见孤山寺
风急难寻碧斋

——李伯纪题

小浮梅俞

曲园门下为乃师营建俞楼后，又造一小舫，先生欣而题之日“小浮梅俞”，因俞字乃舟也。

小槛拓浮梅，任先生花外垂纶、柳边载酒
明湖容泛宅，愿同人春堤门鸭、秋渚盟鸥

——徐琪题

总宜船

依然水枕风船，重向烟波寻旧梦
何必淡妆浓抹，一空色相见天真

——佚　名

浮梅槛

指烟霞以问乡
窥林屿而放泊

——黄贞父题

山川朋友文章：三乐
烟雨风月晴雪：六宜

——黎遂球越

湍回急流上
缆锦杂华浮

——黄汝亨题

不系园

翠壁丹崖天宿构
黄鹂绿树水平分

——陈仲醇题

从此四围山色在
依然三径水中开

——朱子暇题

云　航

三十里光景无边，开口问西湖，可能都变作樽中绿酒
七百年风流未歇，从头数南渡，几曾见销尽锅里黄金

——沈文忠撰　江小云书

水上舞台
云霞生异彩
山水有清音

——佚　名

第二编

北山路

宝石山

保俶塔

在宝石山顶，由吴越大臣吴延爽所建。原名宝石塔或宝所塔，建隆元年(963)钱弘俶因赴宋纳土，改名应天塔，宋延平间僧永保重修。尔后，屡毁屡建。

雷峰如老衲
宝石似美人

——佚名题闻子将句

保淑塔，塔顶尖，尖如笔，笔写五湖四海
锦带桥，桥洞圆，圆似镜，镜照万国九洲

——佚　名

三面云林，六朝烟柳
一池清水，十里湖山

——吴寅题

(1933年重修保散塔时，有一密封的箱子藏在塔顶，内贮修塔主持者吴寅撰写的楹联，直到20世纪90年代再修时发现。)

关岳昭忠祠牌坊

在宝石山东麓坚匏别墅北门附近，祀关羽与岳飞，民国15年(1926)建造。坊有四柱，阴阳两面锈刻两副同样的联，今仅识全其一。

祀典重春秋，湖山千古
威名齐汉宋，日月同光

——佚　名

天然图画阁

南北峰高遥见寺
东西湖断只通桥

——杜庠题

大佛寺

寺在宝石山南麓。相传秦始皇东游人海，缆舟于此石上。宋人镌为半身佛像，构殿覆之，名大石佛院。今寺宇已为民居而巨石仍在。

天生佛石苔攒髻
洞有神猿臂挂松

——佚　名

大肚能容，包含色相
开口便笑，指示迷途

——佚　名

沁雪贮寒泉，一片清虚，照澈大千世界
开山成宝相，十分圆满，想见丈六金身

——方思道题沁雪泉

石开黄叶径
湖展白鸥天

——李日华题倚醉阁

葛 岭

在宝石山西侧。"葛岭"二字为郑熙题写,"黄庭内景"四字由杨学洛题写。传说晋代道士葛洪栖此炼丹,故名。

初阳台由此上达
抱朴庐亦可旁通

——陈尚礼撰　周天鹏书

点缀名山,有勾漏丹砂着色
登临绝顶,看扶桑旭日来朝

——王家治题

苏堤飞絮无多柳
洛社工诗有几人

——马臻题

竹枝苍风湿
石藓紫云堆

——吾衍题

桃花流水之曲
绿荫芳草之间

——佚　名

神仙事业三生诀
襟带江湖一望中

——翁绶琪题

(以上题流丹阁,又名葛岭路亭,在进葛岭登山游步道上,重檐攒尖顶砖木结构。)

蓝桥咫尺神仙路
丹诀流传道士家

——杨学洛题

孤隐对邀林处士

半闲坐论宋平章

——来裕恂撰　高邕之书

江痕斜界东西浙
山色都收里外湖

——柯怡陶题

明月倒涵鱼港棹
晓霜背听凤林钟

——来裕恂撰　何维朴书

有几两阮公当著
作一半白傅勾留

——朱锡荣题

（以上题宝灿亭。亭座落于登山游步道转折处，四角攒尖顶，木屋架四条方石柱。始建于民国4年(1915)。）

父母者有形之天地也
天地者无形之父母也

——周肯堂撰　寿鹤庆书

南宋至于今，流水空山，四壁但闻虫太息
西湖浑似泪，清泉白石，一亭引得鹤归来

——佚　名

（以上题枕漱亭。亭在抱朴道院西侧，崖壁上镌有一米见方大字“枕漱亭”，署“新昌张载阳书”。）

初阳台

在葛岭之巅，巨碑七“初阳台”三字由诸乐三题。

晓日初升，荡开山色湖光，试登绝顶
仙人何处，剩有石台丹井，来结闲缘

——佚　名

跨鹤登临，看日出扶桑，潮来龛赭
扪云顾盼，正天心月上，水面风来

——佚　名

黄源旧居

位于葛岭半腰一侧，近年修复。

文传四海铁军志
笔播千秋鲁迅魂

——萧锋书

洪皓祠

洪皓，系南宋爱国官员，死后谥忠宣。

身窜冷山，万死竟回苏武节
魂依葛岭，千秋长傍鄂王坟

——李卫题

半闲堂

系南宋理宗皇帝赐给大奸臣贾似道私宅，面积甚大，今均废圮。抱朴庐下有一假山群，传说乃遗址之一。

势将覆倾不回首
事到出师方噬脐

——佚　名

废圃更无人作主
败垣惟有客留题

——佚　名

湖山变朝市
烽火满乾坤

——林景熙题

胆落冰天骑
魂飞瘴雨村

——林景熙题

门径风轻飞野马
亭台火烬及池鱼

——汪元量题

明春秋大义
为天下除奸

——佚　名

误国半闲堂，罪恶贯盈，垂老投荒犹恨晚
锄奸一片石，春秋笔削，乱臣贼子必书诛

——佚　名

云龛亭

原在葛岭智果寺西。明女士杨慧林，别号林下风，工山水，曾画《断桥秋柳图》，一时为名流争相诵颂。早卒，亭覆其上。

断桥烟似水
残雨夜兼风

——张遂良题

古刹竟无僧作主
新坟偏有客来题

——汪然明题

西湖博览会

在北山路，是1929年西湖博览会旧址。其中有一室置中国铜家具，中为重刻普陀大土画像，边有联：

慈眼视众生，能为作依怙，灭诸烦恼焰
慧日破诸暗，具足神通力，普明照世间

——赵朴初集经句并书

菩隄精舍

在北山路。舍宇极巍峨古朴，民国15年(1926)落成，边墙嵌有碑记。舍前石柱上有篆字联二。如今中堂匾额“盛世家昌”，仿文征明字体，堂中有古民居的照片多帧。

大会启无遮，贝叶翻经云轶荡
上堂听说法，天华满地雨缤纷

——昊昌硕题

地临西子湖边，一望然万缘寂
人羡菩提佛国，须知普度众生难

——喻长霖题

世间数百年旧家，无非积德
天下第一等好事，还是读书

——梁同书撰　沈立新书

文以先秦前汉为则

居有三山五岳之图

——吴家棣书

玛瑙寺

菩提精舍边巷进去就是著名的玛瑙寺。此寺始建于五代后晋开运三年(946),后从孤山移到此处。乾隆曾三次游寺,题诗撰文。民国10年(1921)住持僧清沏重建。近年又重建,仍保持原有寺院格局,唯未见大雄宝殿。现作为茶楼群对外开放。

日似丹光出高岭
鹤因梅树住前山

——阮元题　鲍贤伦补书

闲眠一榻香凝帐
梦绕千岩翠满身

——言恭达书

西湖一曲,闲情偶寄
北埃丛楼,旧梦重温

——杨西湖书

陈文龙墓

在葛岭智果寺西。宋景炎初,陈文龙任江苏兴化知县,被元军执送杭州,不食而死。为愍其忠贞,后人将其生前绝笔制联悬于墓前。

自经沟渎非吾事
臣死疆场是此时

——佚名题陈文龙句

香水邻园

据《癸辛杂识》:“葛岭(旧)有香水邻园,颇具园林之趣。”

台上露擎仙掌白
塔西雨过佛头青

——来惇裕题

喜有宽闲为小隐
粗将知足报明时

——佚　名

直将云影天光里
便作柳边花下看

——佚　名

葛岭禅院

孤磬发清响
浓云生夕凉

是诗境佛境
有钟声潮声

顽石有禅意
古木生昼阴

得句佛亦喜
安禅龙自驯

——以上佚名

抱朴道院

相传东晋葛洪曾炼丹于此。原为元代佛寺葛岭禅院，康熙四十六年（1707）改道观葛仙庵。民国后定名抱朴道院，今属全国二十四处重点道教活动场所之一。“抱朴道院”匾额及围墙上大字，分别由沙孟海、郑宝发书。

三生宿慧全真性
一路清阴到上头

——陆俨少趣

一炁全真，溯贞元于阖阁
万物资始，彰圆妙之枢机

——郭仲选题

天道无私，疏而不漏
人心有过，改则为安

——姜东舒题

朝天尊而造化
辅雷霆以显神

——佚 名

行善增福寿
积德保平安

——佚 名

太极原从无极起
三元总自一元分

——徐吉裕题

觉世明天道
清修启洞章

——郭仲选题

鸟语花香，何处更求阆苑
山明水秀，此间便是蓬莱

——骆恒光书

诵经拜忏，消灾延寿
步罡礼斗，人神相通

——高信一题

道生一、一生二、二生三，三生万物
人法地、地法天、天法道，道法自然

——高信一集《道德经》句（以上题三清殿）

祸福无门，惟人自召
善恶之报，如影随形

——周炜书

休言万般皆非命
忍让一步即是运

——高信一题（以上题元辰殿）

一枕黄粱，点破千秋大梦
九转丹诀，炼就万劫真仙

妙道自然，收拾起大好风光，山川不老
意在所得，把握住云开晴日，香火为缘

——以上骆恒光书

红日无心，贫富一样照临
青天有眼，善恶两般看承

——陈进书

香烟绕宫阙. 喜仙翁再生殿台，星月炼就千秋暖
瑞气盈山门，看士女常临福地，胜迹重光万世欣

做个好人，心正身安魂梦稳
行些善事，天知地鉴神鬼钦

——以上驾沧书

庙貌重新，仰瞻殿宇巍峨篆烟缭绕
风光益胜，纵览松林苍翠药草葱茏

——蒋北耿书

得山水正气
极天地大观

——高信一书（以上题纯阳殿）

大道玄机，一辟一阖
太清教旨，度己度人

——骆恒光书

慈航普度三千界
慧眼能观九万洲

——吕国璋书（以上题圆通宝殿）

名高北斗星辰上
独立东皇太乙前

——佚名题宝云亭（在抱朴道院左侧山上。）

德行高妙，容止可法
威仪齐整，器钵无声

——梁山舟集句

魏晋诩风流，是翁抱朴传书，棋局樗蒲忘世业
湖山蓊云气，此处炼丹成汞，柳堤松岛护仙寰

——阮元题

葛洪化学为世祖
抱朴丹书传道家

——佚名题葛祖殿

吕祖慈念除疾苦
宝芦藏药救尘厄

——佚名题纯阳殿

火犀上将，辨天地善恶
铁面无私，除人间妖氛

——佚名题朱大天君殿

荣辱不惊，闲看庭前花开花落
去留无意，静观天外云卷云舒

——高信一撰 骆恒光书题抱朴庐茶室

和光同尘，上德若谷
致虚守静，众妙之门

——佚 名

谈道偶逢神仙客
论德时遇方外人

一心学道道无穷，穷中有乐
万事随缘缘有份，份外无求

——以上高信一题

茶亦醉人何须酒
书能香我不在花

——徐吉裕题

北山街

抱青别墅

现北山路38号，为南浔巨富邢赓星所建，前国民党政要张道藩偕蒋碧薇来杭居住时悬用此联。

交通、内政、教育，一次、二次、三次，是何其次也，岂真万不得已而求其次

革命、著书、作画，心长、才长、艺长，既莫不长矣，无妨一塌括子以尽其长

——陈布雷题

省庐

在北山街，原为民初浙江省交涉使王丰镐别墅，现为铁路职工宿舍。

石头偃蹇应呼丈

松意萧疏不耐官

——汤寿潜题

薛庐

薛时雨，名慰农，曾任杭州知府，并主讲西湖崇文书院十多年，原址在今杭州香格里拉饭店之后。

白社论文，留此间香火因缘，割半壁栖霞，暂归结十六年尘梦

青山有约，期他日烟云供养，挈一肩行李，重来听百八杵钟声

十四年蜡屐重来，感今话昔，讲艺论心，霎时托想千秋，期对此湖山不愧

二三子抟沙再聚，循吏清曹，闲官冷宦，他日各成一传，幸铭诸金石无渝

——以上薛慰农自题

峋嵝山房

原在玛瑙寺附近，明代大画家徐渭(文长)曾寓此读书。

一香千艳失

数笔寸心来(题菊)

四时唯听雨
无日不惊秋(题竹)

花香满座客对酒
灯影隔帘人读书(题书舍)

世间无一事不可求,无一事不可舍,闲打混亦是快乐
人情有万样当如此,在万样当如彼,要称心便难脱洒

——以上徐渭题

凤林禅寺

即今杭州饭店处,建于唐元和二年(807),早先规模很大。北宋前西湖各寺钟声,以凤林寺最为宏亮,称“凤林晓钟”。葛岭路亭联中“明月倒涵鱼港棹,晓霜背听凤林钟”即指此。今寺已不存,店前的几株大樟树处,即寺山门原址。

法镜现慈云,观秋月春花,尽是三空妙谛
智灯悬宝座,听晨钟暮鼓,无非一点禅机

——范为金题

是无远虑,颠倒梦想
皆大欢喜,信受奉行

——俞樾题

真实不虚大慈悲,度一切苦恼
意识无界空色相,现五蕴光明

——范为金题

百八杵钟声,撞醒痴梦
五千言慧典,参破禅机

——彭雪芹题

崇文书院

原在苏堤第六桥——跨虹桥西。前身是明万历间的西湖书院,康熙四十四年(1705)御题“正学阐教”及赐“崇文”额,遂改名崇文书院。

珥笔共登坛,怀瑾握瑜,先向儒流觇器识

投戈重讲艺，敦诗说礼，长留绵蕴镇湖山

——蒋益澧题

至乐莫过读书，至要莫如教子
寡智乃能习静，寡财乃可营生

——蒋心畬题

云路及时登，盼诸君同咏霓裳，传来南海
风帆随处好，许他日重携文酒，泛到西湖

——王凯泰题

湖光与天远
山色上楼多

——陆光祺题

大庇寒士皆欢颜，欣夏屋重开，纵观地有湖山美
净洗甲兵长不用，听和声共谱，鸣盛文成雅颂音

——章望题

讲艺重名山，与诸君夏屋同居，岂徒月夕风晨，扫榻湖滨开社会
抽帆离宦海，笑太守春婆一梦，赢得棕鞋桐帽，挟筇花外听书声

——薛时雨题

青鞋布袜从此始
湖月林风相与清

——陆光琪题寓斋

仁者乐山乐以静
圣门观海观其澜

儒修南渡承东汉
名胜西湖在北山

闲户自精，云无心以出岫
登高能赋，文异水而涌泉

——以上为胡书农题

味经得隽如甘露
谭艺无欺见古风

——吴山尊撰　薛时雨书

庞尚麟祠

原在凤林寺西，祀明副都御史庞尚麟。庞为南海人，在浙政绩颇佳，卒谥惠敏，杭人敬之。

势抑豪家，力宽贫户，一条鞭法著均平，追思浙水按临，终古闾阎歌永赖
报崇胜国，典列熙朝，十行诏录传防护，遵奉明湖享祀，即今祠宇仰常新

——刘秉璋题

传之史、传之志，四百年竹帛名垂，搏击豪强，夙仰猷为标太守
祀于浙、祀于闽，三千里豆笾辉映，均平徭役，长留歌颂系余思

——德馨题

云抱水边楼

楼原在今香格里拉饭店后山，后为杭州知府陈璚私宅。现涌金门畔“涌金池”三个擘窠大字系陈的遗墨。

帘前有喜鹊可报
湖上无波鸥自闲
不须尽汲西江，合就西湖荐秋菊
何事远追南渡，还从南海拜甘棠

——陈璚自题

无复东岩招谢客
应在西湖傍和靖

——薛师石题

坚匏别墅

在宝石山麓，后门还留有“坚匏别墅”四个白底黑字，杭人习称“小刘庄”。主人刘锦藻，是湖州南浔巨富刘镛的儿子。

菡石为阶饶古意
栽花成径见平湖

——严廷桢题

秋水山庄

山庄主人为沪上《申报》业主史量才，建于20世纪30年代初，以其爱妾沈秋水名字命名。现已并人新新饭店。

禽语乐声通性命
湖光岚翠绕楼台

——史量才题

招贤寺

即北山路85号，抗战胜利后一度为丰子恺的寓所。

居临葛岭招贤寺
门对孤山放鹤亭

——上联章锡琛、叶圣陶句，下联丰子恺句并书

须知诸相皆非相
能使无情尽有情

——丰子恺题

星河界里星河转
日月楼中日月长

——马一浮题

郑伯永寓所

在北山路58号。郑系作家，著有长篇小说《太阳初起》、《深山春风》等。

雁荡黎明时，初见仪容，谈笑风生，兢兢业业凌云志
西湖暴雨后，重温遗著，景情乳融，字字行行报国心

——郑立于题

葛荫山庄

原在葛岭山麓。本洞庭葛氏产业，且位处葛岭之下，故名。后为沈氏所有，抗战前后曾为纪念秋瑾活动场所，现为镜湖厅址。

葛岭当檐，上岭刚逢日初出
孤山隔水，开樽时见鹤归来

——张朝墉撰

对此好湖山，再休问世界沧桑，人间营逐
无多新结构，且领略稚川丹诀，孤屿清风

——徐政清题

镜清楼

楼原在葛岭山麓，近西泠桥。

溪水度西泠，曲槛平分葛岭月
寺云隔南浦，疏钟摇破风林烟

——德馨题

莲叶东西临水槛
柳条南北看山楼

——丰绅泰题

白云自占南北岭
明月谁分里外湖

——成允题

伟绩景乡贤，万顷波涛澄海宇
崇祠依胜地，一楼风雨是潇湘

——佚名

浙江通志馆

读哀思一曲，似开府端忧，是书生结习未除，托之麦秀黍离，聊自安排作遗老
志厘税三篇，仿兰台食货，惜古刻蒐奇犹缺，从此吉金乐石，更谁磨洗认前朝

其经术，是儒林；其词章，是文苑；其考厘税，搜金石，又是史官。事事可师，草志尤资吾辈法
于浙东，为耆旧；于秦中，为寓公；于江左右，河南北，并为循吏。洋洋盈耳，知名不独故乡多

——上两联系刘大白悼念浙江通志馆编纂者顾家相

（该馆原为杨庄，后为严庄，如今在葛岭山麓镜湖厅景区内。）

清贞烈女墓

原在西泠桥北堍。有坊额曰“侠女遗阡”，碑题“清贞烈女郑淑嫦之墓”。20 世纪 50 年代平圮。

青松寒不落
白水清可盟

——李辅耀题

清供湖水花夜白

坚心霜果树冬青

——汪锡硅题

武松墓

宋义士武松墓,旧在苏小小墓北。20世纪50年代平圮,2004年移地复建。

失意且伍豪客

得时亦一英公

——高尔登题

梁山舟先茔

在葛岭南麓今镜湖厅西濒湖处,为清梁山舟学士祖坟,20世纪50年代半圮。

荣哀名德光千祼

仙隐风流配西湖

——佚 名

涵云楼

风景自清嘉,有画舫补秋,奇峰环秀

园林占优胜,看寒泉飞雪,高阁涵云

——潘世恩题

云树远涵青,遍教十二阑凭,波平如镜

山窗浓叠翠,恰受两三人坐,屋小于舟

——潘芝轩题

神霄雷院

神霄雷院原有二,一在北山,另一在吴山。北山雷神院旧址在今西湖医院附近。

贫富何常,能见我才许到此

雷霆不远,试问人孰敢为非

——佚 名

掌天鼓以鸣威,敕法行权为长子

主轩星而奋铎,警聋震聩喻人君

——严士元题

执法九京，当光天化日之中，不容鬼蜮
运心三界，除泽润德孚而外，惟此雷霆

——陈镐书（以上题北山雷神殿）

天鼓震湖山，听玉虎鸣来，独假神威奸宄
云事行浙水，看金蛇掣去，遍施膏雨福生灵

——彭玉麟题

地占湖山，金鼓洪音，真宰下观风雨应
阁邻星宿，玉枢宝训，万灵俯听鬼神趋

——杨昌濬题（以上题吴山雷神殿）

孙花翁墓

在北山街坚匏别墅东侧，为南宋光宗时弃官种花一老翁，善诗。清光绪间为丁松生发现并请俞樾撰《孙花翁墓征序》以纪之。现今墓仍在，碑则已不存。

迁客但知寻镜墓
词人谁更吊花翁

——俞樾题

并菊风号冢
山花月返魂

——徐集孙题

自有菊泉供祭享
不消麦饭作清明

——刘克庄题

吴樵墓

魂气无不之，人因季札思观葬
华阳渺何许，鹤到林逋更合铭

——谭嗣同题

岳湖楼

即岳庙大门前的酒楼。西湖小北湖因近岳坟，亦称岳湖。

仰岳痛饮精忠酒
游湖常怀报国心

——朱德源题

岳坟小店

此小店在岳庙前“碧血丹心”石牌坊旁。

春气遂为诗人所觉

夜坐能使画理自深

——林则徐联句

岳坟(岳王庙)

旧称忠烈庙。绍兴三十二年(1162),宋孝宗寻得岳飞忠骸,以“孤仪”(即一品礼)敕葬于西湖栖霞之阳。嘉定四年(1211)又追封岳飞为鄂王,嘉定十四年(1221)废智果院为祭祀岳飞的专祠(名褒忠愆福寺,杭人习称岳王庙),所以又称鄂王庙。正殿檐间巨匾“心昭天日”系叶剑英补书。但杭人因岳坟早岳庙60年,故该地区习称岳坟。

三十功名尘与土

八千里路云和月

——张爱萍书岳飞词句

名胜非藏纳之区,对此忠骸,可半废西湖祠墓

时势岂权奸能造,微公涅背,有谁话南渡君臣

——徐元钊撰徐生翁书(沈定庵补书时误“背”字为“臂”)

乾坤正气,忠孝完人,树千古英雄模范

庙貌重新,湖山生色,写百代道德文章

——何丰林题　刘正成补书

(联后七字原为“赖众擎缔造艰辛”,刘补书时改。)

奉诏班师,怅南宋偏安,结此一局

尽忠报国,壮西湖遗迹,范我千秋

——王桂秋题　李铎补书

正邪自古同冰炭

毁誉于今判伪真

——吴迈题　沙孟海补书

青山有幸埋忠骨

白铁无辜铸佞臣

——松江女史徐氏题　陆维钊补书

(墓前有照壁石刻“尽忠报国”四大字,洪珠书。)

精忠贯日月
壮志垂山河

——钟寿恺题

呼天悲铁像，此冤未雪，常闻石马哭昭陵
拓地饮黄龙，厥志当酬，尚见泥兵湿蒋庙

——张岱题

旧事总惊心，阶前桧贼
感时应溅血，庙侧花神

——彭元瑞越

忠孝齐名，瓦巷幸埋贤父子
奸邪同恶，白铁冤铸丑夫妻

——王云从撰　张祖翼书

西湖之滨，于少保、岳少保，巍然两墓
民国所祀，前武圣、后武圣，各有千秋

——王吉檀题

赍恨葬英雄，漫道青山有幸
铸谗成镣铐，谁云白铁无辜

——佚　名

人从宋后少名桧
我到坟前愧姓秦

——秦涧泉题

老奸终古分尸，鬼斧神斤劈开桧树
快事一时抚掌，风欺雪虐压倒秦头

——俞樾题

（按《岳庙志略》："天顺元年（1457）杭州府同知马伟重修祠墓，奏请朝廷赐春秋祭祀及'忠烈庙'额。马伟取桧折杆为二植墓前，名'分尸桧'。"）

万古仰精忠，但愿拜墓人成知劝勉
一坏识潜瘗，幸逢偃兵日复荐馨香

——蒋益澧题

宋室忠臣留此冢
岳家母教重如山

——王云从题

臣忠子孝，万古英声赫赫，并乾坤不朽

妻节女贞，一门芳誉明明，同日月争光

——佚名题精忠牌坊

（坊在岳庙前近湖处，上书“碧血丹心”四字，毁于咸丰兵燹（1861 年），光绪丙戌（1886）季夏浙江巡抚许应荣补立。）

民族主义，历元清鼎革，始达完全，如神有知，稍解生前遗恨
圣湖风景，得祠墓点缀，差不寂寞，兹地之胜，允宜庙貌重新

——蔡元培题启忠祠　沙孟海补书

观瞻气象耀民魂，喜今朝祠宇重开，老柏千寻抬望眼
收拾山河酬壮志，看此日神州奋起，新程万里驾长车

——赵朴初题

天下太平，文官不爱钱，武将不惜死
乾坤正气，在下为河岳，在上为日星

——王荦集岳飞、文天祥句沈鹏补书

青山绿水拱重檐，西湖名胜，有忠殿屹立
碧血丹心保疆域，正气硕节，留后人仰瞻

——李碧岩撰　商向前书

遗烈镇栖霞，酾酒重瞻新庙貌
大旗悬落日，撼山愿学古军容

——蒋益澧题　启功补书

爱国尽忠，武穆英灵长在
旧容新貌，西湖美景增辉

——舒同题

不爱钱、不惜命，是天下太平根基，名论出名臣，无怪贪婪长跽跪
取束刍、取缕麻，定斩徇军门法律，保国兼保民，允宜俎豆永湖山

——赵鸿深题

（沙孟海补书时改为“不爱钱、不惜命、乃太平根基，名将名言，贪婪长跽跪；取束刍、取缕麻、定斩徇军律，保民保国，正气壮湖山”。）

奇祸陷风波，南宋山河才半壁
精忠贯日月，西湖俎豆足千秋。

——王桂秋题　诸乐三补书

正气炳人寰，风雨灵旗一杯土
孤忠溯往迹，湖山俎豆万斯年

——冯学题　谢稚柳补书

奈何铁马金戈，仅争得偏安局面
至今山光水色，犹照见一片丹心

——王蘧常撰　程十发书

万里坏长城，南渡朝廷从此小
一杯留古墓，西湖烟水到今香

——王凯泰题

予唯命、夺唯命、进退唯命，三字冤狱摧坏长城，堪恨枢廷无切谏
歌于斯、哭于斯、聚族于斯，一角残山尚留旧第，应知柏树有余馨

——杨昌濬题

南人归南、北人归北，小朝廷岂求活耶
孝子死孝、忠臣死忠，大丈夫当如是矣

——董其昌题

痛史说偏安，慨当年谋定东窗，桧真遗臭
崇祠留胜迹，看此树枝常南向，柏亦精忠

——蒋邦彦题

日月照孤忠，三字沉冤，大地裂裳盟白马
江山忧半壁，重新祠宇，中原遗恨饮黄龙

——米占元题

大小眼争拜英雄，慷慨成仁，特立万古纲常之极
乾净土难忘天水，湖山无恙，留与后人讴咏而归

——云韶题

朱镇壮声威，想当年痛饮黄龙，誓恢复河山半壁
丹心贯日月，到而今名留青史。应享祀俎豆千秋

——黄元秀撰　黄正裕书

咳！仆本丧心，有贤妻何至若是
啐！妇虽长舌，非老贱不到今朝

——阮元题

一军难撼声威远
三字含冤忠孝全

——陈乐山题

痛恨失黄龙，锦绣江山，断送金牌十二
英灵来白马，松楸风雨，恍闻铁甲三千

——陈翱题（一说为朱明亮题）

经进百韵诗，祖德能传，书实可征天定录
沉冤三字狱，神人共愤，昭忠仍纪绍兴年

——岳珂题

想象背嵬军，敌忾同仇，肯遂令外族横行，中原波荡
苍凉南渡局，伤心异代，且莫话西湖歌舞，大将风流

——黄元秀撰　黄正成书

岳军振难撼威名，扫敌在指顾间，奉诏班师成遗恨
秦贼施摧残毒计，加罪以莫须有，尽忠报国复何人

——张伯歧题

治春秋比壮缪侯、上表章比诸葛侯，百战振军声，马蹀旗枭，恨未痛饮黄龙府
前祠有钱王武肃、后墓有于公忠肃，万年崇祠典，兰馨藻洁，各分片席金牛湖

——马鸿烈题

还我河山，一片忠心惟报国
驱尔异族，百年奇耻不共天

——冯玉祥题

父子北征，忠孝岳家军第一
君臣南渡，湖山宋室庙无双

——夏超题

皦日矢忠心，千古仰军人矩镬
栖霞新庙貌，万方拜中国英雄

——张载阳题

王气已消，重睹湖山新庙宇
人心未泯，又因忠孝拜英豪

——郑家溉题

专制杀英雄，千裁何人雪国耻
横流遍宇宙，九州无地哭忠魂

——赵鼎华题

泣雨剩南朝，呼断爷爷，千秋冤狱莫须有
悲风号此地，愤推将将，百战忠魂归去来

——王成瑞题

问南渡君臣父子，可曾见湖山遗庙
秉中央日月星辰，若所谓天地同春

——黄晋源题

灵爽在天，必誓渡浙水众生，永无冤狱

精忠报国，共传闻朱仙一战，几复中原

——严辰熏题

一色水天秋，却难洗三字污秽

双清风月夜，正好分两世精忠

——松江女史徐氏题

史笔炳丹书，真耶？伪耶？莫问那十二金牌、七百年志士仁人，更何等悲歌泣血

墓门凄碧草，是也！非也！看跪此两双顽铁、亿万世奸臣贼妇，受几多恶报阴诛

——彭玉麟题

杜预左癖

道济长城

——黄元秀题

一代精忠起河岳

千秋生气镇湖山

——白骥良撰曾国霖书

子孝臣忠，决战早成三字狱

君猜相忌，偏安还赖十年功

——佚　名

百战妙一心运用

两言决千古太平

——佚　名

王业竟偏安，叹息北征将士

精忠独报国，伤心南渡君臣

——王迪题　虞文俊补书

禋祀崇湖山，文武圣神光日月

典型昭河洛，忠孝节义冠古今

——方嘉镇题

诏命下朱仙，大功未竟，可为欷歔，莫须有三字含冤，异世能伸仍憾事

宦游来浙水，遗像获瞻，弥增慨慕，不爱钱一言垂训，终生持亟作官箴

——徐振翰题

湖上仰新宫，灵旗如见精忠字

河堧觅遗阵，顽铁安知妙用心

——伍文渊题

万里坏长城，叹息北征将士

中原搰半壁，伤心南渡君臣

——钱伯瑜题

将军报国、宰相和戎、义愤动千秋，臣节无惭追壮缪

庙拓明湖、陵依霞岭、馨香绵万祀，孤忠共喻有蕲王

——周自元题

誓复中原，浩气弥纶吞北虏

重新神宇，忠灵赫濯奠西湖

——佚　名

君臣南渡、王业偏安，叹十年戎马崎岖，报国精诚，事去可怜天水局

金陵一战、河山再造，念异代虫沙变幻，崇祠忠烈，魂归幸傍岳家军

——徐则恂题

运会复何言，局蹐临安，痛两宫终身北狩

精魂应不死，从容裘带，看千秋庙貌西湖

——方昇平撰　何起岳书

一门忠孝、惇史所传，果当年痛饮黄龙，早驱金虏

百代馨香、社稷可守，赖此地长埋碧血，不负明湖

——卢永祥撰　吴士鉴书

精诚与松柏同坚，万古昭昭，公自大名垂宇宙

庙貌共湖山并寿，寸衷耿耿，我为时势吊英雄

——陈琪题

声名同宇宙长垂，威震华夏

武略与神功并著，义薄云天

——张祖桂题

报国仗精忠，当年唾手燕云、矢心天地

新祠共瞻仰，保我青山常在、碧水无尘

——杜纯题

宋室兴亡成往事，但赢得家有孝子、国有忠臣，上下奋仪型，庙貌墓瑰千古并

军人无与伦，就是那文不爱钱、武不惜死，湖山新俎豆，潢污去藻四时馨

——陈乐山书

古今谥忠武者几人，维王之灵，河朔军声传不朽

祠墓壮湖山兮万祀，在礼宜祭，丹青庙貌仰重新

——范毓灵题

祭重褒忠，一卷吁天追往烈
字传涅背，千秋报国是前师

——佚名（一说卢永祥题）

武穆与武肃齐名，赖祖功射退浙江湖，得瞻庙貌重新，留南宋一抔干净土
大孝为大忠张本，奉母命战寒金虏胆，毕竟国魂同寿，占西湖卅里艳阳春

——钱文选题

（“射退浙江湖”、“战寒金虏胆”二句一作“绥靖渡疆”和“驱除胡虏”；“毕竟国魂同寿”一作“同此国魂不朽”。）

寝阁委中兴之任，孰如高庙知人，血战两河深，明月刁环虚二圣
起家由列校立功，旋与蕲王并将，冤沉三字恨，栖霞祠墓表孤忠

忠孝节义，萃于一门，闲披南宋伤心史
祠礿尝蒸，昭乎四祀，可纪西湖堕泪碑

——以上沈金鉴题

处为仁孝，出著精忠，慨当时血洒南朝，万代千秋凛大节
庙貌重新，湖山生色，仰群公踵成盛举，一篑九仞竟全功

——杨庆澄题

南宋至今逾七百年，重见义旗兴鄂渚
西湖依旧环三十里，新推通祀遍中华

——孙锵题

天章褒臣节，想当年竭力致身、忠孝兼全，万古精诚光日月
祖训衍家传，愿奕叶承先启后、蒸尝勿替，千秋俎豆炳湖山

——岳镇南题

是大英雄，慷慨成仁，终古纲常立尺极
此地湖水，芳馨可荐，百年松桧见精忠

——阮性宜撰　云韶书

渡江划半壁金瓯，自坏长城，让寿皇歌舞湖山，忍见木灯归北使
读史铸九州铁错，终翻冤狱，配武圣馨香俎
豆，合将锦绣裹南枝

——倪嗣冲题

有汉一人，有宋一人，百世清风关岳并

奇才绝代，奇冤绝代，千秋毅魄日星悬

——喻长霖题

背嵬领雄军，我如河朔少年，束发幸曾师战略
精忠留古柏，今喜湖山胜地，瓣香来共拜祠堂

——何国华题

尽忠两字为中国魂，看近年外患迭生，继起英雄，谁秉遗箴襄大业
疑狱千秋日莫须有，慨迩日法权遽替，铸成铁像，好教后世鉴前车

——陈福民撰　王丰镐书

报国刺背、复仇铭心、以孝子作忠臣，宜其叱咤风云，所向无敌，迎还二圣，指日可期；虽未竟臣功却非臣罪；使二圣不返者，内有权奸，孤愤冲垂霄，漠漠皇图沦异域

幼熟春秋、长精兵法、以通儒为主将，咸叹出没神鬼，布置裕如，威镇四夷，撼山设喻；乃贼据中枢祸遍中原；召四夷侮华者，今犹

跪像，杀身成大节，凛凛生气在人间

——徐士楷题

涪王兄弟、蕲王夫妇、鄂王父子，聚河岳英灵，仅留半壁
两字君恩、四字母训、五字兵法，洒英雄涕泪，莫复中原

——佚　名

幸诸贤力护康王，才得中兴图瑞应
讵奸相只消三字，顿教万里毁长城

——佚　名

漫嗟吁南宋小朝廷，喜当今唤醒国魂，收复中原光汉日
怎点缀西湖好山水，赖有此更新庙貌，保存古迹镇栖霞

——王念孙题

卫社稷、执干戈，差幸苦战十年，尚留得偏安局面
听鼓鼙、思将帅，不是冤深三字，怎能见一片忠心

——赵寿春题

义师指顾复中原，叹金牌赴召，铁狱沉冤，
一生报主矢精忠，所期臣节无亏，难蒙悲深
羑里操
读史髫年余热泪，溯鄂国英灵，吴山伟烈，
两地服官寻旧迹，喜见神祠新葺，光溥近被柏台荫

——孙家谷题（以上题岳坟、岳王庙。）

在当年从难，碧血埋幽，蜚语何来哀太尉
以列校奋身，丹心亘古，瓣香有托吊英雄

——佚名题烈文侯祠（祀张宪。）

大烈震乾坤，三字含冤，未抵黄龙同痛饮
孤忠悬日月，千秋生晚，只从青史仰威名

——朱明亮

云旗风马，生死相从，部曲有同心，想见随军依鄂国
桂醑椒浆，英灵来格，墓门求近地，惜难筑冢像祁连

——佚名（以上题辅文侯祠，祀牛皋。）

万世纲常，名父名子
一门风烈，言孝言忠

——佚　名

王以身殉国，厥嗣宜昌，曾过汤阴谒祠宇
宋距今有年，其祀不废，今来湖上礼冠裳

——佚　名

忠孝为千古不磨，裕后光前，百世犹知昭穆
钟毓得两间之气，嵩生岳降，举家舍享蒸尝

——佚　名

（以上题五侯祠。在启忠祠东庑，祀岳飞子云、雷、霖、震、霆五侯。）

楚国溯贤规，崇懿宜书列女传
南荒嗟远徙，精忱合配继忠祠

——佚　名

奕世表孤忠，笄鬘推贤重彤管
阖门申大节，毕纶传信著金陀

——佚　名

（以上题五夫人祠。在启忠祠西庑，祀五媳巩氏、温氏、陈氏、齐氏、萧氏。）

母教凛千秋，共仰孝思光日月
臣忠规万古，独留庙貌镇湖山

——蒯贺荪题

留守识英雄，求才褒鄂，嗣后内有赵鼎、外有张浚，知上流利害，将佐交推，要不外教秉慈闱，子道兼由臣道立

将军饶学问，卒业春秋，无愧义为壮缪、勇如桓侯，但有志竟成，帝王可配，试追溯封邀胜国，靖魔长共伏魔传

——德馨题

（以上题启忠祠，在岳庙大殿西院，祀岳飞父母及孙岳珂和传说中的小女儿银瓶。）

以布衣，以小校，以狱卒，祀可附于王，正义今看悬日月

为去官，为贬谪，为扣阍，事皆征诸史，沉冤终赖白风波

——佚名题翊忠流芳祠

（祠在岳王庙之东，原祀韩世忠、周三畏等十三位为岳飞冤狱表示翼尊的将帅、官吏以及士卒，1954 年平圮。）

附：靖魔殿（忠显庙）

在众安桥。同治、光绪年阃经杭州司狱吴廷康“考证”，认为岳飞初葬处应在原众安桥河下，由浙江巡抚德馨报请朝廷批准，封岳飞为靖魔大帝，在该地建祠，即杭州人习称“老岳坟”处。

香火感因缘，继自今美奂美轮，高拥灵旗护墟墓

兴观遍童叟，愿从此教忠教孝，长新庙貌壮江城

——德馨书

识奇才者留守，立功疆埸，力佐中兴，使储位早安，首定寿皇绵国祚

崇配享于胜朝，历代君臣，同昭旷典，只伏魔可匹，追封大帝达天衢

——吴廷康书

苏小小墓(慕才亭)

在西泠桥畔。墓在亭中，桐城铁冶居士题额为“慕才亭”。如今墓已恢复，重建之亭，由姜东舒署额。

湖山此地曾埋玉
花月其人可铸金

——皮淋集句马世晓补书(茅盾曾易“花月”为“风月”。)

千载芳名留古迹
六朝韵事著西泠

——佚名撰　金新补书

湖光月影宜相照
玉骨冰肌未始寒

——佚　名

金粉六朝，香车何处
才华一代，青冢犹存

——叶赫际亨题　邱振中补书

桃花流水杳然去
油壁香车不再逢

——徐兰修集句　祝遂之补书

灯火珠帘，尽有佳人居北里
笙歌画舫，独教芳冢占西泠

——王成瑞题　孙晓云补书

花须柳眼浑无赖
落絮游丝亦有情

——孔惠集句　沈鹏补书

几辈英雄，拜倒石榴裙下
六朝金粉，犹埋杯土垄中

——旧联　王冬龄补书

且看青冢留千古
漫道红颜本暂时

——黄文中题

亭前瞻柳色，风情已矣
湖上寄萍踪，雪印依然

——周慧珺书

十载青衫频吊古
一抔黄土永埋香

——钟明善书

烟雨锁西泠，剩孤冢残碑，浙水咽呜千古憾
琴樽依白社，看明湖翠屿，樱花犹似六朝春

——麓山蕉客撰　张海书

小字偶相同，考古休凭吴地记
香魂真有托，结邻常伴鄂王坟

——佚　名

到处溪山如旧识
此间风物属佳人

——郭尚先题西泠桥

镜　阁

传说为苏小小居处，在西泠桥一带，具体不详。
闭阁藏新月
开窗放野云
水痕不动秋容静
花影斜垂春色拖

——以上据传系苏小小自题

竹素园

在岳庙西南，即清雍正间浙督李卫所建十二花神祠（在《西湖十八景》中称“湖山春社”），乾隆幸杭州时诏毁，并赐名为“竹素园”。园内有姑苏曹兴福题“拜石揖卉”、叶作楷题“诸花香处”、吕迈题“香远溢清”、朱关田题“迎薰”、姜东舒题“荷花陈列室”、禾君题“杏花园”等匾。门额“江南名石苑”为陈大羽书，聚景楼额“和风惠畅”为鲍贤伦书。

异木珍花，香馥四时招贵客
奇峰怪石，声扬千里引嘉宾

——章节题

几树梅李数竿竹
半潭秋水一房山

——佚　名

虚竹幽兰生静气
和风畅日契天怀
花枝入户犹含润
泉水浸阶乍有声
锦绣春开花富贵
琅玕日报竹平安

——以上雍正题

胜迹流连邻曲院
群贤觞咏继兰亭

——高学治题流觞亭

源头清接金沙涧
波面平添玉带桥

——陈璚题观瀑轩

翠翠红红处处莺莺燕燕
风风雨雨年暮暮朝朝

——李卫题　俞樾补书　林散之再书

觞涌群贤地
亭台四季春

——沈德潜题

十年生聚有今日
四时风景同古初

——陈孺题聚景楼

五百年香国主人，高台曲池，点缀江城如画里
十二月催花使者，和风甘雨，氤氲馨香得春多

——佚　名

海棠开后，燕子来时，良辰美景奈何天，芳草地我醉欲眠，楝花风尔且慢到
碧澥倾春，黄金买夜，寒食清明都过了，杜鹃道不如归去，流莺说少住为佳

——许太眉题花神庙

奎藻仰留题，一席湖山分作主
甘棠溯遗爱，百年俎豆自常新

——佚名题泉香室

栖霞岭

岭在葛岭之西，仙姑山东。两山夹峙，一岭中行，旧多桃花，开时红若蒸霞，故名栖霞。

一水印天心，异地证三生之果
六根无我相，双泉清万劫之尘

美擅湖山，数胜迹重重，都向峰头观气象
地邻忠烈，溯游踪历历，偶来亭畔哭英雄

——以上陈元溶题

牛皋墓

在栖霞岭，屡建屡废，1987 年重建。墓侧有碑，墓前有石坊。

将军气节高千古
震世英风伴鄂王

——徐渭撰　郭仲选补书

灵鬼灵山，风马云车历历
一邱一壑，玉阶凉夜惜惜

——汪嵌撰　胡宗成书

栖霞寺

崎岖世味尝应遍
寂寞山栖老渐知

——佚　名

座下莲花，占断西湖三月景
瓶中杨柳，分来南海一枝春

——张弘题

紫云庵(洞)

紫霞烟云作屏障
青天风雨走蛟螭

——赵良题

香山寺(洞)

又名香山庵、香山精舍。在栖霞岭南麓，今西湖区招待所内，洞口有石洪门，上镌楷书“香山洞”三字。

翠色傍栖霞，远人境以结庵，解脱伏慈悲，三字狱了却岳家公案
金容瞻满月，广汝州而度世，灵明同印证，九老社借参白傅诗禅

——时庆莱题

古洞云深，气吞南海
香山霞蔚，春满西湖

——佚　名

暮鼓晨钟，惊起红尘机里客
经文贝叶，唤回苦海梦

——应宝时颠

香霭白莲，南海慈云遮十地
山前岭后，西方法雨洒三天

——佚　名

黄宾虹纪念室

为黄宾虹故居，在栖霞岭 31 号。建于 1951 年。

心肠铁石梅知己
肌骨冰霜竹可人

——黄宾虹自题

五显岭庙

庙原在栖霞岭之南，早圮。

远观如画，近看似诗，及至身到此间，始觉诗画俱无着笔处
善者敬神，恶者畏鬼，究竟都非异物，须知鬼神出在自心头

——李渔题

穗　庐

在岳坟西侧山边上，赵梅溪题额，又称鲍庄。原为广东商人鲍柏麟别业，始建于1922年。现为巴金纪念馆。江南文学沙龙、上海巴金文学研究会、中国报告文学学会、中国散文学会皆在此挂牌。穗庐最高处有八角亭额日“晴岚霁月”。

七叶衍祥绳祖武
一篇述德溯家风

——佚名（题旧石亭）

且说仙人□掌去
试看明月过湖来

岸树溪烟都入画
莺歌燕舞最有情

别饶泉石山林趣
消受东西南北风

十里菱漪隐水调
万竿竹影杂风声

——佚名（以上题八角亭）

第三编

南山路

涌金门

《云麓漫钞》云:“其地即金牛涌现之所。”杨万里有“未说湖山佳处在,清晨涌出小金门”句,故亦称小金门。

极目水云低,莲渚游鸥闲自得
昂头霄汉口,林亭放鹤任高飞

——佚名(“霄汉回”一作“霄汉近”)

上一层楼,领略湖光山色
对三竺寺,警心暮鼓晨钟

——佚　名

长堞接清波,一色水天供啸傲
高楼接闹市,万家灯火绕回环

——佚名

(此联另有选本为:长堞接清波,看水天一色;高楼临闹市,绕灯火万家。)

平湖水月三千顷
画舫笙歌十二时

——佚名题问水亭

(在涌金门附近。明司礼太监孙隆主持兴建,为游人上船、归泊之所。)

夕阳晚映青山郭
罗绮睛娇绿水洲

——陶望龄题小瀛洲(原在问水亭南,明会稽商周祚别业。)

亭湾骑射

遗址在涌金门外,原“四湖十八景”之一。清代驻防杭州时,旗营兵将常在此演习骑射。今为湖滨第一公园址。

到此来坐坐,无分你我
过路去歇歇,各走东西

——佚　名

末肯废跻攀，天与湖山供坐啸
庶几可悦情，花间风月共徘徊

——陈棠集句

西湖国际茶人村

在西湖一公园。陆抑非题额。
竹间屋小窗三面
园里人稀树四邻

——陆抑非书

雀舌龙团，香自幽谷
鼎彝玉盏，灿若烟霞

——俞建华书

柳摇台榭东风软
花压阑干春昼长

——陈嘉楷书三训堂

得与天下同其乐
不可一日无此君

——朱关田书

翠柳翻晴空，莺穿树色千重翠
光风拂烟水，棹举鳞波万点光

——宋涛书题翠光亭

霞轻镜碧，丝簾铺淡月
雨湿鲜苔，秾影压重门

——易友撰　一如书题闻莺阁

清照亭

此亭在清波门水杉林小溪边，为纪念宋代著名女词人李清照而建。李清照46岁时丈夫病殁后来杭，直至1151年去世，整整在杭州度过了23年寂寞贫困的日子。

生当作人杰
死亦为鬼雄

——李清照自撰联句

玉润珠圆，文苑长兴易安体

山明水秀，词魂永容武林春

——张学理撰　王湫居书

江南旅游书画院

意量包东西海

才思吞上下潮

——沙孟海时年92。

这是沙老晚年撰写的一副楹联，现藏浙江江南旅游书画院，院额由刘江题。画院在南山路。

潘天寿纪念馆

在南山路景云村一号，系潘天寿的旧居扩展修饰而成。潘天寿原名天授，字大颐，号寿者，宁海人，是中国著名的国画大师。年青时曾受吴昌硕、经享颐、李叔同等名师指导。

天惊地怪见落笔

巷语街谈总入诗

——吴昌硕篆书刻联赠潘天寿（这是对潘天寿艺术才能之评价。）

画坛师首

艺苑班头

——花鸟画家王铸九对潘天寿画展之赞语

（此乃王氏一连四天参观展览会发出的肺腑之言，权当联句吧！）

竹光楼

山因春浅还如睡

路爱松多不嫌长

——佚　名

春水乍生渔艇活

桃花欲放酒旗多

——徐彦常题

金华将军庙

旧址在涌金直街，祀吴越署理国事大臣曹杲。内有涌金池，吴越王钱元瓘赐题名。曹生前曾任金华令，故杭人习称“金华将军庙”。乾隆曾御题“湖山昭护”额。

岁庆安澜，江海万民同受福
功侔再造，湖山千载永称灵

——佚名

霸业未全湮，吴越至今留铁券
灵泉依旧涌，日星终古照金池

——童叶庚题

引水入城隅，长流惠泽、共汲清泉，无限恩波迈神禹
浚池便民用，远赖神庥、永遗美政，曾司国事佐钱王

——佚　名

拥书披旧志，钦监国勋名五代，威望三朝、观古有怀，姓氏流连吴越史
酾酒谒新祠，仰将军利泽一方，馨香百世、到今赐福，渤海奠定赭龛山

——朱大勋题

求名非、求利非，要问来人先自求心，此地盟心惟白水
失意可、失时可，但行善事不教失足，前程举足即青云

——严作霖题

踵邺侯六井，凿金牛湖畔三池，利泽绵延百世祀
傍坡老古庵，筑碧霞亭前新舍，神灵飘忽一来游

——俞樾题

父老闲来消白昼
儿童归去话黄昏

——佚名题庙中戏台

余嵕居庐

官居东壁图书府
家住西湖山水间

——余嵕自题（余系元代提学）

藕香居茶室

原在涌金门外望湖居与三雅园之间，清光绪间建。
欲把西湖比西子
从来佳茗似佳人

——佚名集苏东坡句

四大皆空，坐片刻无分尔我
两头是路，吃一盏各自东西

——佚 名

红也藕花、白也藕花，真个花花成世界
风来水面、月来水面，尽教面面吸湖光

——陆莲诗题

三雅园

原在涌金门外，离问水亭不远。游西湖者有“到码头上吃碗茶去”之俗话，即以三雅园茶室为目的地。今六公园三雅园茶室系近年新创，与此无关。

山雅水雅人雅，雅兴无穷，真真可谓三雅
风来雨来月来，来者不拒，日日何妨一来

——佚 名

有山皆图画
无水不文章

——佚 名

为公忙，为私忙，忙里偷闲，吃碗茶去
求名苦，求利苦，苦中作乐，拿壶酒来

——汪次闲题

两宜楼菜馆

原在涌金门与清波门之间，民国初歇业。

水绿山青，座中人醉
花明柳媚，湖上春长

——彭玉麟题

灵芝寺

即今钱王祠址。本为吴越王钱谬故苑。宋太平兴国元年(976)，芝生其间，王舍以为寺，遂名“灵芝寺”。

化当世无如讲说
垂将来莫若著书

——元照题

残碑几字莓苔雨

清磬一声杨柳风

——朱继芳题

量力守故辙
修性无烦言

——莲衣题

未筛室

结屋古松下
洗钵清溪旁

——德布题

快意事教来日少
故人坟比远山多

——量云自题像

周濂溪祠

祀宋朝理学名儒周登颐，遗著《爱莲说》至今仍脍炙人口。旧在清波门外，建于元延桔问(1314—1320)，今已不存。

千秋正学开河洛
万世斯文接鲁邹

——佚　名

大哉！夫子之功：训著遗经，图传太极
远矣！斯文之统：上宗邹鲁，下启程朱

——佚　名

忠义坟

坟在原涌金门外，遗址已不存。清咸丰十一年(1861)，太平军攻杭，守将自知不敌，率阖营男女自焚以殉。

浩劫换红羊，忆赴难殉身，合仗义声昭日月
忠魂归白鹤，看表阡封墓，长留正气壮湖山

——伺璟题

三百年教养蒙庥，效死守危城，报国有人凝碧血
八千辈忠贞随殉，招魂归故里，遗封此日慰丹忱

——灵杰题

誓命沉城，战究阳给事
阖门纵火，名压尹衡州

——富乐贺题

七日重围，中流砥柱
一家千古，上将藩星

——周李燮题

两载守危城，当援绝粮空，惟有殉身报国
千秋光吉壤，共山青水碧，允宜嘉节褒忠

——卫荣光题

驻防二百余年，食德饮和恩似海
殉难七千多口，捐躯报国节如山

——富尔孙题

柳浪闻莺

为西湖十景之一。南宋时，这里曾是高宗皇帝的御花园，元时沦为坟冢，清康熙间重建。民国间又荒圮成狗穴狐窝，新中国成立后再度扩大重建。

只藏莺鸟春声滑
不起鱼龙夜气腥

——聂大年题

如砥湖平，湖镜映天湖有月
似绵柳软，柳荫垂地柳藏莺

——佚　名

高柳垂荫，老鱼吹浪
晚花行乐，小舫携歌

——佚名集姜白石句

呼个朋来，看处处柳眠花笑
喝杯茶去，听声声燕语莺歌

——陆抑非题

勾山樵舍

原在清波公园大门直对处，为越剧《孟丽君》脚本《再生缘》作者陈端生(1751—1796)故居遗址。

芸窗纸笔知多贵
秘室词章诗久遗

——陈端生自题

莺归余柳浪
雁过胜松风

——郭沫若题

唐云艺术馆

在南山路长桥公园旁。唐云，杭州人，现代著名书画家。该馆由汪道涵题额。

爱画入骨髓
吐词含风骚

——唐云集句

松风阁

在唐云艺术馆一侧，关山月题额。

山围花柳春风地
水浸楼台夜月天

美术家之家

在学士公园唐云纪念馆后，邵华泽题额。

翰墨因缘连四海
丹青气韵传千秋

——吴仲谋撰　刘江书

夕影亭

在双投桥边，面对雷峰塔，亭名集王羲之字。

金刹重新辉夕照
斜阳一抹影雷峰

——陈墨书

张笏伯墓

原在长桥。张笏伯，湖南长沙人。

千古湖山存浩气
九重雨露沛忠魂

——彭玉麟题

钱王祠

原名表忠观，祀吴越君主钱镠、元瓘、弘佐、弘倧、弘俶祖孙五王。初建于熙宁十年(1077)。祠内旧有苏轼书《表忠观碑》四块，现仅存明代重新摹刻一块。2004年钱王祠已重建。

勋勒金书，纳土当年资保障
业基石镜，筑塘奕祀庆安澜

——乾隆题

力能分土，提乡兵杀宏诛昌，一十四州鸡犬桑麻，撑住东南半壁
志在顺天，求真主迎周归宋，九十八年象犀筐篚，混同吴越一家

——张岱题

十四州一剑霜寒，辟门天子、闭门节使
三五夜群婓玉艳，陌上花开、江上潮来

——金安清题

捍海筑金堤，鲸浪长恬，累世共钦明德远
射潮驱铁弩，乌号宛在，余风犹想大王雄

——杨叔怿题　陈振濂补书

启匣尚存归国诏
解甲时拂射潮弓

——刘墉题

功在生民，惜传闻异辞。信史尚留曲笔
德垂奕禩，怅播迁中叶，支流莫溯真源

——钱泳题　周国城补书

公独扫群雄，问当年讨汉诛昌，半壁山河谁整顿
我来新庙貌，幸此日丹楹刻桷，千秋栋宇复观瞻

——蒋益澧题

藩镇痛恣横，独能半壁坚持，百载金瓯固吴越
潮流趋险恶，安得先王复起，万弦铁弩障江山

——钱氏三十二世孙钱宗翰题　杨西湖补书

斗牛分野、吴越一星、两浙荷帡幪，犹有国人怀旧德

戎马生郊、风云万变、百灵通盼蚃，安得壮士挽天河

——孙传芳题　鲍贤伦补书

十四州匕鬯无惊，保境安民，麟阁褒扬铭铁券

九百栽威灵宛在，陈裳荐食，螭碑鼎峙镇钱塘

——郭之江题　驾沧补书

有兴王定霸之才，追溯生平，开门节度，独能缮牧围修塘场，大利说农桑，综十四州齐萌，至今受赐

抱保境安民之志，流传佳话，衣锦故乡，允宜崇庙堂明飨祀，威灵弥海宇，诵千余年往史，私淑在兹

——卢永祥题

保国境类窦融、张轨，存汉家晋室遗黎，阅世历沧桑，良法所贻，犹足奠东南半壁

视朱梁如獯鬻、夫差，修太王勾践故事，敬天垂德业，斯民受赐，允宜隆俎豆千秋

——高风德题

黼黻仰庄严，对六桥浓澹青光，城郭依然，画栋珠帘思帝子

风云乘际会，揽十国兴亡遗迹，旌旗想象，银涛铁弩壮军声

——卢永祥题　陈进补书

金瓯固半壁，东南遗爱在湖山，祇今楹殿重新，玉座苔衣，旷代雄姿严咫尺

铁弩壮三军，决拾丰功昭简册，从此波澜底定，荷花桂子，千秋典祀荐馨香

——刘宗纪题　祝遂之补书

天地几沧桑，叹龙拏虎攫，四境驿骚，幸此邦民气泰，太和，依然陌上花开、江中潮静

湖山新殿宇，仰玉带金丸，千秋威肃，愿今后神保是格，再见仓多积粟、野献嘉禾

——蔡朴题　王冬龄补书

讨董歼刘，征诛比汤武，称藩纳土，揖让效唐虞，九八年保障一方，我祖宏规开自昔

筑塘捍海，吴越拓雄图，课桑训农，东南兴美利，十四州楷模全国，生民受赐到于今

——钱文选题

庙貌壮湖山，崇德报功，隆千百年俎豆馨香，不独云钦列祖

版图拓吴越，安民保境，树亿万载封疆模范，至今海宇颂前王

——钱方轼撰　华世奎书

潮用铁弩射、功用铁券铭，念先人铁石心姓。百世勋名高铁柱

族以钱山称、县以钱塘著，愿我辈钱家子姓，千年祠墓守钱王

——钱汝雯题

远系肇彭城，更五季吴越开疆，保境安民、用宏堂构；自是文章勋业，代有名流，南北衍云，数典无忘，于此处万派朝宗，群峰会极

崇祀基故苑，历千载沧桑换劫，丰功伟烈、永壮湖山；迄今缔造经营，重新庙貌，春秋隆俎豆，孝思勿懈，愿后昆恪遵遗训，丕显前谟

——钱文选题

表锦还乡，保万民于安乐

上疏归国，启百世之蒸尝

——孙尔佳题

吴越之间，至今乐土

汉唐以后，无此贤王

——孔继荣题（以上题五王殿）

湖山露真态

功德说先王

——佚　名

五百功臣，肇兴北宋

九重圣主，赐祀西湖

——佚　名

功勋合五百臣之多，一代规模创吴越

德化被十四州而远，千秋坊表永湖山

——聂缉渠题

（“规模”一作“规抚”。按古义“模”与“抚”通。）（以上题功德坊牌坊）

孔庙(杭州碑林)

在劳动路南西侧，大成殿、戟门、棂星门等主要建筑已重修。内存历代碑刻数百方，其中南宋太学石经，为宋高宗赵构与皇后吴氏所书。还有南宋重刊李公麟画孔子及七十二弟子像、贯休画十六罗汉像、苏轼书《表忠观碑》、赵子昂书佑圣观《重建玄武殿记》等。

气备四时，与天地日月鬼神合其德
教垂万世，继尧舜禹汤文武作之师

——佚　名

尊王言必称舜尧
忧世心同切禹颜

——佚　名

战国风趋下
斯文日再中

——佚　名

孔门功冠三千士
周室生当五百年

——田宝发题

麟兮凤兮
回也由也

——王翼奇题大成殿孔子行教像

净慈禅寺

后周显德元年(954)由吴越王钱弘俶创建。因位于南屏慧日峰下,故初名慧日永明院。南宋绍兴九年(1139),高宗为祭祀北狩之父兄(徽、钦二帝),改名净慈报恩光孝禅寺,杭人习称净慈寺。

御碑亭

云间树色千花满
竹里泉声百道飞

——康熙题

塔影圆明清净地
钟声响彻夕阳天

——陈蔚题(“清净”一作“清湖。)

蒲牢鸣百八
尘梦醒三千

——心融题　虬客书

石上留天语
钟声洗佛心

——徐子禹题

平湖印月开宗镜
远树来风度晚钟

——陈华题

瘦影在窗梅得月
凉云满地竹笼烟

——王梦楼题

大雄宝殿

净王禅宗,弘传千载,大德高僧,历代师承弘正法

慈云慧日，普被三根，宰官居士，杭城善信普归心

——茗山题

净业在加持，无垢湖光，四众心开圆镜智

慈云垂庇荫，常明山色，三时人仰佛头青

——启功题

得值万亿诸佛，悉皆供养，承事无空过者

所有一切众生，令入无余，涅槃而灭度之

——王震集《金刚经》句

植西土正因，相期震旦有情，我爱休耽犁尼好

揽南屏全胜，应令晋家高士，清游更度虎溪来

——章炳麟题（“犁尼”一作“犛尾”。）

一偈遍梵天，看东土普现光明，照澈净慧因缘，庄严色相

百年有桑海，与西湖长留香火，记取灵山塔影，上界钟声

——于右任题

雷峰塔红卧门前，南屏钟翠沉烟外，看琉璃照彻、瓔珞辉煌；又道济归来，只手换祇园小劫

钱塘江声销帆背，西子湖风入松巅，隔梵呗氤氲、旃檀馥郁；望表忠无恙，大轮演武庙雄图

——沈轶刘撰　虚谷书

净理胜因，愿从今日称居士

慈恩慧业，长与名山作主人

——谭泽闿题

六桥烟水，三竺香云，正觉南屏钟破晓

双树戢晖，五天潜响，却欣东土佛常春

——太虚题

问何人与禅定、法喜为缘，几时探寂随机，重见三十二种如来宝相

惟是处有绿水、青山可住，好约闲云孤鹤，来听一百八下慧日钟声

——龚翁题

宝刹镇临安，代传西竺缁衣，密义广宣，长此象形卷湖月

洪川称明圣，对映南屏翠幕，慧光普照，永斯风景靖江潮

——伊觉任题（“翠幕”一作“翠帘”）

依净土以印净心，回峰现亿万化身，觉悟群迷成净果

引慈航而宏慈量，慧日照三千法界，庄严重耀证慈缘

——梁楚音题

山河大地，露法王身，南北高峰，看天目西来，江流东去；一笑证前因，无非净觉

凡圣含灵，现平等相，颠狂神迹，伴苏堤遗爱，岳庙精忠；三仁得妙果，即是慈祥

——高振霄题

踢去夕阳、喝来明月，试问南北峰头，毕竟有甚来去

朝生虫臂、暮死鼠肝，且看宇宙源底，浑然不落死生

——芝峰题

大堤垂柳、青到寺门、安排一角灵山，供养庄严法相，四序常春，尽好湖埂留净土

前坞斜阳、红分莲座、照澈八功德水，转旋寂默金轮，六时俱念，又从云外吼清钟

——王明甫题（“尽好”一作“仅好”，“湖埂”一作“湖墟”。）

佛旨自圆融，像教东来，若人入塔庙，任他谤佛骂佛，尽成佛道

因果一顿渐，法幢再起，是谁修福德，无论遍因报因，皆是因缘

——佚　名

香刹净梵千年，空即是色、色即是空，一切世间，若能书写诵读受持，得种净因、自成净果

佛法慈悲一道，古不异今、今不异古，诸天菩萨，均以无我众生寿者，大开慈宇、普度慈航

——金汤侯撰　李生翁书

塔飞山坐，一样空华，今逢末世万年初，如是道场，愿尔众生圆觉

珠照灯传，三轮真谛，顿悟现前四大假，倘求法相，莫忘梵境庄严

——潘天寿越

气毒烟火燃，怖畏军陈中，称其名故，即得解脱

发大清净愿．具足神通力，如是自在，游于婆娑

——经亨颐集《金刚经》句

永明禅师塔院

宗镜圆照，万善同归，本教义而续慧命

法华一部，佛事百八，振大机以警群伦

——印光撰　萧退暗书

随处得宗，一湖春水
心外无法，满目青山

——马一浮题

容岛佛比邻，留得梅花遗蜕
笑弥陀饶舌，云是明月前身

——夏承焘题

千余年塔庙重新，湖水满门前，宗镜悬空垂法鉴
百八车日行不息，钟声清夜后，弥陀应世著香花

——饮谷撰　虚谷书

净土突兴、禅宗不败，打破门庭、独树家风，赖角虎四偈
玄奘以后、藕益之前，融通性相、支维慧命，得大师一人

——大醒题

清净此南屏，钟磬声中，解悟弥陀曾说法
乱离念东土，尘沙劫里，闲同慈氏重临凡

——郑陈球题

忆毕生定慧兼修，竟完西愿
看一点精灵不昧，永表南屏

——王震题

即佛即心，大云忽雨翼龙降
有禅有净，古塔重光角虎来

——太虚题

宗镜大道场，集万善同归，冥主钱王，咸尝奉为师表
寿宁新祖塔，对一湖共澈，缁流士信，齐来深种菩提

——兴慈题

佛魔无逃形，宝镜光寒秋月净
儿孙须着眼，玉池华发故乡新

——芝峰题

现悬大钟是日本曹洞宗、大本山永平寺贯首秦慧玉，率佛教代表团专程来杭，参拜如净祖师墓塔时捐资新铸的，重十吨余。钟体内外镌铸《妙法莲华经》及赵朴初撰写的铭文共68000字。钟楼下供地藏王菩萨。

钟　楼

地狱未空，誓不成佛

众生度尽，方证菩提

——雪相题

井在亭中，南额“运木古井”系俞德明书，朝北额系徐朝熙书。

古井通海，大木东来，起绀殿姿雄南屏

梵钟连天，宏音西回，绕灵塔影映北山

——陈洁行撰　袁一凡书

观音殿

音即是寂，寂即是音，观到精深微妙处

色不异空，空不异色，悟来地水火风余

——陈寥士撰　夏承焘书

天王殿

三洲感应难思，汝有真修我护法

一杵威神可畏，人无邪念自降魔

——佚　名

尊者住重身，护法降魔，宁境安民，伫看湖山秀色

先贤留胜迹，示忠启德，流风遗韵，静听塔寺钟声

——詹瀛生书

济公殿

胜迹传千秋，苦口婆心讽末俗

慈恩留万古，现身说法挽清风

——佚　名

独木隐清泉，此是僧家无上法

梵宫重选佛，要知罗汉有神通

——佚　名

云鸾开俗世，八百春长显灵踪

风鹤遍神州，方寸地堪称乐土

——郑煜题

重波玉槛，寒泉灵木依然，南宋以来余古迹

镇对雷峰，荒垒斜阳空好，西湖到此倍沧桑

——佚　名

酒肉旧生涯，是佛家游戏神通，隐示当头棒喝
湖山新卜筑，借此地遗留醉迹，来听向晚钟声

——佚　名

五观堂

五观若明金易化
三心未了水难消

——佚　名

南屏晚钟亭

伤心何日沉楼橹
屈指今年又甲辰

铸错空劳六州铁
投竿难觅五湖尊

——以上晓光题

南屏秋色归诗版
北苑春光证画禅

——际祥题

放生池

广施慈心于万物，鱼乐人亦乐
普发宏愿济大千．放生救众生

——何宝珊题

住持室

江山一览无余景
钟磬频闻落半空

——太虚题

一室春风兰气
半窗明月梅花

——达受题

家酿满瓶书满架

山花如绣草如茵

——明中集唐人句题

净慈寺旧联

照遍万国九洲，成皆庇荫
光临大千世界，群庶沾恩

——沈宗曾题

七情不染、八德为馨，二酉精藏、九思终益
四大能空、五蕴自破，三宝充固、六尘皆飞

——佚　名

视含嗔痴爱为劫敌，持此不二法门证无上果
合动植飞潜皈化宇，愿与大千世界结至善缘

——佚　名

一磬梵声涛在山
满林花影竹苞园

——佚　名

湖南佛国
震旦灵山

——康熙题

宗镜室

永镇雷峰，历劫红羊观自在
明生月印，化身缁衣觉如来

——程锡龄题

附：祝愿世界和平讲经法会

1952年3月在净慈寺举行“祝愿世界和平讲经法会”，特邀虚云长老（时年114岁）主持，上海玉佛寺方丈苇舫法师主讲《金刚经》大义。法会为期七天，哄动杭城，听讲徒众近三千人。

是法门龙象，是缁林领袖，是可爱祖国土地上，阐扬圣谛
为人类幸福，为世界和平，与罪恶魔鬼战斗中，创造乐园

——佚　名

僧小颠居舍

老屋将倾，只管淹留何日去
新居未卜，不妨小住此为佳

——小颠自题

（“此为佳”或作“几时来”。小颠大师为西湖诗僧，似狂非狂，十分风趣，诗作颇丰。署一小匾曰“呵呀”，还在居舍里悬此联。）

雷峰塔

吴越王钱弘俶为爱妃孙氏迎奉佛主发髻舍利而建，成于宋太平兴国二年(978)。原中国书法家协会主席、西泠印社社长启功题额。塔后沈鹏题“皇妃塔”。

湖天湧七层佛国浮图，杰构上摩空，允宜鉴古观今，击节吟百杵疏钟，千年夕照

吴越留两浙人文胜迹，鸿猷逢入世，正好凭高眺远，披襟揽一轮海日，万丈江涛

——王翼奇撰　朱关田书

新塔峙雷峰，近接双堤，远邀三竺

明湖映雪树，睛看夕照，雨听晚钟

——吴亚卿撰　刘江书

毁以火，毁以兵，几许沧桑，都付与荒烟落照

谋于朝，谋于野，十方欢喜，共生成宝界浮图

——吴战垒撰　郭仲选书

梯云直上，拂面天风浩浩。看数峰夕照镕金，百顷湖光塔影，都写入丹青巨卷

玉鉴初开，当头明月依依。听几杵疏钟曳韵，万家楼阁笙歌，俱谱成市井新声

——金鉴才题

浮图积古色

石竹隐凌竟

——袁启旭题

夕照前村见

秋涛隔岭闻

——佚名题林逋句

周遭地带江湖胜

孤绝山同树木低

——钱惟善题

大观绚烂催红叶

小说荒唐镇白蛇

——秦敏树题

放大光明殿

在雷峰塔左下方，即释迦牟尼舍利馆，沈定庵题额“放大光明”。

阿兰若处，法雨溥施，布地金沙瞻宝箧

窣渚波中，佛香乍爇，诸天龙象护华鬘

——林若锋撰　蒋北耿书

妙音台

在雷峰塔一侧山坡上，徐润芝题额。

宝相庄严，普世人参卢舍那

妙音圆觉，诸天苍雨寻陁罗

——岳佛寿撰　张耕源书

夕照亭

亭前有雷峰西照碑“康熙三十八年御碑遗址”。碑阴有：“清康熙三十八年三月二十六日御书易‘夕照’为‘西照’。”今为陈振濂题额。

风月最相宜，我欲弄舟，划开秋水千重碧

桑榆犹未晚，谁同登塔．撷取夕阳一片红

——苏振学撰　杨西湖书

灵秀所钟，在于山水

夕阳之美，晓似朝暾

——尚佐文撰　陈大中书

如意苑

在雷峰塔前，马世晓题额。

抱朴结庐，端平驻跸，湖上好亭台，曾阅历蓬莱清浅

甘园旧迹，谢府遗踪，峰前新卜筑，更招邀寰宇英贤

——李名芳、李旻集句撰　李赵雁君书

附:重建雷峰塔征联选录

三吴多少事
一塔古今情

——孔为庚撰

山光杨柳岸,塔倒塔修,与千年神话佛话,同栽入西湖佳话
烟景夕阳时,象生象灭,牵万种人情世情,俱化成东土风情

——郭卿海撰 沈立额书

快引嘉宾留夕照
好登新塔看杭州

——邱戎华撰

细雨牵船,庆云护塔
斜阳恋树,新月窥峰

——林小然撰

一塔通灵,东浙早潮来有约
千年证性,南山夕照映无声

——李邦兰撰

停杯问明月,看四面秋山,光环塔外
引袖拂清风,送一帆春水,绿到湖心

——黄铎吉撰

落日心犹壮
孤峰塔更奇

——林小然撰

几片红云妆夕照
一潭碧水映雷峰

——汪绍良撰

竹韵敲余,翠岫停云苍蔼重
荷风动处,金波弄影晚霞明

——叶玉超撰 萧耘春书

中西合壁
今古传奇

——苏纪利撰

十景团圆顺人心,雷峰重辉西照,明月三潭浸诗魂,醉苏堤春色,喧花港千

红，曲院听荷雨，齐踊跃、兰舟争发东岸

双标磊落开仙境，保俶俏立北山，平湖百态张画本，凛岳庙秋风，叠柳浪万绿，断桥看雪晴，喜登临、宝塔又升南屏

——亦芳撰 景迪云书

突兀复奇观，依然是夕照前村，秋涛隔岸

苍茫传故事，最难忘僧藏蟹壳，塔祭蛇仙

——白启寰撰

雷峰塔红卧门前，南屏钟翠沉烟外，看琉璃照澈，璎珞辉煌，又道济归来，只手换衹园小劫

钱塘江声消帆背，西子湖风入松巅，隔梵呗氤氲，旃檀馥郁，望表忠无恙，大轮演武庙雄图

——沈轩刘撰 虚谷书

雷峰阁

在雷峰塔边上，刘枫题额。

亭园花茂春风暖

湖镜月照楼台明

——佚 名

南屏山

南屏山又名慧日峰，峰峦耸秀，怪石玲珑，中多古迹，有司马光题《家人卦》及朱元璋书《琴台》摩崖石刻字遗迹。

黛色总疑天日雨
涛声不辨浙江潮

——李攀龙题松海亭

罗山石室

原在西湖南屏山，为明代宋景濂精舍，后为方孝孺寓所。

大道母群物
达人腹众才

——方孝孺自题

白云庵（月下老人祠）

庵原在雷峰塔西，其侧为月下老人祠。清末白云庵住持意周和尚在孙中山、徐赐麟、秋瑾、陶成章等人影响下，此庵便成为革命党人秘密集会场所，抗日战争中被日本侵略军烧毁。月老祠在西湖旧有三处，一在天竺，二即白云庵，三在吴山。而今在黄龙洞和近年新建的景点宋城、满陇桂雨等处，也建有月老殿，因此，楹联皆大同小异。近年有出版物称月老殿内签联，系由曲园俞樾辑集之说，无稽。

明月松间照
清泉石上流

——乾隆集王维句

愿将佛手双垂下
摩得人心一样平

——乾隆题

石墨一枝春，问山僧梅子熟未

梵钟几杵晓，唤世人尘梦醒来

——金日修题

瓶添涧水盛将月
衲挂松梢惹得云

——佚　名

哲人云亡，邦之不幸
共和复活，民何能忘

——德山题（以上题白云庵）

愿天下有情人，都成了眷属
是前生注定事，莫错过姻缘

——佚名集《琵琶行》《西厢记》句

顾五茎华，结宿世缘，我佛何尝昧因果
作七经纬，著未来事，通灵毕竟是文章

——朱福诜题（以上题月下老人祠）

小有天园

原在南屏山麓、净慈寺西，俗名赛西湖，为杭人汪之萼别业。乾隆十六年(1751)临幸，御题“小有天园”。

每闻乐事心先喜
或见奇书手自钞

——汪之萼用祝允明句自题

深护翠屏宜贮月
细铺瑶草亦耕烟

——佚　名

红籁山房

《西湖新志》卷八：红籁山房原在雷峰之巅，为粤人李茂之所建。

钟声塔影
山色湖光

——李茂之自题

小蓬莱

原在雷峰塔东，相传匾为宋理宗御书。

天开图画
人在蓬莱

——屈之羲题

守　庐

原在南屏西之九曜山阴。
胡为乎！万里归来，只剩得几卷残书，数茎白发
所就者！一庐终守，未敢忘二行翠柏，半角青山

——田世容题

南山昭庆寺

又名小昭庆寺、南昭庆寺。长兴三年(1933)吴越王建。
已怜雪意催寒急
更遣泉声唤梦还

——周紫芝题

人莫心高，自有生成造化
事由天定，何须苦用机关

——佚　名

榆　园

原在西湖南屏。
载酒船来鸥让路
乞花人去蝶移家

——陆沅题

魏源墓

魏源(1794—1857)为清代著名的思想家，在杭州去世，葬于南屏山。
烟雨漫湖山，佳壤初封，千古儒林凭吊奠
姓名留宇宙，遗篇在案，几行涕泪点斑斓

——何绍基题

万峰庵

多情无过鸟

到处可留人

——佚　名

室敞许云住
竹深无暑通

——佚　名

树声满壑秋初到
山影一池泉洗清

——让山题

南屏禅院

禅院在南屏山，久圮。

松韵鼓笙簧，和南屏之晚钟，清如雅奏
禅心开定慧，对雷峰之夕照，湛若明生

——郑烨题

细剪山云缝破衲
闲捞溪月作蒲田

——铁庵旧句　陈蔚题

南屏僧舍

原在南屏山麓，今已不存。

重随野鹤吟黄叶
独卧寒云对碧松

——洪昇题

章太炎纪念馆

在南屏山荔枝峰，与张苍水祠并列，馆里保存章氏文献、文物一千多件。墓在纪念馆后，墓碑“章太炎之墓”系章氏生前自书；“章夫人汤国梨先生墓”系沙孟海题碑。“章太炎纪念馆”由周谷城题额。

著书常载青牛背
避世无庸金马门

——汪日章书章太炎句

菿汉昌言，是旧民主革命健将
泌丘高致，推本世纪国学宗师

——沙孟海题

革命仰先驱，岂独文章称巨子
湖山添胜境，长留楷范励来人

——张学理撰　沈定庵书

维新真学问
革命大文章

——萧娴题

为国为民，九死一生终不悔
兴文兴教，千秋绝业赖薪传

——姚奠中题

遗志托南屏，谋国岂逊张阁学
高名仰北海，传经难忘郑公乡

——汤炳正题

近代之英杰
后世之楷模

——缪云台题

先哲精神，后生楷模，清风宛在
七被追捕，三入牢狱，浩气长留

——李长路题（以上题章太炎纪念馆）

大师讲学称贤助
淑德扬风仰久长

——蒋吟秋题

国事心常在
梨花手自栽

——江波题

断梦惊魂，师座春风悲已远
回灯怯影，锦帆夏日泣声传

——朱延春题（以上题国梨夫人墓）

张苍水墓(祠)

在南屏山荔枝峰，毗邻太子湾公园。1983年重修。牌坊后额“劲节孤忠”，沙孟海书。祠原在城内众安桥，后移来张苍水墓前侧。1992年s月重建，祠额由刘江篆书，碑铭由骆恒光重书。另有启功署额“忠烈千秋”，沈定庵署额“碧血支天”等。

东浙结丹心，钱沈几人同一辙
南屏埋白骨，岳于二墓共千秋

——赵光撰　顾廷龙补书

赠鹿果然圆旧梦
牧羊何事动哀思

——张梅句　张令杭书

抔土表忠魂，湖山生色
阖门留正气，日月争光

——周巨涟题　谭建丞补书

日月双悬于氏墓
乾坤半壁岳家祠

——阮元题张苍水句　王遽常补书

事业已为前辈录
典型留与后人看

——阮元题(以上题张苍水墓)

慷慨捐躯，从容殉节，书生膺重寄，凭赤手以回天；当年冀鲁通滇，海国梦金銮，溅血表两间正气

壮怀烈发，义愤填胸，戮力竟无功，缅同心于异代；相共友于师岳，湖山埋铁骨，鼎足成千古完人

——王家振撰　郭仲选书

东浙谱悲歌，两士罗杨从患难
西湖增壮色？千秋于岳共光辉

——郑玉浦题

纵横海陆，入闽回浙，廿年赤手挽波澜，一掷身躯报故国
俯仰湖山，师岳友于，三片丹心昭日月，长留信史传忠魂

——桂心仪撰　丁乙卯书

作万古忠义心，不愧文山随北虏
争一片干净土，愿从武穆峙南屏

——盛在镐题

报国有孤臣，取义成仁，史策从兹传事业
褒忠膺盛典，春尝秋榆，湖山终古荐馨香

——包祖荫题

十九年大志莫伸，可与盟心惟瞿史
千百载孤忠不泯，依然谈笑共杨罗

——方义路题（以上题张苍水祠）

太子湾公园

宋代有庄文、景献两太子埋葬于此，因名太子湾。钱塘水引进西湖经过这里，1987 年建引水亭，由薛驹署额，亭侧崖上嵌石刻《引水亭记》，由刘操南撰文，张令杭书。

引力竞神通，汩汩清流，不舍昼夜

水源何绵邈，深深幽径，净化湖山

——沙孟海题

第四编

苏堤　杨公堤

花港观鱼

在苏堤南端，南临小南湖，北濒西里湖。为南宋某权宦私人花园，名卢园，康熙三十八年(1699)重建，有东、南、西三个大门出入。门额分别由舒同、江华署题。

满倾竹叶春霞滑
轻摘蕉花晚露晞

——仇远题

静碧轩窗聊寄傲
软红尘土竟忘归

——佚　名

两面长堤三面柳
一园山色一园湖

——佚　名

晓露轻盈泛紫艳
朝阳照耀生红光

——诸乐三题牡丹亭(茅盾题亭额。)

八面虚亭春色满
四围佳气锦鳞回

——刘辉乙撰　顾廷龙题印影亭(郭绍虞书额。)

迷离杨柳花迎客
轻阴庭馆水平桥

——刘辉乙题绾波亭　李鹤年书(吴家禄题额。)

惟问白云何处去
不知明月几时来

——许慎题寂照亭(吴家禄书额。)

小万柳堂(廉庄)

小万柳堂系鉴湖女侠秋瑾挚友、“万柳夫人”吴芝瑛丈夫廉惠卿所筑。墅园内原有联额,均为吴芝瑛撰书。后卖与蒋国榜改称蒋庄,现为“马一浮纪念馆”。

从容养余日
慷慨怀古人(题南园)

丹霞夹明月
惊风涌飞流(题剪淞阁)

流云蔼青阙
金壶启夕沦(题帆影楼)

野老一时去
游子澹忘归(题西楼)

澄霁敛氛,为明月故
悲泪顶礼,发海潮音(题悲秋阁)

马一浮纪念馆(兰陔别墅 蒋庄)

小万柳堂后转让给蒋国榜为奉母养老之所,故名兰陔别墅,又称蒋庄。主人蒋国榜系马一浮的学生,邀马翁居此长达十六年。“文革”后改为“马一浮纪念馆”,沙孟海书“马一浮纪念馆”,陆俨少书“兰陔别墅”,余任天书“真赏梅”,李圣和题“寂照亭”。

陌上世尊倾北斗
柳梢楼角见南山

——马一浮自题

宅畔拓三弓,养志犹惭,胜地烟云悠供忆
径开来二仲,清时有待,名湖风月任淹留

——蒋国榜原题 诸涵补书

千年国粹
一代儒宗

——梁漱溟句 钱君匋书

胸中泛滥五千卷
足下纵横十二州

——林散之撰　郭仲选书

学通儒释
行绍程朱

——许绍光撰　沈定庵书

宏扬儒释哲民族文化
促进诗书篆国学精神

——商向前题

鸿儒真一世
博学足千秋

——苏步青题

笔意嫖姚书欲圣
诗情要妙句通玄

——虞逸夫题

云林寺开坛讲国性
大足山说道砥中流

——吴敬清撰　马世晓书

一瓣心香归北斗
千年绝学接春风

——王培德撰　刘江书

既文既博，亦玄亦史
希圣希贤，大德大年

——张慕槎撰　姜东舒书

泰山北斗成仰止
霁月光风沐清徽

——何思诚撰　葛德瑞书

侨居港澳怀乡国
遥望关山一英公

——吴敬清撰　王京开盫书

任呼茂树穷禅客
早判公羊卖饼家

——朱关田书马一浮句

红栎山庄(高庄)

在苏堤南端，现尚留由俞樾题额之藏山阁(今为金禹民重书)，已并入花港观鱼景区。原为杭人高云麟别业，主人爱鹤，于庭中置一“鹤冢”，由吴昌坝书碑。

山外斜阳湖外雪
窗前流水枕前书

——高云麟自题

选胜到里湖，过苏堤第二桥，距花港不数武
维舟登小榭，有奇峰四五朵，又老树两三行

——俞樾题

饲鹤调琴，止谈风月
养鱼种竹，不问春秋

——姚孟起题

画里移舟，梅边吹笛
墙头唤酒，枕上看湖

——徐惟琨题

山水足清音，近邻花港观鱼，大有濠濮间意
琴棋消永昼，高卧蕉窗梦蝶，自是羲皇上人

——许应山题

苏东坡纪念馆

在南山路苏堤口，1989 年 7 月落成开馆，主体是二层楼阁式仿古建筑。“苏东坡纪念馆”额由苏步青题。

西子幸由东坡润色
后庸每谙先哲驰声

——章祖安题

濯锦月明，讴歌西子
峨眉星汉，落笔钱塘

——徐润芝题

十里长堤，点缀河山，酿得风光永绮丽
千秋政绩，隆重古今，名随西子并流传

——苏局仙题

湖山经东坡梳理，皆成妙品
廊屋因翰墨飘香，都是文章

——张振常撰　刘江书

六桥横绝天汉上
北山始与南屏通

——马世晓书苏东坡句

故乡无此好湖山，公如鸾鹤偶飘坠
何人更似苏夫子，肯与梅花作伴来

——陈曾寿题

湖外湖庄

原在苏堤南端旧高庄旁，业主系吴越王钱谬后裔钱士青。

从东西各国游历而旋，宦海息征骖，好领略三竺烟霞，六桥风月
与南北两峰为邻相望，圣湖营别墅，放眼看千条杨柳，万顷芙蕖

——钱士青自题

西湖国宾馆(刘庄　康庄)

俗称刘庄，清末粤商刘学洵建于清光绪三十四年(1898)。入口处“松岛长春”碑处有巨石，镌吴昌硕题“嬗叶”二字。

五月荔枝香，千里乡心归未得

六桥杨柳绿，两家春色共平分

——刘学洵自题恩荣堂

论古今兴废，百感苍茫，登楼望山岭凤凰，何处故宫离黍

徒山林幽处，数椽小筑，此地有桑麻鸡犬，自成尘世桃源

——刘学洵自题望山楼

苔痕上阶绿，草色入帘青，谈笑有鸿儒，往来无白丁；刘梦得陋室留铭，如斯鸟革翚飞，似较胜中山旧宅

敧侧八九丈，纵横数十步，榆柳两三行，梨樱百余树；庾开府小园作赋，即此蜗角蛟睫，可能同新野安巢

傍流水，短长堤，欲招太傅题诗，长公载酒

登高楼，左右顾，幸与文忠同里，武穆为邻

——以上道村主人题

夜渚月明，流水今日

金樽酒满，奇花初胎

——汪子谷题

一角占湖山，莫谓栽花傍大道

此间容吏隐，居然临水自成村

——淑园旧主题

先生何许人，天半朱霞，云中白鹤

君言不得意，风情张日，霜气横秋

——查良题(“霜气”又作“雾气”)

偷得半生余闲，惟啸月吟风，快然自足

留此数弓隙地，且莳花种树，聊寄乡心

——刘更生题

刚自越州来，忆东浙旧游，曾领略万壑涛声、四明山色
欲寻盘谷去，被西湖留住，尽消受六桥烟景、三竺风光

——高英题

夹道起层楼，水抱山回，饱看曲院风荷、长堤烟柳
此村真胜地，渔歌樵唱，俨若桃源仙境、栗里人家

——黄镇趣

楼俯六桥堤，素心共风月清谈，莫放光阴虚过客
居邻三竺路，冷眼看烟云变态，最高福分是闲人

——戴启文题

览胜西泠西，窝云懒、洞霞栖，知此中必有高士
结庐曲院曲，武穆右、文忠左，喜比邻都是奇人

——刘裔祺题

宦海忆同舟，曾经万顷波涛，到此处方知实地
圣湖留别业，占尽六桥风月，是君家本有仙缘

——毕奎题

西邻是水竹新居，路转峰回，更添绝好楼台，三竺湖山如旧识
东望有坚匏别墅，花明柳暗，又复自成村落，四时风月属君家

买山近漫叟新居，土木经营，可许作杯湖老友
卜宅仿渊明故事，烟霞啸傲，难得是宦海闲人

——以上时庆莱题

偶然蹑屐来游，赌酒围棋，许我消磨闲岁月
同是挂冠归去，骑驴放鹤，输君占领好湖山

其人为豪侠者流，看剑挑灯，那管他四壁风雷，满天星斗
此地是神仙之府，炼丹辟谷，最难得一湾碧水，万叠青山

——以上徐士霖题

亏君善用湖山，六桥柳、孤屿梅，都妆入窗棂间，当董北苑一帧名画
笑我已归桑梓，汲虎跑、瀹龙井，徒惆怅席筵上有苏东坡几个诗人

今夕是何年，恰当月白风清，令我朗吟坡老句

此中真得地，只恐花明柳暗，有人错认放翁居

——以上崔永安题

元龙豪气，百尺高楼，时节正嬉春，留客花问酣亭月

庾信小园，数椽老屋，嚣尘嫌近市，输君林下卧栖霞

——戴启文题

养拙干戈际

用心霜雪间

——马一浮集杜甫句题

泉石亦经纶，揽全湖多少楼台，试大开绮户，遍倚雕栏，对西子新妆，如此文章真富丽

琴樽容啸傲，看佳日联翩裙屐，有万树琪花，四围岚翠，话天台轶事，本来家世是神仙

——陈豪题

因树为屋

举网得鱼

——彭玉麟题

故乡亦有西湖，一半勾留，行窝且傍蕉屏石

旧宅尚留南海，三千里路，别梦应寻荔子湾

——陈璚题（以上题刘庄）

割据湖山少许，操鸟兽草木之权，是亦为政

游戏世界无量，极泉石烟云之胜，聊乐我魂

沧桑多迁，陵谷多易，教宗多劫，国土多沦，亭阁鸡虫看得失，无一物当情，历尽成住坏空，觉来栩栩

天地不大。毫末不细，大椿不寿，胡茵不短，微尘世界何爱憎，叹我生自度，仍行慈悲喜舍，想入非非

全以山川为眼界

别有天地非人间

——以上康有为自题人天庐

（在丁家山，康有为政治失意后居此，俗称康庄。沿径而上，有岫筠亭等。最高处有屋三楹，额日“开天天室”，其地即焦石山房遗址，现属西湖国宾馆。）

山水蕴风涛，制新华大法，达中关成言，青史篇章开赤县

园林关气运，吟红雨随心，歌春天故事，绿窗擘画系苍生

——王翼奇撰

在长闲暂闲之半
得大隐小隐其中

——何钟嘉撰

水绣云锦牌坊

此系刘庄新建立石牌坊，面对西湖。松岳题额。
秋水空明无俗虑
夏云变幻有奇峰

——吕斌撰

云出南屏环塔影
水来曲院有荷香

——潘晓东撰　郭仲选书

翼然亭

春水船如天上坐
秋山人在画中行

——旧联　王翼奇书

水竹居

水能性淡为吾友
竹解心虚是我师

——刘江书

水抱山回，一角湖天留别业
竹间花下，百年桑海话斯人

——王翼奇撰　祝遂之书

南钓鱼台

嘉名自足齐南北
胜地允宜传古今

——吴谷撰　卢乐群书

持竿正好垂长线

治国当如烹小鲜

——尚佐文撰　余正书

相　宜

马世晓题额，亭子在八号楼隔水湖边。

晴好雨奇，吟赏四时风物

仁山智水，款迎万国表冠

——郁可夫撰　林剑丹书

毛泽东读书处

在西湖国宾馆内的丁家山上，此处原是康庄之部分，毛泽东曾在此作长达一个多月的读书活动。

隐身免留千载笑

成书还待十年闲

——田家英题

郭庄(宋庄　汾阳别墅)

在杨公堤卧龙桥北堍,原为绸商宋端甫别业,称宋庄,建于清咸丰年间,距今已有150年历史了。后易主郭氏,改名“汾阳别墅”,俗称郭庄。顾廷龙为“汾阳别墅”篆额。

溯从壮武侯后,代有传人,开元宰辅、天圣状头、卓荦大名满霄壤
爰于新小堤畔,聿兴祠宇,曲港金沙、长桥玉带、葱茏佳气到云扔

——俞樾题

红杏领春风,愿不速客来醉千日
绿杨足烟水,在小新堤上第三桥

——盛庆蕃题　顾廷龙补书

宰相溯家声,诗赋流传,鸿篇诵红杏词妍、观寒梅丽句
林泉容小筑,壶觞雅集,胜景看平湖秋月、眺竺岭还云

——罗榘题　喻衡补书

袅袅垂杨皴细雨
茸茸浅草蘸寒烟

——马世晓题　两宜轩

伯仲振家声,昭穆式凭,喜占名区傍玉局
山川钟秀淑,郊祁竞爽,长流世泽抱金沙

——陶浚宣题

述德启崇楹,闲开花木清娱,犹寓郊祁行雁乐
濒湖寻胜境,大好峰峦缭绕,合将人地卧龙名

——陆懋勋题

筑墓占山水名区,杨柳两堤,如张图画
奏乐作春秋时享,梅花一赋,永播弦歌

——杨文莹题

白马溯分封,世系遥承洎唐宋,光大门闾,先德绵绵,百代宗支衍瓜瓞

金牛征往迹，崇祠聿启有湖山，互增形胜，芳馨灿灿，四时有享荐苹蘩

——陈豪书

杨公堤

杨公堤北起栖霞岭，南至南山。明正德三年杭州知府杨孟瑛浚湖所筑，堤上有环碧、流金、卧龙、隐秀、景行、浚源诸桥，合称“里六桥”。杨公。蜀之丰都人，成化进士。2002 年冬，湖西综合保护工程启动，杨公堤重现旧观，更显异彩。巨碑“杨公堤”三字由沈鹏题，碑阴《重建杨公堤碑记》由杭州西湖风景名胜区管委会、杭州市园林文物局同立，王翼奇撰碑文。

乐水亭

在南山路与杨公堤接连处，亭临西湖，骆恒光题额。

游鱼鸣禽，同吾真乐
亭华深柳，及时静菱

——吴昌硕题

绿猗亭

林华经雨香犹在
芳草留人意自闲

——佚　名

黄蔑楼

在杨公堤南山路口，童晏方题额。

苍松翠竹看颜色
秋水青山见性情

——毕沅书

细竹有知长护屋
闲云何事屡窥窗

——王小勇书

四面青山舒翠黛

一枝兰桨泛清波

——吴新如书题淡泊轻云轩

浴鹄轩

西湖西进对新建，马世晓题额。轩有曲廊跨水至“羡鹄亭”，周清题亭名。

绿羽池边观戏水
清风竹里听鸣禽

——张爱国书

翔鸥游目生情处
浴鹄骋怀赋韵时

——建明书

共看云海一行字
犹抱江湖万里心

——立新书题羡鹄亭

武状元坊

在赤山道口浴鹄湾岸边。南宋时，南高峰顶曾设比武露台。嘉定七年(1214)右榜武状元刘必方(据《湖山便览》，作“万”)在此立武状元坊。2003 年重建。

效武穆精忠，英季习艺图兴国
承寄奴功业，高第抡魁独建坊

——徐元撰　驾沧书

虎榜登魁观此日
石坊题柱仰斯人

——周友生撰　刘江书

绿水青山，长留剑气
金戈铁马，远入涛声

——余茂撰　陈振濂书

当年右榜抡魁，花簇马蹄人共睹
今日西山揽胜，风情鸟语我重寻

——薛驹

力压群英，光腾锦绶
名传奕代，荣耀华坊

——王澈居题

演武占鳌头，犹留胜迹
修文剩鸿爪，更发幽思

——薄松涛撰祝遂之书

子久草堂

据传黄公望曾寓居此处。

四海共传华夏杰
千年同看富贵图

——赵宗藻书

春泉汩汩流青玉
晚岫层层障碧云

——张光书

霁虹桥

王芳题额。

霁开秀色，益显钟灵，千秋胜地多俊彦
虹卧清涟，犹歆浴雨，万里长天展鸿鹄

——沙鹰题

相约诗轩逢清霁
偶来鱼阁遇彩虹

——牟建闽书

丛桂水阁

在霁虹榭。戴家好题额。

落花坠雾阶前景
啸月吟风廉后音

——抱空子撰一洲书

仰云楼

刘江题额之仰云楼前左廊，郭云青题“回云”，蔡云超题“近月”，在此望双峰插云景观。

俯瞰东西金涧水

仰瞻南北两峰云

——丁茂鲁书

宝盖撑空一七层
玉簪拔地三千仞

——吴新如书(此联原系聂大年题“双峰插云”。)

华盖惭迷青缥缈
浮图时见碧玲珑

——陈进

云麟湖馆

在乌龟潭。陈进题额。
山外斜阳湖外雪
窗前流水枕前书

——旧联 赵征宇书

一镜芳香

龙井桥边,来观都氏诸遗物
鸡笼山下,回望张公一寄庐

——周友生撰 钱法成书

永福楼

此楼在杨公堤西侧,近三台山。
明秀煮茶香
湖山怡我醉

——赵志远题

赵之谦纪念亭

赵之谦墓原在西湖丁家山麓,因建路被毁,现仍有墓址碑记,纪念亭近年建在墓址前西湖滨。赵之谦,会稽人,为清代后期著名的“海上画派”代表人物,也是书法名家。纪念亭,木构,十字形,有坐栏。题额“半隐亭”及四副楹联皆赵之谦手迹,分别有篆、隶、行、草诸体。

举头望明月
倚树听流泉

杨柳亭台凝晚翠
芙蓉帘幕扇秋红

万顷月波秋雨后
一篝烟翠夕阳间

新雨客疏尘锁几
故山秋澹树藏楼

——以上赵之谦自题

茅家埠石牌坊

在27路公交车茅家埠站西侧路上，颇高大，前额“云升远壑”为顾宏题，后额“岚拂修篁”系赵宗藻题。

丹桂动吟怀，过径微香疑石屋
碧桃怡醉眼，沿河秀色隐茆家

——王漱居题

车马远嚣尘，路接宝山天咫尺
林泉抒妙绪，云开玉宇月清圆

——林崇增撰　骆恒光书

公路东侧，即都锦生故居进口处，还有一额为“乐情在水”“暖风净宇”之石牌坊，分别由王伯敏、沧米书写。

佛国行香，是百年黎庶遗风，古道遥通三竺去
圣湖迎客，正一片桃花春水，扁舟撑出六桥来

——王翼奇题

通利桥边，柳色含烟明镜里
茅乡道上，钟声和月翠微间

——张学理撰　马世晓书

都锦生故居

都锦生(1898—1943)，号鲁滨，杭州茅家埠人，著名实业家，对中国丝绸业的贡献巨大，鲍贤伦题额。还有“锦绣天成”“润余堂”(陈进书)“巧夺天工”(吴杭春书)诸额。

组织经纶，生财有道
丝缎锦绣，著手成春

——林乾良书

子孙贤矣族将大
兄弟睦兮家必兴

——沈浩书

欲知世上经纶美
已见坊中手段高

——王小勇书

腾蛟起凤
绣虎雕龙

——佚名（题庭院通道石门楣上）

凤起武林，东方奇葩又添异彩
龙游西子，人间福地再展雄姿

——佚名（题都锦生博物馆大门）

渡湖海江河，登岸不唯通佛国
来东西南北，安心自可悟禅机

——钱法成题

古寺遥通，中天竺又上天竺
长堤回望，里六桥连外六桥

——戴盟题（以上两联题都锦生故居前石牌坊）

嘉木清芬亭

此亭在都锦生丝绸展示厅外侧，驾沧书，还有石栏护住的一株茶树。1997年江华在亭中石碑上题字：“一九六三年四月二十八日毛主席采过茶叶的龙井茶树。”

龙井通四海
西湖连五洲

——佚　名

醉白楼

在茅家埠都锦生故居进口处。孔仲超题额。据说白居易任杭州刺史时，常到茅家埠西湖边饮酒。有位名叫赵羽的酒楼主人，请他为该楼取名题字，白为之题“醉白”二字。

佳名醉白非眈酒
古埠黄昏独倚楼

——童晏方书

红烛饮君迎湖月
青旗沽酒趁梨华

——鲍贤伦书

冶艳桃花供祗应
迷离烟柳藉提携

——佚　名

时有妙香，一瓣氤氲来问佛
岂无佳酿，三杯飘渺欲寻仙

——尚佐文撰　张耕源书

缥缈花香浮岛屿
葱笼佳气护蓬莱

——张照题醉白亭

“金溪毓秀”石牌坊

石碑坊在杨公堤东赵公堤上，题额“金溪毓秀”“和似春风”。

连水接山向山居，看水萦堤卧
鉴古观今登古道，觉今是昨非

——铁瑛撰

古道重辉，直向诸峰深处
今朝更美，尤当双桨来时

——尚佐文撰

九里松接十里荷花，独开胜境
四方客来一方宝地，尽展欢颜

——徐弘道题

此去看山无俗虑
我来听水有清音

——蒋荫炎撰　驾沧书

离合悲欢演往事
贤愚忠佞认当场

——陈进题演坛

（从萧山移来之毓秀石桥跨过去，将近盖叫天故居时，有演坛。）

天泽楼

天泽庙建于宋以前。南宋嘉熙年间（1237—1240），临安知府赵与懽在此祷雨应验。赐庙额"孚应"。明万历年间郡守张振之祷雨复验。如今改建为天泽楼，张光题额。逸之书"孚应"匾。

神风静默云生石

和气熏蒸雨应时

——宋涛书

天遣银潢作甘雨

泽沾黄土润嘉禾

——吕国璋书

金溪别业

在杨公堤玉带桥头，旧为城内招宝堂唐氏家祠，建于清光绪末年。俗称唐庄。

金溪小筑，宛在一方，其地为虞伯生故址

玉带分流，汇成五亩，此中有唐山人诗瓢

自直肃公后，代有闻人，不愧为三祖支流，五仲门第

于明圣湖边，大开祠宇，最好在金沙港内，玉带桥头

——以上俞樾题

圣裔遥承，本姬周一线

名祠对峙，有左相诸贤

——陈兆熊题

盖叫天墓

在杨公堤丁家山南麓，墓前有石柱亭三楹，前匾"学到老"，由九十翁黄宾虹书，后匾"慕侠亭"为唐云所署。

英名盖世三叉口

杰作惊天十字坡

——吴湖帆题

一代孟优，允文允武
千秋绝艺，如柏如松

——唐云题

燕北真好汉
江南活武松

——陈毅句沙孟海书

燕南寄庐

在流金桥堍，金沙港畔，石牌坊附近，系著名京剧表演艺术家盖叫天故居。盖 43 岁入住，在此生活了 40 多年。盖叫天祖籍河北高阳，寄富江南，故名。斶戏老人题额。

舞台方寸悬明镜
优孟衣冠启后人

不大地方，可家可国可天下
寻常人物，能武能文能圣贤

燕南瑞雪得一剑
赵北鹰鸣和瑶琴

——蒋北耿书

临水知鱼乐
当春听莺歌

——天庐题赠张二鹏作的悬于百忍堂的画《喜从春上来》。

赵之谦墓

赵之谦殁后，由浙赣等地友人营葬于丁家山。1956 年定为省重点文物保护单位，不久因道路拓建而不存，2003 年，在原墓址附近筑亭标示。

高人自与山有素
老可能为竹写真

不拘乎山水之形，云阵皆山，月光皆水
有得乎酒诗之意，花酣也酒，鸟笑也诗

——以上赵之谦自撰

西汉文章，北朝书法
南城仙吏，东浙通人

——张鸣珂题

刘典祠

在金沙港畔原李鸿章专祠内，早已不存。

从左相国而来，电扫雷轰，力战始有今日
距蒋公祠不远，风晨月夕，过谈当似平生

——陈士杰题

白云自占南北岭
明月谁分里外湖

——成允题

延青水榭

在金沙港，今已不存。

新水涨三篙，绕槛波光平似镜
好山环四面，开窗岚翠拱如屏

——富海帆题

镜面湖光，苏堤一线横窗碧
云端梵唱，竺岭千盘压阁青

——张允垂题

杭州花圃

在杨公堤，原名“西山花圃”，建于 1954 年，内有水生花卉区、掇景园、兰苑、流花榭等。其中兰苑有朱德书“国香室”、“同赏清芬”匾额。

入室发幽香，知遇君子
凌波佩芳草，譬彼美人

——张宗祥题兰苑

物我无猜，竹韵松风集盈屋
湖山有幸，诗情画意满长廊

——王学文书

盆景著钱塘，承传两宋年尤远
匠心寓花圃，装点重湖景更佳

——盛长荣书

木石缀山川，万千气象
烟霞溢盆瓦，无限风光

——沈鹏书（以上三联题掇景园）

仁寿山庄

旧为环碧湖舍，在曲院风荷西边，现为金庸茶馆。

欲凭池阁寻诗梦
好借湖山作画屏

——张学理撰　骆恒光书

此地幽栖，高致乐山人益寿
谁家仙馆，明轩临水碧环湖

——王翼奇题

传神文笔惊四海
仗义风范炳寰中

——周中伟赠金庸（悬室内。）

云岚染碧环精舍
烟雨含馨润圣湖

——薄松涛撰(在湖舍前方,梅华题额“仁寿亭”。)

魏　庐

在花港公园西边,靠近杨公堤。原主系民族资本家经易门,具有浓郁的江南庭园特色,养有许多孔雀、红鱼。骆恒光题“寻梦轩”,杨西湖题“清虑堂”。

蓼港环庐,苏杨堤送六桥翠
芳园连界,姚魏丛分一带红

——张学理撰　钱法成书

庐前孔雀张屏,客忘逋鹤
亭下池鱼结队,惟识濠梁

——王澈居题

惠泽春秋,奇葩常醉天下客
庐临港苑,逸兴每萦水中鱼

——沙雁题

小隐园

在燕南寄庐南面,金沙港边,是新辟的一处园林。

杯酒纵横廿一史
瓣香次第十三行

——石雨书

远树平林村落
小桥流水人家

——徐桥书

雨后双禽来占草
秋深一蝶不寻花

——马公愚书

飞虹跨水通孙庙
斜日沉粱过赵堤

——丁茂鲁书

万事莫如为善乐
百花争比读书香

——顾光旭书

芳桂亭

在往灵隐进香古道间，有几处亭轩都用茅草盖顶的。来海鸿题额“芳桂亭”，季琳题“靖云”. 王玉田题“清壑”。

几处茆亭分野竹
一湾秋水映流霞

——王企敖撰 蒋北耿书

入埠山光如拨翠
连湖水色似揉蓝

——林峰撰 骆恒光书

爽气一亭留远客
香烟十里忆当年

——王峥撰 张浚生书

山远近，路横斜，惠风和畅
树参差，亭错落，朗月空明

——薄松涛撰 任平书

凝 云

在岩芳水秀景区。系木结构二层凉亭。

小憩凉亭，领略田园风味
徐行古道，平章水目清华

——汤柏林撰 周文清书

到乡初入辋川境
离埠长啥归去辞

——余尽撰

玉涧桥

此桥移自桐庐印渚镇丰收村。明代造，石料结构严密，造型优美古朴，徐霞客曾谈及。

香径殷勤缘客扫
寺门次第为君开

——徐元撰 郭仲选书

佳客联翩来古道
扁舟容与泛清波

——杜志强撰

曲院风荷

金沙涧汇人西湖处，南宋时设酿造官酒之“麯院”，因多荷花，故称“曲院荷风”。清康熙御题改为“曲院风荷”，并定址在苏堤跨虹桥北堍。解放时仅及“一亭一碑半亩地”，今已辟为规模宏大的公园。

眼前小阁浮烟翠
身在荷香水影中

——金意庵题

野翠生松竹
潭香闻芰荷

——方傅鑫题

四壁藕花，香风入座
三间水榭，明月满湖

——高鹏年撰 杨仁凯书题迎熏阁

(此联原题于三潭印月开网亭，朱关田署额。)

水清鱼读月
山静鸟谈天

——雍正题 吴恒补书

水凭冷暖，溪间休寻何处来源；咏曲驻斜晖，湖边风景随人可
月自缺圆，亭畔莫问当年初照；举杯邀今夕，天上嫦娥认我否

——彭玉麟题

清风一握自为笑
新月半规殊有情

——张景云题

楼台近处夸先得
花竹清时写太和

——佚名(以上三联原悬竹素园，现题水月廊，驾沧署额)

曲渡清波

徐拂荷风凉曲院
浅斟桂酿眺明湖

——欧阳诚题

远　馨

临荷但咏风裳洁
离院犹携曲酒香

——徐弘道题（葛德瑞题额）

香浮玉醴

这是一座颇具规模的酒楼，何水法题额。

环水以游，寻迹屡生耽酒兴
面荷而泳，制表深结爱花缘

——王澈居题

访古微唫，细尝官酿兼民酿
开怀畅饮，最爱荷香共酒香

宋酒溯千年，宛若皇宫开御宴
清风来四面，依然曲院沁荷香

——吴亚卿题

青帘坊

荷塘双桨寻诗去
曲院三杯品酒来

——钱明锵撰　立新书　驾沧题额

醉月苑

借得明湖一角水
赢来曲院四时香

——戴盟题

万斛春

荷色赖明湖托出
酒香从宋季飘来

——王峥撰　郭仲选书

真　趣

一院飞香存古迹
六桥倒影傍新荷

——詹赢生题

芙渠水馆

莲爱周公康酝酒
客欢宴院曲飘香

——徐元撰　方志恩书

福井·杭州友好公园

在曲院风荷公园内，1994 年建成，日本国酒井哲夫题额。

三五夜中新月色
二千里外故人心

——藤野严九郎书(联旁有跋"读自居易之诗怀鲁迅君"。)

徐锡麟祠

原在跨虹桥西。祀辛亥革命烈士徐锡麟，战前已圮。

五年前同志同谋，急不能缓，死不能从，让两君偕作鬼雄，独自安乎；当时奔走呼号，梦绕皖公山，尺剑深知负吾友

千古来奇人奇事，头可以断，心可以剖，拼一身促成民族，何其烈也；今日共和圆满，祠开越王郡，瓣香犹得告先生

——佚　名

左宗棠祠

原址在今竹素园附近，祀清末名将、浙江巡抚左宗棠。有光绪帝赐"旂常懋绩"、"恪天公忠"，慈禧赐"忠忱一德"额，民国后改徐锡麟祠。

学问优长，经济闳达
秉性谦正，莅事忠诚

——光绪题

地近岳王坟，死后不孤，蒋庙刘祠皆旧部
奠酌圣湖水，生前有语，六桥三竺许重来

——杨昌濬题

杭地用兵年，居者水火，行者流亡。自我公入衢州，率蒋果敏前驱，袭富春、屯留下，血战始成功。然后兴学校、徕商旅、复农桑，百万户还定苍黎，完家室而长子孙，两浙康休皆所赐

史编大事记，勘贼东西，抚贼南北。迨诸君集闽海，效汉武乡尽瘁，有进寸、无退尺，天心旋悔祸。犹欲议边防、筹将材、策吏术，七十岁搘撑精力，竭股肱以绥中外，千秋飨永余思

——全浙士民公献

高志局四海
英名擅八区

——应宝时集左宗棠句

朱瑞墓

倘一死定作劳人，看历年雨覆云翻，大陆龙蛇多厄运
即再生难回时局，料来日内忧外患，空山猿鹤有余哀

——王葆桢题（朱瑞为辛亥革命浙江军政府都督）

苏堤春晓

北宋元韦占五年(1090),苏轼疏浚西湖时筑。堤上架映波、锁谰、望山、压堤、束浦(讹称"东浦")、跨虹等六桥,堤旁植桃柳。现"苏堤春跷"额姚雪垠书,"仁风亭"额董石良书,"夕佳亭"额陈振濂书。

云开树色千山合
月上荷香万顷新

——陈振濂题

浅水笼云横暗霭
微风薰暖弄轻柔

——高得饧题

淡烟斜日弄清影
浴凫飞鹭窥红妆

——汤焕题

杨柳又多前日景
梅花只少近人诗

——叶茵题

第五编

孤山路

平湖秋月

在白堤西端，孤山南麓，濒临外湖，建于康熙三十八年(1699)。旧时上悬御题"平湖秋月"匾，现为启功补署。有望湖亭、罗苑、四面厅、湖天一碧等建筑。

穿牖而来，夏日清风冬日日
卷帘相见，前山明月后山山

——骆成骧题　萧娴补书

万顷湖平长似镜
四时月好最宜秋

——石治棠题　李长路补书

平樹水影清，金波玉桂传香，引领千门秋夜月
湖光山色好，绿意红情成趣，迎来万户月中秋

——旧联　李长路补书

胜地重新，在红藕花中，绿杨荫里
清游自昔，看长天一色，朗月当空

——阮元题　蒋北耿补书

欲把西湖比西子
更邀明月说明年

——石治棠集句

佳景四时，最好秋光何况月
静观万物，欲平天下有如湖

——陶镛题

鱼戏平湖穿远岫
雁鸣秋月写长天

——黄文中撰　黄侃书

玉镜净无尘，照葛岭苏堤，万顷波澄天倒影
冰壶清濯魄，对六桥三竺，九霄秋净月当头

——德馨题

现并入平湖秋月景点。

哈同园远出湖心，侵占湖光不少
于谦墓近居山后，所领山色无多

——民国7年(1918)杭城百姓抗议哈同强占湖畔土地建罗苑，此联贴大门上。

十年树木，百年树人
同气相求，同声相应

濒湖望波，水天一色
旧楼新颜，书画五彩

——以上蔡元培题国立艺术院

姚芝兰祠

原在平湖秋月景区陆贽祠后，姚之生平不详。

景行一堂，百川汇海泽以萃
遗爱千载，四贤结邻山不孤

——德馨撰

莲池庵(莲池松舍)

旧为嘉泽龙王庙。因建康熙“平湖秋月”御书碑亭，徙庵于其北今大草地处。

松舍开莲池，记敏达重新，归愚题咏
湘帘渡宝筏，是水仙旧宇，我佛精蓝

——徐裕绶题

都一处茶馆

小店依孤山，岂无梅香拂尘
平湖伴佳客，更有秋月引怀

——佚　名

苏白二公祠

原为祀白居易的白文忠公祠和祀苏东坡的苏文忠公祠，民国初两祠合而为一。后又作为“西湖艺术院’’校址，今则遗址已并人浙江博物馆。余正题额“英杰颉颃”，祠内大匾“山水功臣”系集米芾字。

韵分西子柳堤边，思一镜画图亲手构
凭栏看云影波光．最好是红蓼花疏，白堤秋老
把酒对琼楼玉宇，莫孤负天心月到，水面风来

——彭玉麟题

里外湖瑞启金牛，地注渊泉，卅里澄波无限好
古今月光含玉兔，天开图画，一轮霁魄此间多

——沈阅蝇题

点缀湖山，凭藉花鸟
清筑骚雅，广注鱼虫

——张宗祥题

天开眉目山川丽
地得肤毛木石灵

——谢光绮撰　徐树钧书

佳趣此偏多，量来秋水平篙，照我全身都入画
吟怀闲不得，携有清风两袖，看花沿路去寻诗

——江湘岚撰　朱彝伯书

山远疑无树
湖平似不流

——佚　名

帅承瀛祠

原在平湖秋月后轩，祀清浙江巡抚帅承瀛。
报国有同心，两地风波皆梦幻
还乡传旧德，千秋涕泪满湖山

——姚甫亮题

治淮河渠三代法
名齐唐宋二朝贤

——胡书农题

归兴托莼鲈，一代文章留北阙
清芬接梅鹤，百年风教在西湖

——夏宗耀题

寰瀛小筑

即罗苑，俗称哈同花园，后为国立艺术院（今中国美院最早前身）校址，政惠杭州梅屿上．设两樽芳醴肃容瞻

——王湫倨题

黎庶至今思，湖山俎豆双贤守
风华终古在，唐宋诗词两大家

——王翼奇题

但是人家有遗爱
曾为诗句结风流

——阮元集白居易诗句　张旭光书

明月来相照
好风与之俱

——佚名题横翠楼

两珠玉蕊明朝瞰，定是香山老居士
一盏寒泉荐秋菊，仍呼我辈不羁人

——陈曾寿题

一卷守魁纪
百世尊南阳

——诸宗元题（以上题白公祠）

欲共水仙荐秋菊
长留学士住西湖

——阮元题苏公祠旧联　李松补书

泥上偶然留鸿爪
故乡无此好湖山

——华秋槎集苏东坡句

维先人两到公乡，怀古思贤，诗学愧承传古训
有太傅一编祠录，引泉荐菊，榜题应补读书堂

——张厚璟题

自蛮乡、瘴海游历而还，胜地重临，凭管领六桥风月
与白傅、林逋、望，崇祠近接，恰平分一席湖山

——德馨题

一生与宰相无缘，始进时魏公误抑之，中岁时荆公力扼之；即论免役，温公亦

深厌其言，贤奸虽殊，同怅君门违万里

到处有西湖作伴，通判日杭州得诗名. 出守日颍州以政名；垂老投荒，惠州更忘情于佛，江山何幸，但经宦辙便千秋

——金安清题

官如草木吾如土
舌有风雷笔有神

——梁同书集东坡诗句(以上题苏公祠)

香火有缘，当白傅堤边，苏公祠畔
文章生色，似杏花二月，桂子三秋

——佚名题文昌阁

今日重来问鸥鹭
故乡无此好湖山

——佚　名

图画香山，风流玉局
荷花世界，杨柳楼台

——汪少海题(以上题横翠阁)

樊绍述祠

原附祀在白公祠内，祀唐绛州刺史樊绍述。

词源倒顷三峡水
经杨宜作两家春

——齐耀珊题

史传记新书，行谊胪陈韩荐状
神交怀旧侣，允宜配享白公祠

——张厚璜题

昔与香山友，今与香山祀，载诵篇章，允配西湖新结社
生而退之状，殁而退之铭，聿传著作，派分东浙再开宗

——童谳德题

陆贽祠

在原平湖秋月亭北，祀唐名臣陆贽。陆死后谥“忠宣”，世称陆宣公。

两庑荐馨香，成钦名相谟猷，大儒学问
六桥揽风月，犹似川云宦迹，烟雨家乡

——富海帆题

含　翠

外西湖老干部活动室，党的“七大”代表林辉山曾居此，现楼后厢房有一题额“含翠”之茶室。

楼近平湖，光明可鉴
梅开孤屿，岁晚犹香

——周晓江撰　俞建华书

中山公园(康熙行宫　圣因寺　万寿宫)

在孤山中部南麓，南宋时为四圣延祥观址。康熙南巡，曾于此地建行宫，雍正时改称圣因寺，为西湖四大丛林之一。乾隆时在其附近建万寿富，民国初期建为中山公园，由沙孟海署额。

云窗静挹峦峰秀
花径平分松竹香

入座烟岚铺锦绣
隔帘云树绕楼台

花雨润时沾翰墨
竹风清处韵琴书

千峰林影帘前月
四壁湖光镜里天

螺尖滴翠峰千叠
鸾尾凌霄竹万竿

苍霭望中收，四面湖光依几席
薰风行处遍，六桥花柳间桑麻

——以上康熙题行宫

长见日华临宝掌
依然帝释驻春台

表里湖山含动静
虚明今古印羲娥

屿云连竺境
湖月证潮音

云岚静对自高秀
城郭远映余青苍

霁见山容凝翠黛
风披水面皱冰纨

曰游曰豫所无逸
乐水乐山亦静机

林端挹甘露
峰深现青莲

烟火万家添胜慨
江山千里引游情
临憩名区欣富庶
咨诹善俗识游歌

梅香闻不厌
竹静望偏深

——以上乾隆题圣因寺、万寿宫

花含春意洽
石戴古皱奇

——佚　名

山外皆山，峦岫绕成清净界
画中有画，笙歌谱就太平图

——雍正题

圣德遐昌，北极恩光昭北阙
皇仁远被，西湖瑞霭接西天

——李卫题

庄严胜地，琅环福地，东壁沐清光，洵是比金銮侍漏
晴雨宜时，雪月佳时，西泠谈盛事，最难忘玉辇巡游

——德馨题（以上题圣因寺）

救灾希金，出水火而登衽席
纪功勒石，立碑塔以壮湖山

己溺己饥，恩周浙境
尔炽尔寿，辉映湖山

昊天不佣，载胥及溺
将伯助予，永矢弗谖

——黄庆澜集《诗经》句题

（以上题中山公园南洋华侨赈灾亭。其西系宝塔顶式方亭，四面有石壁斗门与一般所见不同，因此杭人称之武亭，其东则称文亭。）

水水山山，处处明明秀秀
晴晴雨雨，时时好好奇奇

——黄文中题西湖天下景

（“文革”中改悬由任政补书额联。亭在公园东侧，围墙之南为文澜阁，亭立水中，有曲桥连接回廊。原称浮泉，系清康熙行宫唯一遗迹。）

浙江忠烈祠

原在中山公园右万寿宫故址，祀辛亥革命南京战役烈士，战后并入浙江博物馆，20 世纪 80 年代拆除。

光复有功，赢得湖山供俎豆
男儿遗恨，未能甲马奏铙歌

——陶镛题

西　阁

原在孤山，又名弥勒阁，有石塔七层，今不存。

年光似鸟翩翩过
世事如棋局局新
岚积远山秋气象
月生高阁夜精神

——以上志文题

王阳明祠

即今文澜阁址，祀明代学者王阳明。

七万人相庆更生，计农桑教化兵防，名世允推儒作将

十五卷共遵遗集，并道德文章经济，此邦尤愿士希贤

——佚　名

朱熹祠

在浙江图书馆古籍部西，祀宋儒朱熹，康熙御书“正学阐教”额。现则为楼外楼菜馆东楼。

由孔孟而来二千年，卫道传经，独振斯文统绪

当光宁之世五十日，格非陈善，允宜此地蒸尝

——朱珪题

删定赞修真，千古同功，较汉唐训诂诸儒，仰高山而倍仞

德性问学源，两端并举，任陆王纷纭异说，撼大树以何能

——朱兰坡题

德盛教尊，广千古圣贤传心之要

仁昭化溥，垂万年子孙敬守之基

——佚名题崇德堂

徐潮祠(清风草庐)

东邻浙江图书馆古籍部。为清东阁大学士徐潮家祠，即清风草庐(又名竹素园)故址。卒谥文敬，乾隆赐“凛矢清风”额。今为“青白山居”址。

嵩高重镇司屏翰

河洛恩波沛德音

——徐潮自题

三朝谕祭恩纶渥

百世贻谋祖泽长

——佚　名

春辉草木江山看

户遍弦歌雨露新

——佚　名

1929 西博会教育馆

教育馆设在浙江图书馆及徐潮祠、朱熹祠等处。

定教育的规模，要仗先知；做建设的工作，要仗后知；以先知觉后知，便非发展大中小学不可

办教育的经费，没有来路；受教育的人才，没有出路；从来路到出路，都得振兴农工商业才行

——刘大白题

看完这教育成绩，感想如何，不满意么？要同担些匡扶责任

放下那湖山美观，勾留在此，能著眼的！别错认是点缀工夫

——刘大白

水竹居

在孤山。明初郑伯规故居，今已不存。

岁晚谁收丹凤买

波寒空负白鸥盟

——高得旸题

学海堂

胜地萃贤能，愿诸君佩实衔华，毋负故乡好山水

英才裕公辅，卜他日书绅论秀，同登天府作夔龙

——佚　名

与玉局作社会邻，为名臣、为名儒，景仰非遥，文字前因续香火

谒金门应贤良对，曰贡士、曰进士，飞腾在即，湖山佳气结风云

——马新贻题

诂经精舍

清中叶以后杭城最有影响的书院之一。清嘉庆五年(1800)由阮元创办，光绪间由太守林启合其他书院创办求是中西书院，后为杭州蚕学馆(今绍兴农校之前身)及西湖艺专校舍。新中国成立后，一度为浙江省科委办公用房，今已并人浙江博物馆。

公羊传经，司马纪史

白虎论德，雕龙文心

——阮元题　俞樾补书

六经皆载道之书，莫骛词章矜博览
两浙为人文所萃，益从根底下工夫

——马谷山题

南阁祭酒，说文九千字
东国大儒，著书数万言

与诸君拜许郑先师，敢以空谈荒实义
为昭代存乾嘉学派，须知经术即文章

——以上俞樾题

同条牵属，共理相贯
括囊大典，网罗众家

是谓不朽有三，遗烈永当留圣水
所以行之者一，返躬深愧仰高山

——以上马新贻题

希贤希圣希天，尚友诗书，其揆则一
立言立功立德，名山俎豆，不朽者三

——蒋益澧题

西泠印社

在孤山西南麓。光绪三十年(1904),由丁仁、王禔、叶为铭、吴隐等人创办,民国2年(1913),推吴昌硕为首任社长。继任者有哈麐、马衡、张宗祥、沙孟海、赵朴初及启功等,皆我国书、画、金石泰斗。

高风振千古
印学话西泠

——康有为题后山石坊

石藏东汉名三老
社结西泠纪廿年

——丁仁撰　叶铭题前山石坊

[民国12年(1923)耿,印社举行成立20周年纪念会时建。]

宜雨宜晴,静观自得
尽美尽善,为乐至斯

——丁上左撰　高丰书

登高一呼,万山皆应
得少佳趣,众宾与欢

——杨天禄集句　陆俨少书

诗书画而外复作印人,绝艺飞行全世界
元明清以来及于民国,风流占断百名家

——于右任题

旧雨新雨,西泠桥畔各题襟,溯两汉渊源,藉征鸿雪
文泉印泉,四照阁边同剔藓,挹孤山苍翠,合仰名贤

——胡宗成撰　沙孟海补书

占湖山之胜
撷金石之华

——佚名(以上题甌襟馆,金尔珍署额)

金仙阅世

石室遁形

——王震题缶亭

(20世纪20年代,日本篆刻家出于对西泠印学之敬仰,铸吴昌硕铜像赠印社。吴号缶庐,故称“缶龛”,题名“缶亭”。)

我思古人,有扁斯石
其究安宅,莫高匪山

——张钧衡集《诗经》句

竞传炎汉一片石
永共明湖万斯年

——丁上左撰 黄葆戊书(以上题汉三老石室,内置汉三老讳字忌日碑)

乐石吉金以为鉴
苍官青士伴斯亭

——叶舟题鉴亭(朱祖谋署亭名)

合内湖外湖风景奇观,都归一览
萃浙东浙西人文秀气,独有千秋

——许炳璈题 程十发补书

乱云起高阁
叠石疏流泉

——靖盦题

东汉文章留片石
西泠翰墨著千秋

——朱景彝题 刘江补书

西泠印结千秋社
东汉石传三老碑

——童大年题

尤两耳,夔一足
缶无咎,石敢当

——吴昌硕题

印讵无原,读书坐风雨晦明,数布衣曾开浙派
社何敢长,识字仅鼎彝瓴甓,一耕夫来自田间

——吴昌硕题 诸乐三补书

趣洽情自超,信知翰墨有真乐
造极境忽辟,漫从诗画记因缘

——丁上左题(以上题吴昌硕纪念馆,该楼原名观乐楼。)

既遁世而无闷
发潜德之幽光

——张祖翼撰　杨岘书

君子好遁
弥勒同龛

——吴昌硕题

倪迂清风云林阁
米老英光宝晋堂

——何绍基题(以上题还朴精庐,旁有潜泉。吴昌硕署额并跋。)

浩劫忍重论,经五十年尘世沧桑,韵事流传,犹有图书开浙派
昔贤今不作,抚二百家印人翰墨,香瓣宗仰,可容表钵倡瓯风

——叶鸿翰题

彝鼎图书自典重
金石刻画臣能为

——童大年集句(以上题宝印山房)

湖胜潇湘,楼若烟雨,把酒高吟集游客
峰有南北,月无古今,登山远览属骚人

——陶在宽题

高会来旧令雨
丹篆照东西洋

——沙孟海题(以上题山川雨露图书室)

以文会友
与古为徒

——王个簃题

与古人为知己
集斯文之大观

——徐廉题篆刻创作研究室

诸天宫殿琉璃上
二月湖山锦绣前

——厉鹗题

面面有情,环水抱山山抱水
心心相印,因人传地地传人

——叶翰仙题

高阁山光仍四照
故人石壁亦三生

——赵士鸿题　刘海粟补书

亚字栏、㐅字墙、丁字箔、心字香，翼然井然，咸宜左右
东瞰日、西瞰月、南瞰山、北瞰水，高也明也，宛在中央

——佚　名

东西日月，南北湖山，俯仰中央宛在
坟典石渠，画图天禄，列陈左右成宜

——丁不识题

环水抱山，眼底天然图画
吉金乐石，座中自有周秦

——金尔珍题

神乐最宜楚辞古
明湖可惜蒋山遥

——旧四照阁联（民国13年为建华严经塔时拆毁。）

名重文章，在野辞朝为大隐
学宗秦汉，勒金刊石别同人

——丁不识集《曹全碑》字

四面常时对屏幛
几生修得到梅花

——况周颐题

印成秦汉一家，丁布衣归乎，斯文未坠
社邻梅鹤二轩，林处士去矣，吾道岂孤

——张惟懋题

卜筑湖山占胜处
合参宗教继前贤

——戴书龄题

大好湖山归管领
无边风月任平章

——许奏云撰　简琴斋书

访三老碑亭，东汉文留遗迹在
问八家金石，西泠社近断桥边

——方介堪题

诵印人传记，如龙泓之雄浑、鹤田之渊懿、完白之清奇，自子行铁笔后，各具丰裁，固不囿两浙专家，集同好讨论一堂，洵能绍秦汉先型，斯冰遗法

考西湖志乘，若君复作水亭、嗣杲作书楼、东坡作石室，于乐天竹阁侧，别开幽胜，更卜筑数椽精舍，继往哲重联八社。允足助林泉逸兴，唐宋流风

——丁立中撰　楼卓立书

先生肩莲社清风，刻画六书负鸿博

此地是桃溪深处，渊源一脉溯龙泓

——金鉴题

天地有正气

山水涵清晖

——清道人集文信国、谢康乐句

尽收城郭归檐下

全贮湖山在目中

——叶舟旧句　刘江篆题四照阁

梅鹤为邻，小坐依然图画

莼鲈下酒，故乡无此湖山

——观津老人撰　朱屺瞻补书

天帱地载

山高水长

——吴昌硕题还朴精庐

印传东汉今犹昔

社结西泠久且长

——叶舟书

八十春秋，功昭艺苑

古今书史，誉萃钱塘

——吴小如题印社成立80周年

涛声听东浙

印学话西泠

——叶铭题

卜筑明湖，坡邻玛瑙

刻画乐石，珍比琼琚

——徐新华题

把臂入林，呼吸湖光饮山渌
抗心希古，网罗秦汉近唐虞

——丁仁集句题宝印山房

冶铜刓玉，拨蜡销金，解得汉人成印处
揉艾研砂，封泥署纸，流传谱录任君参

——吴隐集《论印》诗句

此屋阅沧桑，幸比邻竹阁柏堂，劫火犹留一净土
同人寿金石，愿追溯秦符周钵，瓣香岂仅八先生

——王福庵题

一角湖山，藉留真相
八家篆刻，俾识正宗

——何颂华题

筑数椽在柏堂竹阁之西，讲艺论交，岂仅湖山供眺览
树一帜于文坫词坛而外，抗心希古，更欣风雨共摩挲

——钟以敬题

东鲁诗书，胥归朴学
延陵俎豆，长保名山

——吴颐撰　潘飞声书

斯邈造篆隶，降文为字
禺约作反切，立韵于音

——胡震题

心仪旧石手刻白文于斯为盛
大地咸安成功及远可乐其群

——丁立中集《碣石颂》字

到处溪山如旧识
此间风物属诗人

——郭尚先题

石交几辈共晨夕
山色两湖无古今

——童大年题

社筑西泠，看山影湖光，皆可作八家心法
印传东汉，证莆宗皖北，不仅求两浙渊源

金石贞吉知天命
沈潜高明乐大年

——以上胡宗成题

刊石惟余西汉文字
行歌好约高歌酒徒

——吴昌硕题石交亭

一日共千年，翰墨高情接东晋
重湖拥孤屿，江天时雨润西泠

——王翼奇题西泠印社百年庆典

竹　阁

竹阁在柏堂之南，按志书称初建于南陈。自居易在郡出游，常偃息其间。诸乐三篆额。

清虚当眼药
幽独抵归山

——佚名集自居易句

两丛却似萧郎笔
千亩空怀渭上村

——佚　名

时局犹难，公须有诸葛后身，血性去当天下事
人心不死，我曾佐令狐记室，湖山亲见昔年游

——张预题

万家犹是祝生佛
一日何可无此君

——佚　名

柏　堂

柏堂旧在广化寺，堂前原有陈时所植二柏，故名。俞樾署额。

双干一先神物化
九朝三见太平年

——佚名集苏轼句

坡老诗成无继笔
阜陵书此有遗碑

——董嗣杲题

诚意所加，国论所倚
前峰如幞，后垅如屏

——佚　名

藻泳溯眉山，鹤首龙姿化神物
棠阴同手泽，翠旗羽葆想军容

——濮诏苏题

天覆无私，吴阖闾，越勾践，吾楚鬻熊，一时崛起东南，遂使衣冠通上国
地传有自，宋武穆，明忠肃，熙朝果敏，到此须知景仰，莫徒风月揽西湖

——黄敦孝题

数峰阁

故址在西泠印社内。已不存。

赤虹剑血埋燕市
白马银涛走越州

——吴梅村撰　陈鲁书

丹心土化千年碧
劲节风高百尺楼

——朱达题

抗珰就义，殉国成仁，大节本无殊，积血尚留燕市碧
竹阁同登，柏堂小憩，忠魂应未远，数峰董见越山青

——秦缃业题

印学博物馆

印学博物馆内藏有历代印章、古董、字画等。

浊世洁身为谨慎
枉寻直尺且踟蹰

——大方书（大方为袁世凯的家庭教师。）

紫凤苍龙，神奇入画
清风白日，幽雅成图

——刘春霖（状元）楷书红联

玉粹金昭，渊澄岳峙
准平绳直，规圆矩方

——程瑜书

苏门隐去开孤啸
粟里归来弄素琴

——郑孝胥书

寂庵（杜庄）

在西泠桥南堍，旧时杜月笙别墅，现为印学博物馆。
春申门下三千客
小杜城南五尺天

——佚　名

俞　楼

光绪四年(1878)，诂经精舍门下徐琪等集资建成，以供朴学大师曲园俞樾先生居住。楼以姓名，由彭玉麟署额“俞楼”。现为俞曲园纪念馆，钱匐君书额。

合名臣名士为我筑楼，不待五百年后斯楼成矣
傍山北山南循堤选胜，恰在六一泉侧其胜如何

——周国城补书

越水吴山随所适
布衣蔬食了余生

——以上两联俞樾自题

邵子行窝，丹崖花满
谢公别墅，绛帐风高

——彭玉麟题

千古一诗人，文章有神交有道
五湖三亩宅，青山为屋水为邻

——谭钟麟题

厦庇万间，幸西子湖头分来一席
峰高数仞，在东坡庵内俯视群山

楼以姓传，万里关山来后学
地因人杰，一湖风光属先生

——以上王崇鼎题

持甲乙丙丁四部之平，酌古济今，百代名贤归准率
后白苏欧林数公而隐，饭蔬衣葛，万峰晴翠拥楼台

——冯一梅题

把酒贺湖山，喜六一泉旁，又有名流分半席
研经多岁月，看三百卷后，更传杂纂到千秋

——魏汝弼题

招玉局为邻，依旧吟庵筑山上
比元亭载酒，长留雅坫在壶东

登斯堂也高其行
游于门者难为言

——以上王廷鼎题

旧学郑康成，书带丛生，掩映湖堤添草色
前身陶句曲，角巾高隐，徘徊楼上听松声

——沈灿题

想见东坡旧居士
为我佳处留茅庵

——魏汝弼题

群经平议，诸子平议，合史传百家，力排众议；此外稽掌故、论词章、订金石，洋洋万卷，诵遍瀛寰，无非沧海余波，聊为山林娱暇日

庠序有人，贤书有人，游木天粉署，更不乏人；其间说礼乐、习兵农、商道德，雍雍一堂，各承衣钵，看取数椽小筑，早知梁栋寓奇材

——陈璚题

天上人间，谪仙无恙
山高水长，先生之风

——徐金绶题

一苇可杭，却好蓬瀛相对峙
数弓小拓，重教风月尽翻新

——吴寿藏题

园中草木春无数
湖上山林画不如

——集林和靖句

坐曝书台，登小仓山，文采风流，二百余年无此盛
对退省庵，近巢居阁，勋名德业，两三间屋并生春

四围花木多于屋
万卷文章著等身

——以上三联徐琪题

小筑几间楼，集成难得二三子

比邻半潭水，清话长临六一泉

——陈桓题

一样著书庐，平分吴郡新诗、杭州旧酒
数间枕山屋，认取南屏对渡、西爽闲亭

——张大昌题

求此人之仿佛
抚孤松而盘桓

——屈元羲题灵松阁

天开图画
人在蓬莱

——屈元羲题小蓬莱阁

西爽亭

俞楼建成第二年筑。据考，该处系清“西湖十八景·海霞西爽”原址。

孤山树合仙人宅
太乙光分处士庐

——徐琪越

小筑一楼，存西爽遗迹
相离数武，即东坡古庵

——佚　名

白首卧松云，先生有才过屈宋
茅亭宿花影，故乡无此好湖山

——邹宝德书

广化寺

旧在孤山南麓，唐称孤山寺。大中祥符间(1008—1016)，改额“广化”。旁有六一泉，苏东坡题铭。20世纪50年代拆除。

建刹傍孤山，溯天嘉永福初基，试与寻长庄残碑，读微之遗记
题楣仍广化，还大中祥符旧观，愿重立辟支古塔，刻法华真经

——俞樾题

不雨山常润
无云水自阴

——佚名集张祜句

烟波澹荡摇空碧
楼殿参差倚夕阳

——佚名集白居易句

白公睡阁幽如画
张祜诗碑妙入神

——佚名集林和靖句

和靖久居勤赋咏
乐天临别叹勾留

——佚名集赵抃句

六一泉

湖两山孤，此处有泉可漱也
天一地六，先生自号无说乎

——佚　名

盛杏荪家祠

祠在俞曲园纪念馆之西。盛杏荪即盛宣怀。现仅剩三块太湖石，一枝曲柏树。

先辈在望，若父子，若弟昆，伟烈著前朝，享祀安能区异代
后人佑启，治外交，治内政，丰功论吾浙，斡旋最是感三衢

——浙江士民公撰

锡山争比惠山峻
江水流同湖水清

——西泠印社同仁撰

循声为华阀之光，旌德表忠，各有勋名垂两浙
亮节与清波共永。前辉后映，岂徒文采并三苏

——钟元棣题

策名棘院、幸立程门、衣钵继承传，卅载渊源，沧海桑田时新易
留爱棠疆、尚依台舍、湖山曾驻节，千秋俎豆，世臣乔木荫长绵

——查济元题

左蒋二公祠

在西泠印社之左，原祀蒋益澧，辛亥后增祀左宗棠，故名。20 世纪 80 年代

拆除改建楼外楼菜馆西厅。

廿载赋同袍，惟公才气无双，勋业直追罗李后

万家争尸祝，留此湖山第一，馨香宜在白苏间

——杨昌浚题

先皇宫傍九霄，昔年多名宦崇祠，如范公忠、李公勋、赵公惠，咫尺瞻天，恍见旌旗云际路

明圣湖留一席，此地本前朝胜址。有陈时柏、唐时竹、宋时梅，馨香终古，平分繁藻水边春

百战中兴年，未治兵先治民，溯建旄湘渚，飞舰汉皋，洗甲章门，扬旌桂岭，以至浙江底定，粤海遄征，五六省灌燧销锋，独担南岳风云，跌荡功名题册府

千秋遗爱地，夷大难布大惠，看负篑生徒，荷锄农女，裁途宾旅，归市工商，即如吏亦冰行，军犹纩挟，十一郡铭碑诔社，来就西湖山水，扶携童叟拜神旗

——以上全浙士民公颂

甘棠绕屋，荐鞠浮樽，比当年广厦万间，下榻正宜徐孺子

玉笛无声，青山依旧，料此后明湖一曲，停桡都唱蒋安阳

灵之来兮，从白舍人游，配苏学士食

客何为者，横杨济公笛，披董静传书

——以上徐琪题人倚楼

述遗爱易代犹歌，俎豆联辉，平分一席

有功德于民则祀，湖山大好，式享千秋

——汪岭题

楼外楼菜馆

楼外楼菜馆为名传遐迩的杭州百年老店，素以“佳肴与美景共餐”而驰名海内外，馆中珍藏不少有关楼外楼的诗画楹联。按俞平伯先生文章，该店应建于俞楼之后（具体年代无考），并由曲园先生命名和书题招牌。

屈醒陶醉随斟酌
春韭秋莼任品题

——彭玉麟题

看槛曲萦虹、檐牙飞翠
有三秋桂子、十里荷花

——佚名集句

一楼风月当酣饮
十里湖山豁醉眸

——戎马书生题

酒醉更移花下席
书多别起竹间楼

——金尔珍题

闲开东阁索梅笑
坐对西湖把酒尊

——易铨题

闲思鲈脍客中客
买醉湖堧楼外楼

——陈无咎题

湖光连天远
山色上楼多

——曹明为题

载酒来游，助画意诗情、歌声笛韵
引人入胜，在湖光山色、鸟语花香

——佚　名

楼外揽西施，风情最爱花雕酒
坟前拜苏小，妒意难忘醋溜鱼

——陈芷汀题

推窗望，湖平、水清、柳翠，楼外风光好
举箸尝，鲢肥、笋嫩、莼鲜，席间笑语盈

——木兰山人题

山岚花树云光影
鲈脍莼羹齿颊香

——姚毓璆题

西子湖滨，孤山之麓
名楼邑秀，佳肴芳馥

——顾廷龙题

百年老店，誉满全球
精益求精，再展宏图

——姜习题

鱼羹美酒味中味
春色湖光楼外楼

——邓云乡题

美酒佳肴迎挚友
名楼雅座待高朋

——郭仲选题

千百年西子，看尽盛衰枯荣
世纪半名楼，尝遍甜酸苦辣

——李若莲题

菜肴香四海
楼誉响五洲

——刘江题

名楼誉满三江水
佳话情连四海心

——马世晓题

客中客入画中画
楼外楼看山外山

——原谢光引题三潭印月　程茂全补书

葛岭丹成抱朴子
洪楼盘荐响铃儿

——王世襄题

饮酒有何可不可
买醉最宜楼外楼

——佚　名

好景尽将诗纪录
欢情须用酒维持

——俞曲园曾在楼外楼上题此联

浙江博物馆

在孤山南麓。

相见以诚，勿谈客套
大敌当前，少说私情

——刘英题（题于抗日战争时期，展于三楼展厅。）

开卷神游千载上
垂帘心在万山中

——邓石如书（悬书肆外廊。）

我欲因之梦寥廓
人间正道是沧桑

——张家祥集毛泽东诗句

常书鸿美术馆

在浙江博物馆内。常书鸿（1904—1994），杭州人，满族，留学法国，毕生从事敦煌研究，著有《九十春秋——敦煌五十年》。

卅年面壁荒沙里
绝代飞天众望中

——香港《文汇报》

敦煌研究泰斗
艺术创作大师

——黄华贺常书鸿美术馆开馆

秋瑾墓(附:秋社)

原在西泠桥西北堍之西,“文革”中被平并移至里鸡笼山,1981 年移回西泠桥南堍再筑新坟。正面大理石上刻孙中山手书“巾帼英雄”,座上有汉白玉石雕秋瑾立像。秋社在苏堤跨虹桥东、今风雨亭北之大草地处,创于 1927 年,战后一度为杭州西湖国民中心小学校舍(今西湖小学前身),1954 年因房舍为白蚁蛀蚀而拆除。

江户矢丹忱,重君首赞同盟会
轩亭洒碧血,愧我今招侠女魂

——孙中山题

山静日长仁者寿
荷香风善圣之清

——朱味辛题

韵事话六桥,欲唤璿卿语越恨
沉冤埋七字,应教贵福跪秋坟

——林典题

一身不自保
千载有雄名

——吴芝瑛题

多情人约谷风至
不速客携湖月来

——国城书

一抹斜阳,半堤芳草
几堆竹素,二顷梅花

——集龚自珍句　宋涛书

葛井当檐,上岭刚赶日初出
孤山隔水,开樽时见鹤飞来

——张朝墉撰　李早书(以上两联题绿水芙蕖亭)

冤沉七字
墓表千秋

——陶浚宣题

丹心应结平权果
碧血长开自由花

——冯玉祥题墓前望柱

悲哉，秋之为气
惨矣，瑾其可怀

——佚　名

秋菊有佳色
社会惜斯人

——佚　名

留芳千古仍遗憾
现侠当时一郡惊
七尺遗骸，魂还故土
一腔热血，泪滴中原

——以上武问梅题

轩亭碧血足千古
岳麓青磷恨一丘

江汉秋阳，媲列罗苏三鼎峙
黄鲈碧血，低回肝胆一昆仑

——以上虞廷题

与君四月里谈心，迄至六月，首尾不过六十天，忽惨闻头断血流，遗人痛恨
聿我八府中同志，下连三府，东西共有七五县，来纪念秋风苦雨，栗主馨香

——丁静兰撰　诸铁华书

哀哉秋雨秋风，东浙暗无光，女豪杰含冤七字
好是元年元月，西湖灵不昧，后英雄追悼孤魂

——朱史书　吕兆熊撰

浙东西冤狱成三，前岳后于，浩气英风侠女子
湖南北高峰有两，残山剩水，惊魂血泪葬斯人

——张长题

大通讲学，光复联盟，按剑说同仇，不图三十三龄弱女子，成仁取义，腥血先

埋，抱沉痛四年余，竞英灵旋转乾坤，试想贵福奸奴，而今安在

春社留题，西泠感旧，拈华谈慧果，长作六月六日新纪念，崇德报功，丰碑重树，垂令名千栽后，使晋党眷怀风雨，当并伯森诸烈，终古鹲忘

——陶浚宣

共和五栽竟前功，英名直抗罗兰欧亚，东西列七双烈

风雨一亭还慧业，杯土重依武穆湖山，今古秋社千秋

——朱　瑞

巾帼拜英雄，求仁得仁又何怨

亭台悲风雨. 虽死不死终自由

——陶浚宣题风雨亭　魏传统补书

（该亭在抗战中倒塌。今濒湖处新亭建于20世纪60年代，茅盾署额。）

苏曼殊墓址

在孤山西拎桥东北面，由石砌墓座与剑形墓碑组成。苏曼殊是一位浓厚的浪漫主义色彩诗僧，著作译作甚丰，精通梵文、英文、日文和法文，撰联亦不少。

花柳有愁春正苦

江山无主月团圆

——苏曼殊题月照柳林图

乾坤容我静

名利任人忙

——苏曼殊题普济寺

说法堂前龙侧耳

谈经座上虎低头

——苏曼殊题能仁寺

放鹤亭(林和靖祠墓)

在孤山东北角，面临里西湖，遥对镜湖厅，明嘉靖年间(1522—1566)钱塘令王坤建，近年重修。亭有康熙临董其昌书，南朝宋鲍照《舞鹤赋》巨大碑刻。“放鹤亭”额由杨学洛所书。

华表千年，遗蜕可闻玄鹤语
孤山一角，暗香先返玉梅魂

——吴棣华题　吴丈蜀补书

梅花已老亭空鹤
处士长留山不孤

——范松上撰　屡文梭书　陈叔冤补书

世无遗草真能隐
山有名花转不孤

——林则徐题　林散之补书

第三桥是苏学士堤，夹岸问垂杨，可似老梅冷淡
不数武有岳鄂王墓，慨中原战马，何如野鹤逍遥

——王家治题

风月无边，笑栗碌劳人，侣水上闲鸥不得
湖山大好，问孤高处士，比吾家携鹤何如

——许炳傲题

苍柳野亭开，居士身闲来放鹤
湖山行处好，圣朝恩重莫骑驴

——彭玉麟题

我忆家风负梅鹤
天教处士领湖山

——林则徐题

梅鹤旧家风，杯土丛祠，香分一席
湖山新祀典，忠魂毅魄，足并千秋

——戴槎题

云出无心，谁放林间双鹤
月明有意，即思冢上孤梅

——张岱题

梅屿含光，千秋高隐
巢居潜德，百代清标

——李光泰题

水清石出鱼可数
人去山空鹤不归

——郭文凯集宋人句

祠傍水仙王，北宋尚留高士迹
树成香雪海，西湖重见古时春

我是香山旧居士
人称落地小神仙

——以上陈若霖题

香掬冷泉，曲院孤山藏处士
春逢巢鹤，平湖秋月照先生

——虞文桂题

伊人亦云逝
寒华徒自荣

——吴芝瑛题

大义秉纲常，千秋浩气昭云汉
德星辉翰墨，万古文章灿斗牛

——许炳璈题石坊

若问梅消息
须待鹤归来

——赵祖望题

梅横孤影自绝俗
山附高人亦可传

——武曾保题梅亭

终古吟魂恋
空山旧梦迷

——秦锡田题鹤冢

巢居阁

原在放鹤亭之西，传说系林和靖居处。

公生几何年，长留半阁闲亭，权与寒梅成眷属

我来数千里，凭吊孤山杯土，好从明月认前身

——林鹤年题

山冷好教梅伴续

巢新应有鹤归来

——方应纶题

我忆家风负梅鹤

天教处士领湖山

——林则徐题

梅鹤寄高闲，遗稿千秋笑司马

湖山写清冷，寒泉一掬拜坡仙

——朱上林题

冯小青墓

原在放鹤亭之西云亭之后，20 世纪 50 年代平圮。

贞心洵若孤山静

佳话今同处士传

——纳拉氏题

殁后英灵，结梅花之伴侣

生前吟诵，慕和靖之诗篇

——诸九鼎题马鞠香墓（原在冯小青墓后。）

云　亭

亭在孤山“空谷传声”之东，系六角石亭。亭北原为著名南国诗人许炳墩生圹，其后为“玛瑙坡”，吴昌硕题字仍在。亭畔为“云泉”。

无怀葛天以上

美人名士之间

斯世竟何之，幸得傍孤屿寒梅、岳坟忠柏

此心无所恋，却未舍钱江夜月、珠海乡云

——以上许炳墩题

千年老鹤三生石
万树寒梅四照亭

千亩苍烟秋放鹤
一亭香雪夜横琴

——以上崔永安题

此地擅湖山之胜
其人与梅鹤有缘

——佚　名

青山有例归高士
素月对人如古禅

——陈辅臣撰　陈炳谦书

有客梦中来，为说二百年因果
待君天上去，更栽三万树梅花

——张其淦题

岁寒亭

遗迹在孤山。南宋时此亭属西太乙宫。在孤山之阴、云亭之东的石壁陡绝、苍藓剥蚀中，隐见篆书“岁寒岩”三大字，相传为东坡遗笔。

苍龙千岁质
白鹤九霄翎

——程钜夫题

爵比郭令公，历中书二十四考
寿同广成子，信崆峒万八千年

——佚　名

文澜阁

在孤山南麓。乾隆四十七年(1782)以行宫后面的玉兰堂为基础改建文澜阁，贮藏《四库全书》。文澜阁旧有一联：

故宫寥落认前朝，天下为公，
莫忘怀四部图书，一园草木

胜迹登临容我辈，人间何世？
试极目东西浙海，南北峰云

——佚　名

范公亭

位于孤山东面敬一书院左侧，为纪念北宋政治家、文学家范仲淹而建。范仲淹在杭州做了近两年的知府，留下一些诗文。

慕子陵和靖之高节
贻百世千秋以美文

——吴亚卿撰　姜东舒书

净因亭

亭在林和靖墓之南。据说林净因是浙江人，1394 年去日本，并将中国做馒头技术传到日本，被该国人尊为“馒头始祖”。建亭者系其后裔川岛英子。

孤屿照栖霞，疏影暗香留处士
绝艺渡东海，妻梅子鹤得传人

——施莫东题

赵士麟祠（敬一书院）

在孤山林逋墓之南，祀清康熙间浙抚赵士麟。敬一书院为赵士麟创于康熙二十三年（1684）。因其治浙有善政，故在书院内塑像祭祀，后人不察，误为民间财神赵公明，故一度讹称财神殿。

故宫寥落认前朝，天下为公，莫忘怀四部图书，一园草木
胜迹登临容我辈，人间何世，试极目东西浙海，南北峰云

——中山公园旧联　沈定庵书

阑槛倚晴空，俯看绕郭湖山，勾留座上聊中隐
画图收胜概，回忆故乡云水，浩荡樽前得大观

——佚　名

抚浙有遗规，辞藻荐馨怀旧德
守杭无善状，枌榆祀社愧先生

——龚嘉儁题

德望重东南，想当年恩周万井，泽被六师，知滇水钟灵不偶
功勋垂宇宙，看今日庙貌一新，馨香千古，与孤山屹立俱崇

——德馨题

华木春秋，祀岳柏林梅而后
湖山金碧，写苍诗檜画之间

——张法卿题

小集借湖山，宦辙聚滇黔万里
大名仰天水，崇祀共苏白千秋

——张培基题

址旧建维新，依然绕郭芙蓉、幂堤杨柳
居高心自远，最忆佛岩翠霭，华浦晴波

——周李燮题读书楼

梅萼洗寒酸，且教逋老扬眉，葛仙生色
莺花添富丽，恰称金牛湖上，宝石山边

——俞樾题

聪明正直谓之神，冥冥难欺，知义利交关，有福善祸淫可据
南北东西随所往，头头是路。叹痴愚无识，徒持筹握算何为

——佚　名

有道生财，不必压残金坞
无私惠我，何须铸尽铜山

——佚　名

富而可求，求人莫如求己
物惟其有，有德自尔有财

——佚　名

林汝霖墓

林汝霖为杭州“八品官”县尉，咸丰十一年（1861）被太平军所杀。原址现为园林岳庙管理处。

一命重朝官，劲草疾风终树节
千秋依处士，寒梅孤鹤招忠魂

——朱砺金题

劲节抗冰霜，千树梅花皆玉照
从祠傍林墓，四山鹤唳即神弦

——董慎行题

上下五百年，处士忠臣各千古

回环三十里，于祠岳庙共湖山

——明惠撰

亘古气节，长在人间，两少保立地擎天，跻昔贤坐位可争，直教冷署留祠，明湖建庙旷览名山，幸埋忠骨，一家人捐躯报国，对圣主纲常无忝，足壮清臣大义，处士先声

——吴廷康题

泉冷古梅花，可与盟心惟白水
亭空孤鹤影，居然埋骨共青山

——沈景修题

大节匹阎公，取义成仁，青史从今尊县尉
忠魂依处士，补梅招鹤，孤山终古属林家

——薛时雨题

荷圣代褒荣，祭有祠，葬有墓，史亦有书，十里湖光，傍苏白堤前，魂归有所
为吾朝冠冕，夫死忠，妻死节，婢复死义，一门血泪，继岳于庙后，神对无愧

——蒯士芗题

林社(林启纪念馆)

林启,字迪臣,福建侯官人,清光绪二十一年(1896)再次出守杭州时,政绩颇多,并创办求是中西书院、养正书塾(今杭州四中前身)及蚕学馆(今绍兴农校前身),所以,后人建林社以祀焉。潘云鹤署额。

为我湖山留一席

看人宦海度云帆

——林启诗句 吴鸿宾书联时,改"名山"、"沧海"为"湖山"、"宦海"

旧枝新干,晨夕写梅,欲从山外青山,更长双峰撑劲节

诗梦酒痕,苔芩结契,争羡阁边高阁,永留半壁起层峦

——吴廷康题

一片土本属通家,尚友古人继绝世,高踪曾为补梅写韵

八百年预留此席,流水今日想入林,把臂应偕舞鹤同归

——程钟瑞题

教育及蚕桑,三载贤劳襄太守

追随有梅鹤,一龛香火共孤山

——陆元鼎题

林下有宗风,终古梅花两知己

薛庐共明水,吾杭太守一传人

——杨临题

风流儒雅亦吾师,好作祠堂傍修竹

神清骨冷无由俗,一生知己是梅花

——李恂集句

官余长物,冷树千株,胜地平分高士席

眼底旧都,炊烟万户,苍生来往我公心

——邵章题

树人百年,树木十年,树谷一年,两浙无两

处士千古,少尉千古,太守千古,孤山不孤

——程钟瑞题

清福几身修，伴逋仙高隐、少尉孤忠，一岭梅花寻冷趣
遗风三代上，继白傅呼宾、苏公判事，两堤杨柳系讴思

——周锡蕃题

债课蚕丝，担簦趋太守仁风，乐土更宏衣被利
封崇马鬣，酹酒对西湖明月，梅花永荐墓门馨

——佚　名

两浙展宏图，桃李争妍怀太守
孤山留片席，鹤梅对舞迓先生

——张学理撰　姜东舒书

社结湖山，开两浙新学
情同梅鹤，伴一亭春风

——敬庐撰　石雨书

窗含塔影，楼中饮兴关桃李
帘卷梅香，湖上诗情仰名贤

——黄书孟撰　沈立新书

月老殿

在孤山，今已不存。

此老最多情，不独管婚嫁两事
凡人得如意，要知有因果一层

——佚　名

廿四风吹开红萼，悟蜂媒蝶使总是姻缘，香国无边花有主
一百年系定赤绳，愿秾李夭桃都成眷属，情天不老月长圆

——魏滋伯题

第六编

湖滨　断桥

湖滨公园

风月无边，信是湖山著意
园林有幸，只缘翰墨多情

——张学理撰 商向前书题一公园亭

湖畔居

风月无边，湖天一碧
烟霞有约，心迹双清

——王翼奇题

座中尽是茶之友
湖上徐来蕙的风

——萧佛寿题

补读庐

原在圣塘路，为江苏葛自安之别业。
气候阴晴，十二时光多幻态
湖山风月，万千景色畅天怀

闭户不知忙世界
开门恰对好湖山

——以上葛安自题

福自几生修，当退食余闲，领略湖山风月
老而犹好学，藉藏书万卷，纵观上下古今

——贝蕴章题

补筑数椽，闲来寄托仙翁迹
读残万卷，兴到游行坡老堤

——张家良题

好山水游，其人多寿
有诗书气，生子必才

——王文韶题

海阔凭鱼跃
天空任鸟飞

——叶道芬书杜甫句

放怀苏白堤前，柳荫护书堂，占断钱塘风月
希迹神仙队里，家声追葛岭，依然宦辙烟霞

——郭文垲题

看山饶蕴藉
酌水励清廉

——汪家鼎题

圣塘闸亭

1987年在圣塘闸故址上重建，亭下为控制西湖水位之闸门。汉白玉照壁上镌白居易《钱塘湖石记》，悬额“源远流长”。

一湖春水低回，有长堤十里，烟柳画桥指点，白苏二公，遗泽斯在
三面云山飘渺，数灯火万家，重楼秀阁欣
看，天地六合，神秀齐来

——陈文锦撰　金鉴才书

白传诗传，救荒留汝一湖水
杭人谚在，揽胜数他六吊桥

——戴盟书

设闸筑堤，黎庶至今受其惠
流芳遗爱，湖山终古念斯人

——王翼奇题

南阳小庐

在原圣塘路上，是邓瑞人辞官退隐时的住处。

家传高密遗风，痛吾兄突舰捐躯，罢战东海还，退隐犹寻林处士
我是罗浮旧侣，怅故国器尘蔽日，卜居湖上住，比邻得近葛仙翁

——邓瑞人自题

见山阁

旧在原圣塘路。

一塔远出树
众山青到门

——汪孟文题

喜无多屋宇
幸不碍云山

——魏滋伯题

风波亭

在湖滨六公园北首。南宋抗金名将岳飞遇害处，原在今小车桥附近的大理寺风波亭，小车桥原陆军监狱大门前有石桥，镌有“风波桥”三字。亭正面由沈鹏题额，背面由会稽赵之谦题额。

有汉一人，有宋一人，百世清风关岳并

奇才绝代，奇冤绝代，千秋毅魄日月悬

——喻长霖撰 鲍贤伦补书（此系关岳庙旧联）

亭右侧有孝女井，井盖石是从别处移来的真迹，还有同治六年浙江按察使王凯泰撰书之《孝娥古井真迹碑记》，让后人知道岳飞之女儿银瓶（又名孝娥）是如何投井自杀的。

金井坠银瓶，终见英灵昭化日

青山埋碧血，长留正气接栖霞

——王翼奇撰

昭庆律寺

为今杭州市青少年活动中心。石晋天福元年(936)吴越王建,有乾隆御题“深入定慧”匾额。现存大殿建于民国21年(1932),为钢砼结构。

紫竹林中观自在
白莲座上现如来

——佚　名

高峰停落石
流水和疏钟

——佚　名

自在真观,超二十四圣,证圆通智
天作妙德,成三十二应,入国士身

——杨继盛题

一榻坐临水
片心闲对云

——陈尧佐题

适　园

不离三亩地,似入万重山
欲穷千里目,更上一层楼

——俞樾题

张曜祠

原在宝石山麓。光绪御书“忠勇勋勤”。张字朗斋,仁和人,谥勤果。

唐留姓,宋留名,更为圣清钟闲气
泰山云,天山雪,长于浙水护灵旗

——俞樾题

转战西域、宣防东邦,尽瘁矢鞠躬,宇宙大名垂信史

寄迹燕台、毓秀越水，褒功到梓里，湖山有美妥忠魂

——叶赫松骏题

忧国尚如生，岂从遗像清高、大名宇宙
归田终未遂，赢得天开图画、人对湖山

——陈彝题

南北两明湖，都被我公分片席
东西邻浙水，长令贱子仰高山

——汤寿潜题

任豫青雍冀之功烈最高，文武才兼全，舍我谁当天下事
与左彭刘蒋诸祠堂相望，春秋神具醉，得公来作主人翁

——杨文莹题

中兴名将，浙水无人，惟我公提笔从戎，文阶授武、武秩晋文，二十年回部铭勋，独得湖山闲气

同姓专祠，清河竞爽，两先生鞠躬尽瘁，死战者节、杀贼者果，千百栽睢阳继轨，齐蜚桑梓英声

——吴超题（“两先生”指张曜与张洵．曾皆有专祠）

军治横海，决塞金堤，河沸偏生祠，咸颂父兄如仆射
弓挂莎车，厓铭葱岭，精灵依旧社，长留浩气壮湖山

——袁昶撰（以上题祠堂）

忠魂转世说睢阳，我谓气壮本朝，神威同二杨埒敌
大海藏波须砥柱，今来仰瞻祠宇，屹立想中岳成军

——赵舒翘题

在东订交者五六年，每杯酒纵谈，固知文德武功，俎豆必留千载后
睹公遗像如梦寐遇，幸神灵妥侑，惟愿御灾捍患，蜡幽无负故乡情

——陈冕题

申兴名将数三湘，惟我公毓秀吴山，昭代勋图分一席
绝域崇祠祀诸葛，想他日流连遗迹，明湖勺水荐千秋

——濮子潼题

湖山佳处，中兴长吏几丛祠，尚留得一角富春庄，双树槐门，庙貌让公成主席
水木依然，旧日弟兄同结舫，竟负却卅年消夏约，半塘湖渚，神弦感我系归桡

——张曜预谨题

（以上题“三梧堂”，即张生前居所，在钱塘门外，因堂前有梧桐三，故名之。辛亥后废。）

望湖楼

望湖楼一名看经楼，宋乾德二年(964)钱忠懿王弘锻建。后是苏东坡会客、宴聚、咏吟之处。1985 年重建，新望湖楼西建有餐秀阁及游廊。

入座烟岚铺锦绣
隔帘云树绕楼台

——康熙题孤山行宫　祝遂之书

里外湖瑞启金牛，地注渊泉，卅里晴波无限好
古今月光含玉兔，天开图画，一轮霁魄此间多

——沈阂昆题平湖秋月　朱关田书(并改“澄波”为“晴波”)

湖光写出千峰秀
天影融成十里秋

——杨时题

芬诵旃檀，深入华严文字海
函尊榆桑，兼赅菩萨圣贤心

——魏滋伯题看经楼

三十里湖镜峰屏，竖笛可无人坐月
廿八字雨珠云墨，凭栏依旧水如天

——魏滋伯题

黄山谷祠

丈室花同天女散
围摩诗共老人参

——佚　名

断　桥

断桥，在白堤与宝石山麓接壤处，古名保佑桥，桥头有水榭，王蘧常题额“云水光中”。

断桥桥不断
残雪雪未残

——佚　名

九井晴添新水活
两峰浓压宿云低

——聂大年题

1929年西湖博览会正门

博览会正门设在断桥东堍，为宫殿式城楼建筑。

地有湖山，集二十二省无上出品大观，全国精华，都归眼底
天然图画，开六月六日空前及时盛会，诸君成竹，早在胸中

——天台山农题

水月园

原在断桥东。

翁之乐者山林也
客亦知夫水月乎

——方岳题

丰湖书院

关心一郡衣冠，在诸公鼙鼓三年，敢言劳苦
回首十弓榛莽，见多士琴书四壁，得忘由来

——宋湘题

土谷祠

南宋三忠，古社粉榆隆报赛
西湖半壁，大招风雨降神灵

——魏滋伯题

迁善公所

国法本无偏，善则赏，恶则惩，总期教养兼施，明其政刑，岂必尽如人意
民情原可恕，贱好专，愚好用，惟愿哀矜勿喜，道以德礼，但求无愧我心

——佚　名

适　庐

现在平海路61号。昔时称适庐，是近代法学家阮性存的故居。1928年，阮性存谢世，为纪念阮对浙江司法事业的贡献，浙江省国民政府曾把今庆春路众安桥以西路段命名为“性存路”。有联云：

以子产治术，兼子文治才，左右逢源，卓有绩名传绝越
与伯安同乡，是伯元同姓，后先继美，自然独步擅江东

阮毅成故居

阮性存的儿子阮毅成后来迁住湖滨新市场。他留学法国，获巴黎大学法学硕士学位，曾任浙江民政厅长，一生出版著述数十种。1940年创办私立新群高级中学，后在南山路建筑校舍。

握手言欢，皆旧识新知，当湖山佳胜
会心不远，要合群力学，共风雨中流

——阮毅成题于新群高级中学礼堂

八载风霜存铁骨
一湖冰雪访仙胎

——抗战胜利后之1946年，阮毅成与家人去孤山观梅时作。

如幻如梦难分别
无垢无碍同虚空

——弘一法师赠阮毅成

庆寿戏台

十化夕彩满蟾宫，赓隔夜霓裳旧曲
廿五载斑联鹓序，萃当年蓉镜群仙

——王际华题

春宇覃禧，借缑山鹤舞馀筹，更谱瑶笙谐凤吹
晚香励节，集蓬岛鹓班四侣，重翻霓羽侑鸾觞

——王际华题

湖山宛在楼

亮节圣所褒，立祠重复齐宫旧
清风谁后继，登楼共仰吴山高

——秦缃业题

藏云室

岚翠现清净心，冈重岭复
溪流播广长舌，水洁沙明

——彭玉麟题

具坚贞卓绝之操，出司征伐入掌戎曹，仰梁国经纶，况教几度亲承，营蒯辱蒙收道左

从缔造艰难而后，小队郊垌轻装云雾，感蕲王威望，顿使萑苻警靖，馨香长此荐湖滨

——李成谋题

出海观音龛

杭州昔日接待寺毗卢阁上有出海观音神龛。
香像奉金仙，杰阁凌云，日丽中天通上界
烟霄骞铁凤，华钟度水，风回大海引慈航

——魏谦升题

金少参祠

树东林帜，蜚西台声，公为椒邑名贤，考献征文，戚里稔知清惠泽
植南国棠，掌北门管，我亦杭州守土，酌泉荐醴，瓣香莫罄溯洄情

——薛时雨题

茶　寮

原在西湖望云居。
地炉茶鼎烹活水
山色湖光共一楼

——邹镜堂题

西湖茶舍

十载许勾留，与西湖有缘，乃尝此水
千秋同俯仰，惟青山不老，如见故人

——徐星北题

岳琚庙

南渡创奇勋，军声开武穆之先，同德同功同一姓
西湖崇特祀，庙貌并显忠不朽，各行各志各千秋

——佚　名

湖边戏台

古往今来只如此
淡妆浓抹总相宜

——张照题

五柳居

清风明月本无价
饮酒食肉自得仙

——梁同书题

张洵祠

皖浙陨文星，大节同昭孙学使
古今留正气，孤忠又见张睢阳

——卢廷勋撰

心死十年前，湘水波浪含血泪
词成绝命后，孤山月影吊贞魂

——李鹤皋题

张锡康祠

小劫历红巾，后十三年视学来游，看儿妇衔衷，荐兹一盏丹浆，拜公祠宇
贞心昭青史，阅二百载易名相袭，叹祖孙济美，留取千秋碧血，壮我江乡

——丁绍周题

全浙昭忠祠

合十数万人为一龛，武穆忠肃以还，此成创局
原几千百年无再厄，吴山越水之畔，永展明禋

碧血萃忠魂，两浙湖山留正气
红羊消浩劫，千秋俎豆肃明禋

怀二百年深仁厚泽，之死靡他，听东浙怒涛，同深悲愤
合十一郡义魄忠魂，昭兹来许，酌西湖洁水，永荐馨香

——以上杨昌濬题

胜地此重游，每忆椿庭宦迹，莲幕行踪，三十年雪印鸿泥，往事追寻增感喟
前尘经浩劫，留此一片湖光，四围山色，千百里风平鹤静，巍祠耸峙表忠诚

——蒯贺荪题

一例效孤忠，食旧德、服先畴，各有精诚昭日月
两间留正气，振纲常、光史册，更新祠宇壮湖山

——何兆瀛题

亿万众化鹤同归，城郭依然，浊劫幸消沧海变
千百世椎牛招祭，步骑罗些，英魂群涌浙潮来

——如山撰

湖楼茶馆

当轩歌舞，近水楼台，入座即同群，聚会亦称俱乐部
日高一瓯，风生两腋，持杯聊当酒，偷闲尚作太平民

登楼可眺，近市不嚣，客到尽名流，列座中都有散汉
万象猜星，一经述祖，茶佳资水味，凭阑西指出山泉

——以上蔡蒙题

华陀庙

未劈曹颅千古恨
曾医关臂一军惊

——佚　名

岐黄以外无仁术
汉晋之间有异书

——佚　名

西湖长生祠

怜才心事无双，教泽深长留学校
知己生平第一，师恩高厚并君亲

——英宝斋题

政并白苏遗泽远
文成雅颂继声难

——李芝龄题

两浙人来，岁祝选湖山胜境
双堤门外，风流继唐宗名臣

——杭郡绅士题

司马温祠

相见真如不见
有情还似无情

——佚　名

第七编

灵隐　三天竺

九里松

钱氏书藏

宋钱和居九里松，建杰阁，藏书丰富，苏东坡榜之曰“钱氏书藏”。至清，阮元将藏书移建“灵隐书藏”。

著作集名流，好事效当年白傅
文章留慧业，尝音俟后世杨雄

——石韫玉题

斑衣园

旧在九里松，传说为宋韩世忠别业。

威仪开辇道
曲折向丹梯

——吴农祥题

永安精舍

原在九里松大桐坞，僧契嵩退居处。

华表忽惊黄鹤过
耳中犹听白猿悲

——杨蟠题

普福寺

原在九里松胭脂岭，又名十方天台教院。

度岭白云飞锡外
散花清昼说经时

——邓文原题

林静鸟啼闲对酒

昼长香烬远闹钟

——田艺蘅题

朱行人祠

祠祀南宋朱弁。建炎元年(1127),为王伦副使赴金,被拘留十七年,仗节不屈,和议成放归,卒葬胭脂岭下。明万历有人在墓前建祠,日“朱行人祠”。

二帝无魂归魏阙

孤臣有泪洒冰天

——向杰题

集庆寺

宋理宗淳辛占十一年(1251),贵妃阎氏在九里松集庆山建功德院。

仙梵彻云霄,三竺晴岚耸翠

雨花飞满岫,六桥烟柳增妍

——佚　名

灵隐寺

灵隐寺，又称云林禅寺，建于东晋咸和六年（326），系我国佛教禅宗十刹之一。匾额“绝胜觉场”、“灵鹫飞来”、“最胜道场”、“皆大欢喜’、“天涯海国”、“阎浮静域”、“万家依归”、“仰之弥高”、“脐中放光”等分别为葛洪、黄元秀、龚勉、陈知庠、方汉云、钱罕、马公愚、叶为铭等署题。

天王殿

合三百六十古精庐，此云祖山，应得殊胜、利益安乐
积无量千万诸善根，故名佛国，成就如是、功穗注严

——汪嵌撰　胡宗成书

立定脚根，背后山头飞不去
执持手印，眼前佛面即如来

——张载阳题

峰从天外飞来，见一线光明，万壑松涛开觉路
泉自石边流出，悟三生因果，十方华藏证根源

——王念题

本来妙好威仪，幻成珠饰双缨，庄严法相
如此娑婆世界，仗着金刚一杵，扫荡群魔

——佚名（“仗着”一作“仗著”）

辅正摧邪，教承大觉
振威显圣，德副群心

——佚　名

自离兜率天宫，只因护演宗风，瑜珈论说传东土
指点善财童子，若要参寻佛果，毗卢楼阁在南中

——佚　名

鹫峰从天竺飞来，乃生成佛地
鹿苑弘泉唐施济，为汲引圣湖

——王震题

峰峦或再有飞来，坐山门老等
泉水已渐生暖意，放笑脸相迎

——张载阳题

说法现身容大度
救人出世尽欢颜

——佚 名

布袋无双，破颜垂笑，尔等莫待龙华三会
法门不二，大腹能容，来人全凭念佛一心

——佚 名

佛阐发无边，看我伲坦腹露胸，终归一笑
峰飞来何处，愿人们下心低首，普度诞生

——佚 名

悟道一念自开怀，圆舒八臧之奇，是谓因意而发，意似檀孕檀枝，大慈悲门
笑到尽头难开口，横吞五岳之粹，方知从心而出，心犹兰生兰叶，多欢喜地

——佚 名

大雄宝殿

宝坊阅千载常新，楼阁喜重开，依旧前台花发，清夜钟闻，东洞水流，南山云起

胜境数西湖第一，林泉称极美，试看驼岘风高，鹫峰石峙，龙泓月印，猿洞苔斑

——旧联 沙孟海补书

古迹重湖山，历数名贤，最难忘白傅留诗、苏公判牍
胜缘结香火，来游初地，莫虚负荷花十里、桂子三秋

——江庸撰 吴敬生书

入殿参三世释迦，不须问过去未来，仗现在一尊，微笑拈花，指点群迷登觉岸
开山是东晋惠理，无论为云门临济，均禅宗嫡派，顶香持戒，永传家法守丛林

——张宗祥题

古德此安禅，似岳镇西湖，看庭前树老、陌上花新，衲僧莫道闲机境
林神常奉足，喜法流东土，任狮子嘲呻、象王蹴踏，游人只认好溪山

——马一浮题

苦海驾慈航，看出没众生，有登彼岸，有溺深渊，百千万劫凭缘法

善门呈宝相，发菩提宏愿，或现宰官，或为童子，五十三参证佛心

——张宗祥题

殿系近年新建，匾额分别由赵朴初、朱关田、郭仲选、俞德明、沈定庵等署题。

十二药叉，荷负有情，渐修梵行，光辉一心一世界

七千眷属，盛陈大愿，护念神力，证得三藐三菩提

——陈训慈撰　商向前书

药师如来，大愿发十二教循，遵礼苦行修善事

琉璃世界，尊经诵卅九虔诚，念拜誓求得再生

——姜亮夫题

灵隐腾辉，西湖环秀，暮鼓晨钟护古寺

飞峰拥翠，冷泉奔流，慈云法雨济群生

——潘景郑撰　陈从周书

药师如来琉璃光，焰纲庄严无尊伦

广大行愿利有情，一切所求皆得遂

——明旸题

消灾延寿，满愿随心，药师如来施慧德

利乐有情，庄严刹土，琉璃世界放光明

——真禅题

发十二誓愿起沉疴，广济良方，尘界均沾法雨

阅千六春秋逢盛世，重兴净土，灵山复见慈云

——张学理撰　武中奇书

五蕴皆空，一尘不染，虽非类横侵，终与感化，而归正觉

诸恶莫作，众善奉行，是有情通则，更期精进，共证菩提

——谭建丞题

郭仲选书额

黄叶半疏霜后梦

秋声千点雨中禅

——竺麼题

灵山掩映来千佛

法雨空淳润六桥

——顾廷龙题

方丈室

江山一览无余景
钟磬频闻落半空

——太虚题

郑都官不爱之徒，时时作对
秦始皇未坑之辈，往往成群

——上联安鸿渐撰，下联赞宁撰

岂惟江左公卿，尽倾支遁
独有襄阳耆旧，未识道安

——则壁题

斋 堂

红黄白绿般般好
春夏秋冬季季鲜

——佚 名

五叶花光丛法宝
十方饭颗惜珍珠

——佚 名

灵隐寺旧联

禅心澄水月
法鼓聚鱼龙

——康熙题

峰从西竺来，云根无住
泉自上方出，月印常圆

——乾隆题

龙涧风回，万壑松涛连海气
鹫峰云敛，千岩桂月印湖光

——赵孟頫题

每有山风，豁开眼界
常将月露，洗净心尘

——佚 名

佛法度三千，心愿俱坚超苦海
尊名称五百，形容难判共慈航

——乾隆题五百罗汉堂

灵鹫向云中隐去
奇峰自天外飞来

——佚　名

多宝天王像

在飞来峰北侧。

以宝普施众地，不二法门
秉教统镇诸天，大千世界

灵隐藏室

应事岂宜有俗意
为人不可无世情

——佚　名

翠微亭

路转峰回藏古迹
亭空人往仰前贤

——夏鼐题

万壑松风和涧水
千年豪杰壮山丘

——魏敷滋、南芳甫集句

孤亭似旧时，登临壮士兴怀地
鹫岩标远胜，翻动平生万里心

——黄文中集句

回钟宕漾融闻性
幽翠玄微印觉心

——太虚题

飞鹫何来，佛国有缘留净土
骑驴且去，江山无恙付斜阳

——陈训正题

青莲山房

原在灵隐附近，又名汤庄。

连峰紫翠看皆好

乔木风烟画不如

——汤右曾自题

石门涧

一名灵隐浦，冷泉经此。

草鼓疑石坠

水定见鱼还

——佚名集陆游句

梅有和羹实

龙飞为雨时

——佚　名

飞来峰

又名鹫峰或鹫岭，传说自印度飞来。

南高峰，北高峰，世事尽倘来，莫问峰来何处

在山泉，出山泉，人心先耐冷，才知泉冷几时

——杨叔怿题

飞峰一动，不如一静

念佛求人，莫如求己

——佚　名

洞里白猿呼自出

崖前残石悔飞来

——张岱题呼猿洞

泉冷几时，问孤松而不语

峰从何处，输老鹤以长栖

——佚　名

生公说法，雨坠天花，莫论飞去飞来，顽皮石也会点头

慧理参禅，月明长啸，不问是黑是白，野心猿都能答应

——张岱题

灵鹫向云中隐去
奇峰自天外飞来

——佚　名

卧龙石

在飞来峰北涧，旧说石上曾生梅树并长梅实，一奇。

梅有和羹实
龙无为雨时

——慈云题

冷泉亭

在灵隐寺前，“冷泉”二字相传白乐天所书，“亭”字为苏东坡接续，明代左赞、董其昌先后补书。今亭系 1980 年修建。郭化若署额。

泉声咽危石
日色冷青松

——王维句　欧阳中石书

泉自几时冷起
峰从何处飞来

——董其昌题　许麟庐补书

在山本清，泉自源头冷起
入世皆幻，峰从天外飞来

——左宗棠题

泉水澹无心，冷暖惟主人翁自觉
峰峦青未了，去来非佛弟子能言

——金眉生题（“澹”一作“淡”）

丘壑定禅心，泉水出山犹自冷
烟云空变态，峰峦何处更堪飞

——郭琨焘题

春淙亭

旧在合涧桥，乾隆癸亥（1683），僧义果构新亭于回龙桥上。现由陈从周题额。

山水多奇踪，二涧春淙一灵鹫

天地无凋换，百顷西湖十里源

——黄文中集句

泉水在山清，听天籁淙淙，到此且停双不借
烟岚随地好，问尘寰扰扰，几人来作小游仙

——石治堂题

壑雷亭

在飞来峰冷泉亭侧，南宋赵安抚建。1980年秋楚图南署额。

饮酒横琴消永日
跳波赴壑如奔雷

——许炳璈题

飞瀑欲凌空，远渡峰头作霖雨
出山能泽物，先从壑底起风雷

——查亮采题　钱茂生补书

雷不惊人，在壑原非真霹雳
泉能泽物，出山要有热心肠

——一时庆莱句　钱定一书

利欲纷驰，脚下安知万丈壑
贪心未尽，眼前听取一声雷

——华山题

飞瀑浮泉，迹在名山偏耐冷
巨雷纵壑，心如止水总无惊

——许应山题

梦谢亭

长松晋家树
绝顶客儿亭

——卢元辅题

天曹庙

旧在灵隐寺西侧。

庙貌重新，万姓咸沾恺泽
神舟竞渡，千秋共仰流风

——郑念桥题

刘大白墓

在法云弄呼猿洞附近。

有乐山乐水者来，到此见仁见智

无唯物唯心之别，当前即美即真

——刘大白自题

灵隐幽兰苑

圆泽诗二篇，前尘往事三生石

卢仝茶七碗，旧雨情怀一片云

——王翼奇题

瞿鸿机墓

在灵隐山石笋峰麓永福寺侧。瞿鸿机(1850—1918)，字子玖，号止庵，湖南长沙人，21岁中举人，次年中进士，曾两度任浙江学政。瞿爱西湖山水，祈望埋骨西湖。

耿耿矢孤忠，继曾文正，左恪靖入相中朝，别有精诚贯金石

葱葱郁佳气，与林处士、岳鄂王结邻异地，长留名迹壮湖山

——朱彭寿代瞿之好友孙宝琦撰

御碑亭

在二寺门一侧，亭为方形，中竖康熙题灵隐"二字巨碑，方亭有联四副。

落笔垂馨，下马归舟君独去

铭碑拓胜，闻香听梵我还来

——林声耀撰　冯其庸书

境静趣无穷，四壁云山空俗障

水流机不息，一亭烟雨惬宸衷一

——李利忠撰　余正书

倚槛豁青眸醉，鹫岭光风，云林气象

抚碑融暖意歆，湖山新致，天地和春

——薄松涛撰　驾沧书

灵鹫烟萝，隐隐江潮腾海日

康衢月桂，熙熙人众说龙舆

——徐弘道撰　周志高书

下天竺(法镜寺)

在天竺山莲花峰麓，西接飞来峰。东傍月桂峰，供奉观世音菩萨。东晋咸和时慧理在此建幡经院，原与灵隐寺为一体，所以白居易有诗“一山门作两山门，两寺原从一寺分”。

三竺并传，一样金身，世上皈依独后
五峰环绕，千年香火，人间瞻拜为先

——子敬书

开辟灵山，创来千百余年，惟此道场第一
慈悲佛国，添得上中两院，居然天竺成三

——吴超撰 陈凤诰书(以上题圆通宝殿)

日日携空布袋，少米无钱，却剩得大肚宽怀，不知众檀越：信心时用何物供养
年年坐冷山门，接张待李，总见他欢天喜地，请问这头陀：得意处是什么东西

——盛西园题

法镜现慈云，观秋月春花，尽是三空妙谛
智灯悬宝座，听晨钟暮鼓，无非一点禅机

——佚 名

真实不虚大慈悲，度一切苦恼
意识无界空色相，现五蕴光明

——佚名(以上题药师坛场)

大护法不见僧遇
善知识能调物性

——佚 名

烛影月影共幢影，庄严佛国
钟声鼓声伴泉声，警醒尘寰

——张学理撰 姜东舒书(以上题客堂)

法界宏开，依然西国

慈航普渡，总在南洋

——佚　名

紫竹林中观自在，上有犼，下有鳌，合文普尊神大士，乃成三鼎足

红莲花里坐如来，左立狮，右立象，现庄严法相高僧，不独一金身

——佚　名

甘露瓶中荣宝树

慈云座下锡祥麟

——杨琛题

整日解其颐，笑世事纷纭，曾无了局

终年坦乃腹，看胸怀洒落，却是上乘

——佚　名

溯当年创建莲台，秀气结鹫岭一脉

看此日重新绀宇，祥光开天竺三门

——佚　名

焚五香，清五浊，法喻青莲，应试灵机入证

玄六欲，得六通，道传白月，从知妙谛因心

——朱文海题

石晋现相，吴越开基，历今九百余年，依然见岭护慈云，问莲座扬辉，何如南海

灵竺在中，法镜居下，每值春秋佳日，都来乞瓶倾甘露，愿杨枝遍洒，长说西湖

——吴超题

三生石

在下天竺寺西，莲花峰东麓。石高三丈许。广六七丈，镌篆书“三生石”，在唐传奇《甘泽谣·圆泽》中有故事，旁有多处摩崖石刻。

感通未合三生石

骚雅罹擎九转金

——贯休题

中天竺(法净寺)

在天竺山稽留峰北。隋开皇十七年(597)中印度高僧宝掌东游至杭,在此参禅入定,建立道场,自称年龄千岁,成为中天竺开山之祖。宋太平兴国元年(976),吴越王钱弘傲建寺。现寺内设杭州市佛教学院。

野鹤闲云,喜到人间净土
镜花水月,频添此地清光

——佚　名

宝月昙花,三竺频开莲界
降魔护法,十方共仰金身

——佚　名

耸峙山腰,普度人间苦厄
中分法界,群瞻自在慈悲

——佚　名

生欢喜心,证菩提果
登清凉地,结香火缘

——佚　名

镌木装金,三竺增宝气
上梁结顶,五峰现祥云

——佚名题大悲观音像

香烟传出千年事
灯蕊结成如意花

——佚　名

我门中缔结福缘,岂惟在一炷清香,几声佛号
我心里能全善果,自然的秋生桂实,春茁兰芽

——戴仁题(一说为胡适)

浙江省佛教协会

在天竺路78—8号。庭院一角有朱关田署题的“观山听泉”、赵朴初署题的“护国兴教”和郭仲选署题的“觉苑”额。

千岁创名刹
万世传佳话

——刘江题千岁堂　妙善书额

会诸山大德僧伽，阐扬正教
集历代优良传统，启迪后昆

——吴立民题

功扼尘劳作佛事
善行方便利众生

——佚　名

山寺月中寻桂子
鹫岭岩前访梅花

——驾沧题

佛日高悬，光明世界
法轮常转，普利人天

——沈定庵题

上天竺(法喜寺)

在天竺白云峰南。传说后晋天福初，僧道翊在此结庐修行，发现山中有奇木发光，遂刻成观音像供奉。天福四年(939)，吴越王钱元瓘建寺名观音看经院。清乾隆曾亲题寺额为法喜寺。寺前有刻石“观自在菩萨”，系洪于高书。

是何年初开讲寺，雨曼陀罗华，觉诸有情，从古东南多佛国
于兹山允号上方，向阿兰若处，观大自在，原来咫尺即西天

——王翼奇题山门

天竺国中，满路香云登正觉
金容不远，举头触目即灵山

——旧联　钱法成补书

宝月昙花，三竺频开莲界
降魔护法，十方共仰金身

——佚　名

开口便笑，笑古笑今，世事付之一笑
大肚能容，容天容地，于人何所不容

——佚　名

(以上题天王殿，前后额均俞德明署题。)
天竺最高峰，到此方知，不落三千世界
西湖大圆镜，当前即是，只余一片空明

——夏寿田撰　马祥生书

象鸣狮吼、感应无方？列八十四位咒将，护持上竺，圆通观自在
月窟天根、灵光最胜，有百千万亿众生，朝拜名山，解脱见如来

——张能谟　仲纯书

像留奇木、庐结名山、舍利屡放光，西子湖头西竺似
寺近诸天、钟闻下界、普陀遥在望，白云峰里白衣来

——钱罕题

一心清净本无双，溥利永垂万祀

三竺巍峨居最上，普光明照十方

——黄谓樵题

不二为法门，历劫常留新日月

大千归觉海，诸天咸与护云霞

——陈世昌题

宣梵呗，在东浙何盛哉！若灵隐、若净慈，并此鼎足而三；宝筏度群生，怕什么苦海孽河，肯念弥陀都解脱

劈禅关，据西湖之胜也！比鸡园、比鹫岭，或信地形无二；幽坛忘世虑，绊不住名缰利锁，静参偈谛自逍遥

——余绍舜题

痴爱贪嗔、淫佚骄奢，人欲太横流，酿成水火刀兵，自造滔天浩劫

孝悌忠信、礼义廉耻，佛光能普照，愿祝慈悲感应，召回大地祥和

——佚　名

山中鸟语花香，活泼天机，好参妙谛

湖上风清月白，真空景象，即是如来

——佚　名

观自在到最高峰，何处觅音声，看慧日照临，一片西湖皆净土

大慈悲度无量劫，来游诸士女，果迷津识破，千寻南海不扬尘

——顾竹轩撰　韩国钧书

是福地、是洞天、佛法无边，片叶慈航资济渡

有崇山、有峻岭、湖光并映，三莲雄殿聿辉煌

——姜乾题

世路崎岖，看迷人捷足登山，争到悬崖无退步

佛天悲悯，愿众生回头是岸，早离苦海度慈航

——佚　名

人世本微尘，为甚须臾争意气

名山开胜镜，何如此处学长生

——陈效期题

佛从南海飞来，本迹双举，白毫光里出，莫测身云，现三十二应寻声救苦

法播东土弥扬，权实俱存，无生盖中显，大千世界，发十二宏愿教体度人

——宽量撰　叶为铭书（“现三十二应”该为“现十三应”。）

从何处参透禅机，试听灵隐钟声、钱塘潮信

愿大家解除烦恼，莫笑金刚怒目、菩萨低眉

——李根兴撰(以上题圆:直宝殿,刘江署额。)

法脉接祇园,紧依鹫岭,切莫分,谁教谁律谁禅宗,但能自性自度,皆能大觉

应身遍尘刹,普摄僧海须彻悟,无我无人无众生,苦见诸相非相,即见如来

——旧联　姜东舒补书

诸恶莫作,众善奉行,已了如来真实义

四大皆空,五蕴非有,是为般若蜜多心

——王正良题

(以上题大雄宝殿,赵朴初署额。)

水鉴当民鉴

慈云作庆云

——三宝题古井亭

般若华严参妙谛

松风水月悟禅机

安住诸佛菩提道

涤除炎热使清凉

八风飓飓吹不动,定也

五戒等等勤戒法,本欤

——以上詹瀛生题

接天古寺浮烟树

释唯心经度众生

——徐弘道题

大觉甚深功德海

乘香具足旃檀林

——怡藏题

定中清息无人晓

本地风光只自知

——木鱼题

大士留法相

禅门近儒家

——许竹楼题

定慧圆融,心同法界

本性无碍，道契真如

——佚　名

永离尘秽，毕竟清净

勤修众善，具足菩提

——钱法成题

一切如来同赞喜

十方众生悉慰安

——沈定庵题（以上题方丈室）

苦楚历一生，想从前苦守真修、苦经焚炙、苦志苦心、独临苦海

慈悲昭万古，看此日慈周天壤、慈遍寰区、慈人慈物、普度慈航

——朱星恒题

佛亦爱临安，法像自北朝留住

山皆学灵鹫，洛迦从南海飞来

——张岱题

野鹤闲云，喜到人间净土

镜花水月，频添此地清光

——佚　名

山名天竺，西方即在眼前，千百里接踵朝山，海内更无香火比

佛号观音，南摩时闻耳畔，亿万众同声念佛，世间毕竟善人多

——陈嘉干题

立马吴山，忆频年转战沙场，履险为夷，宝筏自天援苦海

还辕湘水，愿今日皈依竺国，指迷彻悟，瓣香异地拜慈云

——李世颜题

救百千万劫，具大慈悲，湖山无恙

现三十二身，说妙功德，物我同春

——如山题

大德回生，愿众生生生不已

至诚无息，求嗣息息息相通

——余士琛题送子观音殿

问尔辈从前何等样人，尔自摸心头，再来拜佛

朝我过往后莫行歹事，我这条鞭下，不肯容情

——佚　名

菩萨本慈悲，善恶一毫难假借

冥王虽严烈，死生万劫恰公平

——佚　名

白衣仙人，瓶中水杨柳
朱芾男子，天上石麒麟

——魏成宪题

吉士叩坛场，彼自有感，非为享多仪而福也
凶人犯法律，吾岂无闻，正欲盈其恶以诛之

——佚　名

竺仙庵

品泉茶，三口白水
竺仙庵，二个山人

——佚　名

韬光庵

庵在灵隐寺西北巢枸坞。传说唐长庆三年(823)，有自号韬光的诗僧自四川来此结庵，常与白居易唱和。后晋天福三年(938)吴越王建广岩院。庵中有宋赵阅道、苏东坡等题名，为清《西湖十八景·韬光观海》所在地。后来一度为道观，因此庵内有佛殿又有道观建筑。

楼观沧海日
门对浙江潮

——宋之问句　舒同补书

松声竹声钟磬声，有声俱妙
山色水色烟霞色，是色非空

——启功改联　李骆公书

(原联系吴忠礼撰，启功改“声声自在”、“色色皆空”为“有声俱妙”、“是色非空”。)

韬晦承吕姜，眈禅悦静观万物
光华耀中外，阐圣教普救群黎

——冯极常撰　周孟庵书韬光径亭

屐迹尚堪寻，高阁登临，此境依然图画里
山灵如旧识，群峰罗列，我来相约弟昆行

到此已超诸色界
来时权作小游仙

——以上德馨题

岭树湖云沉足底
江潮海日上眉端

——祁世长集林则徐句

炼性炼形毋着相
丹成丹熟不生心

——佚　名

到此台，须悟丹经百炼
非吾侣，那知事出三真

——陈廷英题

湖光塔影连三竺
海日江潮共一楼

——黄文中撰　王得才书

炉火著千秋，练就真元证善果
仙丹施一点，救回灾疾起残生

——江鉴盘题

回头下望人寰处，不见长安见尘雾
登高壮观天地间，一龛香火一仙山

——邹镜堂题

（以上题丹崖室。亦称炼丹台，在韬光高处一洞穴前，内供吕纯阳像。）
韬晦竹林深，容至徘徊、一尘不染
光辉莲座放，堂开迤逦、万象皆空

——王信孚题

鸿爪雪泥，著迹岳阳楼上
云装烟驾，降真灵隐山头

——徐绍基题

诀授云房，涉水登山，一枕黄粱超法界
诗题鹤观，度人济世，千年丹篆仰仙踪

——黄瀛元题

一卷诵清芬，溯从蜡屐游时，台阁山林重入画
两家怀祖德，行到绿筠深处，甘棠乔木竟同春

——徐琪题

仙佛缘中，湖山胜起
楼台影里，云水闲时

——魏成宽题（以上题诵芬阁）

科第有神仙，到处云烟堪供养
招贤群季侣，满城风雨此登临

——徐绍基题

要将人力回天，枝枝香满

留得春光驻世，月月花开

——张宗祥题

山衔古寺穿云去
树隐流泉倚石听

——佚名题观海亭

翠云入丛篁
赤城盘叠障

——乾隆题

白昼龙蟠云气里
青天人立雨声中

——袁公谟题

古桂双枝栖白鹤
寒池十丈长青莲

——施闰章题（以上题金莲池，相传韬光引水种金莲处，池上有飞雨阁。）

普圆院

旧在韬光石笋峰下，一名石笋寺。

漠漠陇头归去雁
阴阴松下远来僧

——赵循道题

白云秋补衲
清涧夜调琴

——张以诚题

北高峰

系灵隐山之最高峰，与南高峰对峙。东是屏风岭，西是鸟峰，南为白猿，香炉、月桂诸峰。旧有华光殿及浮屠七层，唐天宝中(750年左右)建，已毁。

江湖俯看杯中泻
钟磬声从地底闻

——邓林题

盛德在金，与南北高峰参天并峙
人善是福，随东西两浙流淌俱长

——佚　名

锡命在西方，斯民庇纶音乐利
声灵邻北极，神圣握天下财源

——佚　名

茀禄尔康，福泽共西湖月满
正直是与，财源如东浙潮来

——蔡敬宸题

峙北高峰，灵隐寺巅尊帝释
主西藏府，销金锅内妙权衡

——姚承熙题大殿前

无以为宝，惟善以为宝，则财恒足矣
义然后取，人不厌其取，又从而招之

——俞樾题　徐邦建补书

朱鸟流光，功参赤帝
黄离叶吉，福被苍生

——金菁茅题

上方楼阁参差见
下界笙歌远近闻

——姚肇和题(以上题华光庙)

毛泽东诗碑亭

亭在峰顶，刘江篆额。碑刻毛泽东1955年4月9日登北高峰所撰《五律·看山》诗。

巨人三凌顶，诗赋天堂美景
神州万载春，辞凝华夏真情

——郭仲选题

战乾坤，睿智奇谋驱长夜
揽古今，雄才大略辟新天

——朱关田题

附：五律·看山　毛泽东

三上北高峰，杭州一望空。
飞凤亭边树，桃花岭上风。
热来寻扇子，冷去对美人。
一片飘飘下，欢迎有晚莺。

时思荐福寺

原在石人岭下。旧有宜对亭、通云亭、天池楼、双珠亭、万玉轩、雨华堂等建筑。寺内有乾隆御书《心经》、吴后书《金刚经》石刻。

时呼白猿听奇句
亦许飞仙餐紫霞

——张雨题

第八编

虎跑　满觉陇　南高峰　三台山

虎跑寺

原名大慈定慧禅寺。唐元和四年(819)性空和尚建庵名广福院,因地处大慈山下,后改名大慈禅寺。咸通三年,性空圆寂,徒众建"定慧之塔"纪念,改寺名为大慈定慧寺。因寺内有虎跑水,寺以泉名,习称虎跑寺。寺内原有苏东坡题诗石刻。"滴翠轩"额为王冬龄题,"钟楼"为朱关田题。

山翠滴前楹,榜草曾留名宦迹
泉香余片石,画兰争访胜朝碑

——陈小豪撰　徐敏达书

古墨露垂秋,苏长公榜留书草
幽香风蕴夕,潞佛子石映画兰

——丁丙题(以上题滴翠轩)

龙咒钵中安,西方圣人,现四十八臂、具大神力
虎移泉眼至,南岳童子,历百千万劫、留此真源

——丁立诚题

山势北连三竺去
泉声西自五云来

——张以宁撰　王澄书

灵泉涌地寒浸骨
胜迹名高著虎跑

——康熙题(以上题虎跑泉)

灵毓贵人峰,泉涌虎跑,历五十三参,众生来渡
悟回尘世梦,钟鸣鲸吼,愿一百八杵,大地同闻

——丁立诚题钟楼

炉火红深,与我煨芋
窗树绿满,烦公写蕉

——吴敬义题赠平山和尚

石涧泉喧仍定静

松阴路转入清凉

——佚名题含晖亭

已种稚松三百本
待移苍竹一千根

——马一浮题

千年虎迹传灵秘
一脉泉声出上方

——蒋北耿题翠樾堂(由胡铁生署额。另有“山泉居”茶室,唐诗祝署额。)

济公殿

济公圆寂于虎跑寺,在殿后建有济公塔院。
石黛刷幽草
曾青泽古苔

——蔡云超书李白句

愿借吾师手中半叶蕉,煽灭若辈热中热
留得此地山上一勺水,渴解众生难上难

——彭教仁题

谁识如来面目,不坏金身犹在世
是真菩萨心肠,浑然铁舌尚留尘

——报本团上海办事处

弘佛旨,度众生,惟此颠僧称活佛
证机缘,参妙法,何妨玩世显神通

——台湾二十九人团敬献

一柄破蕉扇,一领垢衲表,终日嬉嬉哈哈,
人笑痴和尚,和尚笑人痴,你看怎样
奔来豁虎跳,踅去翻筋斗,到处忙忙碌碌,
我为度众生,众生不我度,佛唤奈何

——姚锦标题

动静玄机凝妙道
去来踪迹显神通

——马世晓题

八百里湖山,俱叠高僧足印
十万家灯火,尽绕活佛灵光

——佚　名

李叔同纪念馆

弘一系李叔同法号，1942 年农历九月初四，圆寂于泉州温泉养老院晚晴室。其骨灰一置泉州清源山弥陀岩，一置虎跑寺，并建弘一法师舍利塔以藏。塔侧有“仰止亭”，何水法署额，“李叔同纪念馆”由启功署额。纪念馆厢房“弘一精舍”由沈定庵篆额。

勤能补拙，俭以养廉
以情恕人，以理律己

身在万物中
心在万物上

见事贵乎理明
处事贵乎心公

南山律教，已八百年湮没无传，何幸遗编犹存东土
晋水僧园，有十余众承习不绝，能令正法再住世间

——以上选自弘一书法

无尽奇珍供世眼
一轮圆月耀天心

——赵朴初题

密身净名，与湖山不朽
惊才多艺，开风气之先

——沙孟海题

艺术精能称众长，声名中外春雷震
律宗功德诚无量，词曲诗书国宝传

——钱君匋题

素壁淡描三世佛
瓦瓶香浸一枝梅

——佚　名

人生犹似西沉日

富贵终如草上霜

——沈定庵书弘一句

满陇桂雨公园

此处因吴越时有佛寺满觉院而得名。自唐中叶开始，石屋洞周围农民开始以种植桂花为副业，为西湖著名赏桂胜地。秋日金粟满树，人倚及树身，桂花如雨洒而下，故名“满陇桂雨”。有巨石镌刻刘海粟九十高龄时所题“满陇桂雨”四字。

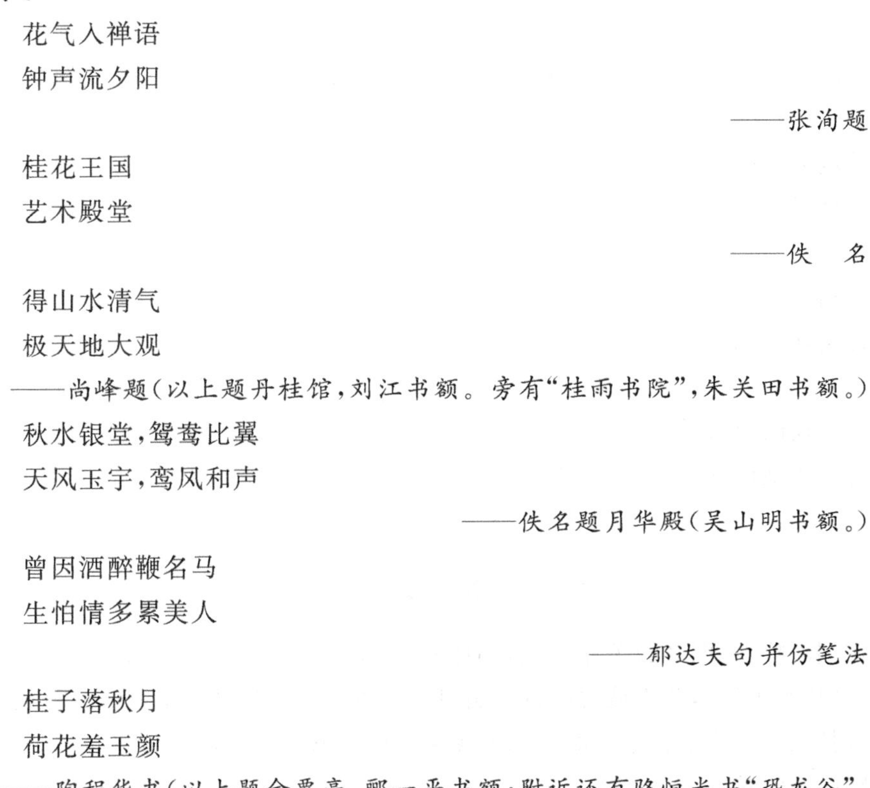

花气入禅语
钟声流夕阳

——张洵题

桂花王国
艺术殿堂

——佚　名

得山水清气
极天地大观

——尚峰题（以上题丹桂馆，刘江书额。旁有“桂雨书院”，朱关田书额。）

秋水银堂，鸳鸯比翼
天风玉宇，鸾凤和声

——佚名题月华殿（吴山明书额。）

曾因酒醉鞭名马
生怕情多累美人

——郁达夫句并仿笔法

桂子落秋月
荷花羞玉颜

——陶程华书（以上题金粟亭，郦一平书额；附近还有骆恒光书“恐龙谷”。

石屋洞

在南高峰下，有洞穹如石屋，故名。吴越末年，钱弘俶在洞外建寺，名大仁禅寺，但民间习称石屋寺。洞内镌罗汉共五百十六身，洞内崖壁旧有北宋陈襄、苏轼及南宋贾似道等题名刻石多处。今人沈鹏题“苍苔峭壁”、刘韵河题“甏云”，老田题“沧海浮螺”，金鉴才题“吟香”等匾额，市园林文物局立“石屋洞造像重修碑记”，俞建华书。

深林容月色
古洞隐春秋

——李文采题

向日分千笑
迎风共一香

——佚　名

古树苍苍金粟月
亭堂朗朗一洞天

——旧联　蒋维崧补题桂花厅

（吴养木署额，厅内悬匾“桂魄流光”，王世襄书。山上有“擒云亭”，陈叔亮书。）

筑墙防虎越
登阁俨烽台

——佚　名

宿鸟翻云去
惊雷触石回

——朱彝尊题

江霞遥映上天竺
海日正抱南高峰

——佚名题齐树楼

水乐洞

在烟霞岭下，旧名西关净化院，洞中水声如金石。熙宁二年(1069)，郡守郑獬名之曰“水乐洞”，苏东坡曾赋诗。洞口有孙克宏题“清亮”二字，隶书，径尺余，“水乐洞”三字为释安云书。洞壁题刻颇多。按杭州人习惯，“乐”读“le”音。

路向峰腰转
泉从洞中来

——王炎题

悬崖滴水鸣金磬
激涧流泉走玉声

——杨载题

台池间明月
泉石痼烟霞

——岳珂题水乐园亭

匏　庵

侧身天地更怀古
回首风尘甘息机

——陈洪绶集杜甫句

烟霞洞

是西湖最古老的崖洞之一，相传为五代后晋时弥洪和尚发现。入口处“苏龕”内有苏东坡石像。有方介堪题“烟霞古洞”、聂麟书题“烟霞洞天”、金焘题“烟霞此地多”等匾额和石刻，洞内有五代造像 38 尊。

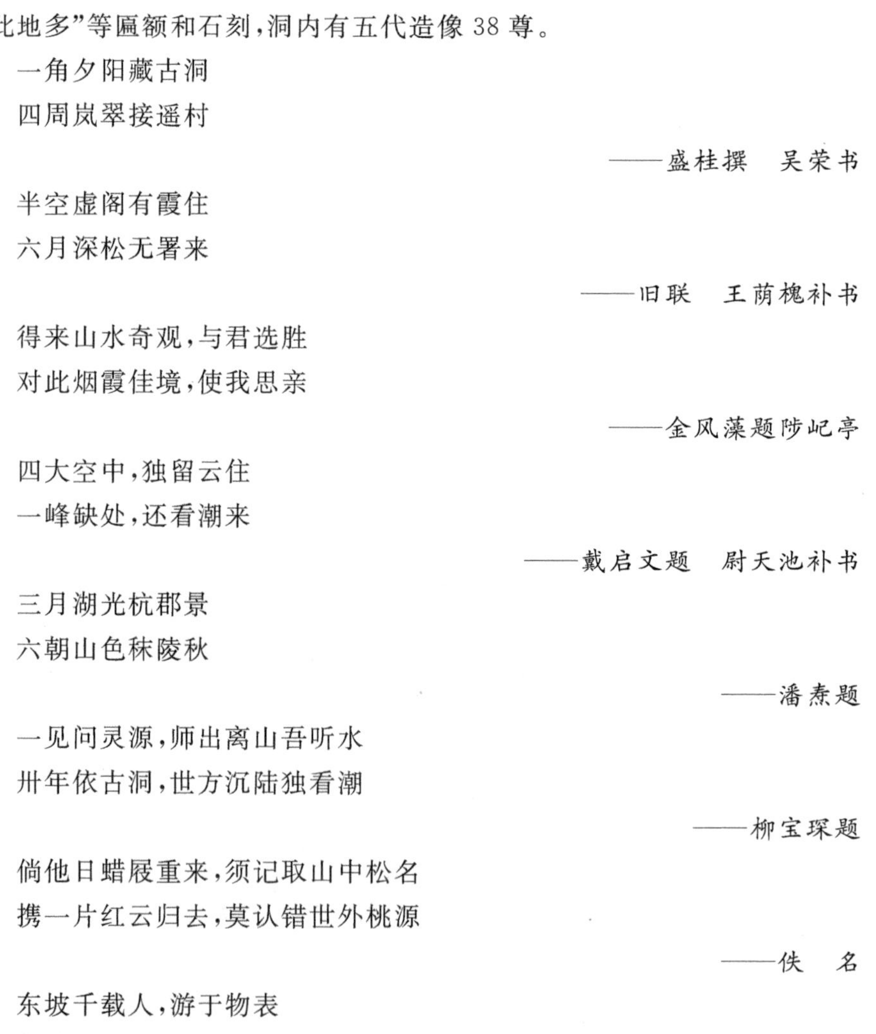

一角夕阳藏古洞
四周岚翠接遥村

——盛桂撰　吴荣书

半空虚阁有霞住
六月深松无署来

——旧联　王荫槐补书

得来山水奇观，与君选胜
对此烟霞佳境，使我思亲

——金风藻题陟屺亭

四大空中，独留云住
一峰缺处，还看潮来

——戴启文题　尉天池补书

三月湖光杭郡景
六朝山色秣陵秋

——潘焘题

一见问灵源，师出离山吾听水
卅年依古洞，世方沉陆独看潮

——柳宝琛题

倘他日蜡屐重来，须记取山中松名
携一片红云归去，莫认错世外桃源

——佚　名

东坡千载人，游于物表
钱塘万顷白，来自云端

——金绍坊题呼嵩阁(王个簃篆额。)

凿洞宝藏兴，烟霞本是金银气
题龛名辈集，客谁逢春梦婆

——佚　名

世有活财神，顽石何灵，岂以烟霞偿外债
山无真名士，清流自许，只将文字托因缘
阿堵晦如深，保存廉耻几许，清理烟霞洞石像
拍马名易假，识破文忠称谓，本来面目是财神

钱妙实通神，本教借重烟霞，结识山灵司宝藏
石顽难革面，聊与转移香火，随缘坡老忘形骸

山灵分一度，钱果通神，何期选士算缗，拜石乃转憎铜臭
坡老足千秋，力能激俗，顾问春婆醒梦，归田可弗恨家贫

——以上蔡蒙题苏庵

胡明复墓

在烟霞岭上。胡明复(1891—1927)原名孔孙，字明复，无锡人，为我国在国外获得数学博士学位的第一人。1929年不幸在元锡溺水身亡，1927年中国科学社将遗体迁葬于西湖烟霞洞山坡上，如今蔡元培题写之碑文虽残缺，但还能看到其墓旧貌。

末世高风，无双国士
神州科学，第一牺牲

——蔡元培题

避世竟无干净土
看花徒对可怜春

——佚　名

随遇而安，且领略半盏新茶，一炉宿火
会心不远，最难忘别来旧雨，经过名山

——佚名(以上三联均见《疢存斋联语汇录》。)

苏东坡石像

烟霞洞口有苏东坡石像，原先是清代锈刻的财神像，后人嫌其太俗，铜臭味

太重，因而改镌了。有一联记此事：

钱如真可通神，此座巍然，何不与烟霞终古
石也有时变相，长公仙矣，莫非是香火前缘

——佚名（另有联集“香火前缘”为“因果前缘”）

师复墓

西湖烟霞岭上，在杂树野草丛中有一崖壁上镌刻着“师复墓”三个大字，另有一方墓志铭。

师复，原籍广东香山，原名刘师复。15 岁中秀才，后东渡日本，为同盟会早期会员。回国后参与起义，不幸断了左手，被捕入狱，于是便彻底崇奉无政府主义，去姓留名，不食肉，不吸烟，不饮酒，不涉政坛，乃至一生不婚。1915 年病逝，他对自己的主张的宣传可谓不遗余力，编报出刊，只凭一只右手工作。当时就有一联：

稚晖五体投地
师复只手回天

金凤藻长眠地

金凤藻夫周光松业西医。据《西湖新志》卷九记载：“昔年夫妇游杭，曾云百年后愿合葬于此。翌岁，金氏先患喉疾颇剧，幸光松昼夜看护得痊可。不图金氏愈而光松转以此疾死，金氏遂亦痛不欲生，卒以身殉。亲族怜其志，遂合葬于此。”

湖山埋义骨
风雨泣贞魂

——黄文琛撰

聘望亭

在烟霞洞上方，唐诗祝题额。

不畏浮云遮望眼
只缘身在最高层

——唐诗祝书

胡适与烟霞洞

1923 年 6 月胡适从北大到西湖养病，住在烟霞洞旁房舍里，与在杭念书的表妹曹佩声有三个月的浪漫爱情生活。曹佩声比胡适小十一岁，安徽绩溪人。胡与江冬秀于1917年12月30日结婚时，曹为女宾相。当时曹还记得胡适所作的以下短联，后曹留学美国，归国后任大学教授。

三十夜大月亮

廿七岁老新郎

南高峰

峰顶原有荣国寺及后晋天福吴越间所建的南高峰塔(七级),均圮。如今登峰之游人步道已修建,并筑有江南园林风格之悬空式重檐亭。

凭栏霄月近
倚杖海云回

——田汝成题

两脚不离大道,吃紧关头,须要认清岔路
一楼俯看群山,占高地步,自然赶上前人

——佚　名

揽长江似带
俯平湖如杯

——佚　名

何须有路寻无路
莫道无门却有门

——佚名题无门洞

三台山

三台山是南高峰之支脉。三岩俨峙如台,中尊旁翼,圆秀如画。其下为颖秀坞。

秋猿吟断壁
暮虎啸深河

——吴继志题

法相寺

在颖秀坞。寺内旧有宗慧堂、竹阁、云壑、禅栖、颖秀山房、青莲居等亭阁。

窗虚过鸟影
龛古见禅身

——朱长春题

法相何空，环十洲而锡嗣
色身不坏，历百劫以长春

——张仁题

华龛云荫松溪冷
石窦泉香竹阁新

——樊良枢题

观空机事息
阅世法身留

——洪昇题

留余山居(陶骥别业)

乾隆曾赐题“留余山居”、“听泉”额。
凿开石径通云径
搜出真山作假山

——陶骥自题

瀑雷陈迹改
云窦见飞泉

——傅玉露题

六通寺

晋天福间(936—942)吴越王建，宋治平间改名六通慈德院。今为六通宾馆。
孤灯阴昼色
高树洒秋声

——张纲孙题

三台别墅

清代李鼎《西湖小史》云：“湖上园墅虽林立，而结构佳者。舍高庄、俞楼外，实不多见。最可厌、最杀风景，莫如多少欧西式房屋，以其牵强堆砌，无丝毫结构之可言，其为西湖增色耶？抑污玷西湖耶？”此即为时人有此联之缘由。

欲把西湖比西子
而今西子作西装

——佚 名

俞曲园墓

在六通宾馆邻近，法相巷1号绕进去就是。原先是俞曲园生圹，名曰“右台仙馆”。“文革”时被毁，后重建。世纪之交，笔者曾三次拜谒此墓，见墓边竖立一小石碑，文曰：“本生祖父寿山公母姚夫人之墓碑，孙俞铭衡平伯重立，一九七九年十二月。”以下是几副悼念俞曲园之联句：

五十年宦海抽身，小隐吴中，合洛社香山，一代耆英推老辈

四百卷遗书寿世，闻名海外，数儒林文苑，千秋史册此传人

——陆润庠撰

儒林上寿毛朱万

海内高名李白苏

——张之洞撰

千秋著作早藏山，蔚矣儒林，数五福箕畴，国史何人能合传

一笑吟哦方辍笔，飘然杖履，下九天笙鹤，先生有道自登仙

——陈豪撰

一代斗山韩吏部

四朝文鉴邵尧夫

——沈钧儒撰

一代硕师，几欲轶嘉定高邮而上，方祝耄期健铄，齐算乔松，忽传梦兆嗟蛇，读两平议遗书，朴学销沉同坠泪

卅年私淑，愧未列赵商张逸之班，况复父执凋零，半悲宿草，又痛神游化鹤，检三大忧手笔，余生孤露更吞声

——孙诒让撰

慨父执廖廖，朝野几人，灵光岿然，何意名留春在堂，神归右台馆

数平生拳拳，忠孝大节，著书余事，亦既远追深宁叟，近迈小仓翁

——盛宣怀撰

五百卷书藏流芳，风行寰中域外，溯鹿苹再赋，芹藻重赓，更儒林列传褒荣，人皆望若升仙，漫数词曹今第二

三十年礼堂问难，义兼父执师资，记渤海同舟，湖楼撰杖，又吴巷德邻近接，天不憖遗一老，咸悲国士世无双

——郑文焯撰

薄植荷栽培，附公门桃李行，今成朽木

名山藏著作，在中兴将相后，别是传人

——吴昌硕撰

祀典重乡贤，合与徐南陔先生，伯仲之间分片蘚

经师尊汉学，直接王高邮一派，道咸而后有传人

——德清后学公挽

所居不设墙垣，望之俨然若逆旅

有时独游泉石，见者以为是仙人

——俞曲园自题右台仙馆

生无补乎时，死无关乎数，辛辛苦苦，著二百五十余卷书，流播四方，是亦足矣

仰不愧于天，俯不怍于人，浩浩荡荡，数半生三十多年事，放怀一笑，吾其归欤

——俞樾自题

陈夔龙墓

在俞曲园墓左侧。陈夔龙(1857—1948)，贵州贵阳人，清光绪进士，曾任直隶总督兼北洋大臣，后以病告假，长住上海。整修后，墓前有两道石牌坊，皆今人联语。

陵变谷迁藏逸社

水流云在辨遗文

——王湫居题

梦回蕉鹿，振缨九牧

诗在光宣，吟味三台

——王其煌撰　周国成书

扬历忆青云，都会林泉终晦迹

遗文证鸿雪，江关词赋每招魂

——王翼奇撰　刘艺书

为政有能名，占籍贵阳无所愧

吟诗联逸社，安魂湖畔亦其宜

——吴亚卿题

白发卧沧江，花近楼高，公自登临思旧事

青山峙孤冢，水流云在，我来凭吊话前朝

——王翼奇题

圣湖山水接吴淞，泉下重裁锦句

芳陌楼台胜花近,堤边又倒金樽

——张学理撰　王冬龄书

青溪书屋

在三台山路,邵华泽题额。

壁走龙蛇,青溪逸想松筠节

馆临山水,花径长流翰墨香

——张学理撰　郭仲选书

言之高下在于理

道无古今惟其时

——邵华泽书

青溪来活水

书屋有清泉

——徐家松撰　荆滨旭书

于谦祠(墓)

在三台山下。原名旌功祠，祀明代兵部尚书于谦，祠侧为其墓。庭隅有井曰“忠泉”。墓前翁仲、石兽分列两旁，祭桌与香炉传为明代原物。

远望岳坟，千古并推双少保
近邻花港，一抔永镇三台山

——杨昌浚题

血不曾冷
风孰与高

——旧联　陈振濂补书

一力尊金瓯，以社稷为重
三台埋碧血，于湖山有光

——俞樾题

赖社稷之灵，国已有君，自分一腔抛热血
竭股肱之力，继之以死，独留清白在人间

——董其昌题　刘正成补书

千古痛钱塘并楚国孤臣，白马江边，怒卷千堆雪浪
两朝冤少保同岳家父子，夕阳亭里，心伤两地风波

——王守仁题　刘江补书

宋室无谋，岁输卤数万币；和议既成，安得两宫归朔漠
汉家斗智，幸分我一杯羹；挟求非计，不劳三寸返新丰

——张岱题　马世晓补书

公论久而后定
何处更得此人

——林则徐题　尉天池补书

日月双悬于氏墓
乾坤半壁岳家祠

——张苍水句　王遽常补书

百世式忠贞，明代元勋推杰士
三台拜祠墓，岳家庙貌共灵长

——李卫题　林鹏补书

国家正赖公耳，排众定朝班、厉声定守议、
改蓉定奉迎；当时何敢言功，以社稷安危为己任
上皇终不快也，徐珵请弃市、吾豫请连诛、
白琦请谤罪；事后实怜其枉，复玺书紫锭赐崇祠

——李瀚章题　沈鹏补书

于谦祠新联

两袖清风昭万世
一轮明月耀三台

——胡澍沛撰　祝遂之书

双手扶明光日月
一心救国壮山河

——詹瀛生撰　驾沧书

月烟亭

亭在于谦祠一侧新辟公园里，夏有良题额。
疏廉花影二分月
细雨春林一半烟

——安美公书

祈梦殿

据民国《西湖新志》载：旌功祠在三台山下，祀明少保忠肃公谦。梦神庙在其左。杭之人，饮食必祝，祈祷必应。
问汝何来，欲圆何梦
循吾所历，必应所求

——童晏方撰

于谦祠前牌坊

在三台山于谦祠前临湖处，邵华泽题额“丹心托月”，朱关田题额“赤手擎天”。
赖社稷之灵，国已有君，自分一腔抛热血

竭股肱之力，继之以死，独留清白在人间

——钱茂生书　昔日李瀚章（李鸿章弟）所撰联句有：“赖社稷之灵，国有君矣；竭肱股之力，死以继之。”

砥柱中流，独挽朱明残祚

庙容永奂，长赢史笔芳名

——言公达

赤手挽银河，公自大名垂宇宙

青山埋白骨，我来何处哭英雄

——王文成撰　邬西濠补书

祀典攸崇，苍松劲柏环祠墓

感应随至，玉烛金炉布庙廷

——刘江书

玉岑阁

在三台山路玉岑山上，与武状元坊相对。山上大树苍翠，奇石林立。如今只复建一座玉岑阁，何水法题额，驾沧题“揽胜高吟”。底层壁上镌刻骆恒光、刘江、陈振濂、林剑丹等书写昔日诗社诗篇。

秀出一峰，高岑蕴玉

翩来群侣，胜日寻诗

——王翼奇题

杨堤接赵堤，岁月无心留胜迹

莲社成诗社，湖山有意属名流

——王其煌撰　杨西湖书

三台阁

在三台山顶。明代周龙所绘西湖全景图上有三台阁。如今修复，成为“登山兼可看湖”的景观。李潞题额。

四面晴光呈百景

千秋正气拥三台

——吴亚卿题

小鸟悠闲，台边穿水去

丛云忙碌，阁外拥山来

——王漱石题

湖西山水添新景
阁外园林记旧游

——蔡云超书

留余山居

原在南高峰北麓一山泉旁，有亭台楼阁，乾隆曾游此题额并题“听泉”二字。现移景在法相寺遗址重建，何水法题额。

凿开石径通云径
搜出真山作假山

——旧联　刘恒书

来去无踪，云移絮影
抑扬有致，泉起琴声

——燕人康庄

先贤堂

又名集贤堂，原先在苏堤映波桥旁。南宋京尹袁韶建祠，祀杭州自古以来39位名人贤士。2003年在三台山重建，前有石牌坊，王冬龄题匾“功在利民”。

岁月无情残古迹
湖山有幸屹丰碑

——周沧米书

风月宜联句
林泉好释红

——方爱龙书题诂经亭（郭云青题额。）

风月长存供啸傲
沧桑数易发讴歌

——潘国强书题安隐堂

闲立多时思结网
乐偕诸侣欲流觞

——周全书题临流亭（宋涛题额。）

同伴采云归去
待邀明月相依

——王禔书题舒云亭

来寻白傅三秋桂

好饮卢仝七碗茶

——张漈云撰　纽利钢书题解香楼

苔径樵踪临水断
霜林人语入云深

——汤柏林撰　尤炳秋书题多味轩

迷蒙烟水连山色
凝滟波光远市声

——金晓明书

泉水潺潺，四面奇葩围一馆
茗香郁郁，八方嘉客上三台

——钱法成题　(以上两联题三咽阁)

华堂来紫燕
高枝倚青云

——查士标书题花浓鸟聚亭(汪鋆题额。)

芽撷千畦，秀色留佳客
风生两腋，清香忆古人

——尚佐文撰　李早书题灵泉山馆(赵征宇题额。)

东坡亭

赵朴初题额。亭中有苏东坡石像，系 1996 年出土，是为当时的慧因高丽寺护法的。石像后有鲍志成撰的碑记。

岷峨凄云掞天藻
江汉流汤驱砚涛

——周而复题

雨奇晴好形容，到处追随有西子
海阔天高襟抱，何人旷达似东坡

——王翼奇撰　鲍贤伦书

垂老舍身依古寺
长留真相在西湖

——史树青撰　沈定庵书

问今古杭州太守，有几人如公伟业
读西湖万首诗词，竟何曲睥睨群雄

——陈文锦撰　刘江书

第九编

玉泉　灵峰　黄龙洞　西溪

玉泉(杭州植物园)

原称清涟寺。建于南齐建元中期(480年左右),南宋理宗赐题“玉泉净空院”,故又称玉泉寺。至清代,寺院规模宏大,广西岑春萱曾题“玉泉龛舍”额。现改建为一座具有江南园林特色之庭院,在“杭州植物园”(江华署额)内。廊檐“鱼乐国”三字出自董其昌手笔,“玉泉”二字周昌谷题。

桃花红压玻璃水
萍藻深藏翡翠鱼

——马忠骏撰　张朝坡书　程十发补书

鱼乐人亦乐
泉清心共清

——徐渭撰　邹鲁书　启功补书

休羡巨鱼夺食
聊饮清泉洗心

——沈铭题　钱君匋补书

水翻鸭绿
山叠螺青

——董其昌题　刘江补书

知有濠梁乐
岂无江海心

——陈小豪题

此即濠间,非我非鱼皆乐境
恰来海上,在山在水有遗音

——陶文毅题

鱼有化机参活泼
人无俗感悟禅心

——盛和颐题

浩浩羡无涯,身坐宫中通造化

洋洋皆得所，眼观池内起慈悲

——陈小豪题

未若此间乐

安知我非鱼

——王荦题嘉木堂　王冬龄补书

鳞中大隐，庄书王画

山外清涟，乐咏颠题

——洪尚之撰　郭仲选书（沈定庵书“如鱼得水”轩额。）

泉清风清心清，活水源头清如许

鱼乐树乐人乐，浓荫深处乐无穷

——刘辉乙撰　杨西湖书题清乐堂

（朱关田署额。邻近有陈振濂署“碧莹亭”、何水法署“片露弦月”匾。另有姜东舒署题的“闲定轩”等额。）

喷为大小珠

散作空濛雨

——黄汝亭题晴空细雨泉

灵峰探梅

在仙姑山西北，青芝坞后。晋开运间(944—946)吴越王建灵峰禅寺，占地千亩。寺内有容碧轩、眠云堂、松风阁、翠微阁、洗钵池、妙高台诸胜。

堂可藏云，山开伏虎
泉堪洗钵，池有潜龙

——佚　名

自在自观观自在
如来如见见如来

——佚　名

振三五六经之羽翼
罗二十八宿于心胸

——佚　名

现三十二妙应身，度尽尘刹
施二十四无畏力，福备群机

——佚名(以上题大雄宝殿)

夏雨春云秋夜月
唐诗晋字汉文章

——吕光远题

竹雨松风梧月
香烟琴韵书声

——金田题(以上题笼月楼)

何处流泉生石上
有人鸣玉在云中

——刘基题

梅萼已香迎暗土
涧泉犹冷带冰流

——周涛题(以上题松风阁)

流水悟禅机，砭耳松风僧洗钵
空亭忘世事，沁心梅月客横琴

——王礼仁题掬月泉

（泉旁石壁上镌“掬月泉”并题记：“宣统二年，乌程周庆云灵峰山中起屋得泉，清宁容月，恍若可掬，缓作兹名，以谂来游。”亭中原有《重修西湖北山灵峰寺碑》记。）

烟艇横斜花港湾
云山出没柳行间

——佚名题杨万里诗句

即同灵隐双傍路
不减云栖三聚亭

——佚　名

山仍夕照醉红叶
湖剩寒波泛白鸥

——秦敏树题（以上题灵峰亭）

踞鹫岭，面芝坞，傍桃源，小筑茅亭，是林峦最幽处
曲江涛，吴山云，西湖月，生成画本，亦宇宙之大观

——补梅翁属书　寿妆藻题（“面芝坞，傍桃源”一作“傍桃源，面芝坞”）

此地还宜招鹤伴
隔湖常看渡鸥来

——补梅翁撰　俞彬蔚书

放鹤故应笑坡老
观梅何必问逋仙

——杨士燮题

占得灵峰十芴地
分来孤屿万梅花

——周庆云题（“灵峰”一作“云峰”）

高亭临极巅，无数云山供点笔
皓月山岭表，才有梅花便不同

——坚匏主人集名　叶铭篆

信足梅笔地
放眼湖连天

——佚名

（以上题来鹤亭。吴兴周庆云建于宣统二年(1910)。2001 年重建，张炳琳署额。）

排日快登临，心远地偏，怎禁恁秋老西湖，寒生北郭
入山容放鸟，境闲人静，最好是松间煮雪，竹外探梅

——周庆云题

南北高峰天外笔
东西流水屋头琴

——佚　名

漫空翠竹扶山住
数点红梅补屋疏

——沈钧儒题

小住为佳，梅鹤有情联眷属
大观在上，云山经用始鲜明

——戴启文题

布置幽居，最好是雅座几椽，梅英数点
湖山佳处，端不在璚楼百尺，花样一新，

——会开棣题(以上题补梅庵)

瑶台亭

在灵峰一小岭侧。钢筋水泥结构，亭中有“中华民国岁次壬申春三月徐学成、徐学章、许韶明建立纪念”等字。

江水远环千嶂外
睛漪近抱一湖中

——佚　名

无限风光环云路
且留绿影畅游踪

——鲍坚题

蝶　冢

蝶冢在西湖桃源岭，原是著名文人、爱国实业家陈蝶仙的坟墓。陈蝶仙原名寿嵩，别署天虚我生，杭州人，曾主编《游戏杂志》《申报》副刊，著有长篇小说《泪珠缘》《胡雪岩外传》等。抗日战争时期，他制造蝴蝶牙粉、蝶霜、蝴蝶牌花露水等等，约数百种产品，抗衡日货。蝴蝶，“无敌”之谐音也。蝶冢建成时，陈蝶仙曾在

石柱上题刻了下联：

未必春秋两祭扫
何妙胜日一登临

公真无敌
天不虚生

——陆澹安挽陈蝶仙

齐物逍遥，一夕仙踪圆蝶梦
儒林货殖，千秋史笔属龙门

——朱莲垞挽陈蝶仙

云松书舍

在玉泉往灵隐的山坡上。系著名作家金庸捐资创建，颇具规模。汪道涵题额。金庸原名查良镛，1924 年出生于浙江海宁，抗日战争时曾在《东南日报》供职。

胸中锦绣三都赋
笔底烟霞五岳云

——周沧米书

飞雪连天射白鹿
笑书神侠倚碧鸳

——郘西濠书

双峰插云

在洪春桥塊，旧称“两峰插云”，康熙御题十景时改名。并建亭勒石于此。所谓“双峰”，即南高峰、北高峰之合称也。峰虽不高，但从湖上望去，加之峰顶各有一塔，犹似插云层层利剑。故名。

玉簪拔地三千仞
宝盖撑空十七层

——聂大年题

华盖渐迷云缥渺
浮图时见碧玲珑

——高得旸题

风起云行快
山高日上迟

——佚　名

茶人之家

双峰插云亭东绿阴深处有“茶人之家”(沙孟海书)、“九源茶道院”(蒋北耿书)，及“茗家世珍”、“迎客轩”诸胜。

一杯春露暂留客
两腋清风几欲仙

——郑清人句　董寿平书

得与天下同其乐
不可一日无此君

——朱关田集东坡句

黄龙洞

在栖霞岭后扫帚坞，即南宋淳祐间(1241—1258)慧开禅师创开的黄龙洞，内奉石刻黄龙祖师像。历为佛教禅院，民国初年寺僧将产业售于道教会，为全国八大道观之一。

黄泽不竭
老子其犹

——大厂居士题

本慧开说法之场，佛与道通，重建有人追祖吉
以灵济封侯而祀，新缘旧启，联吟愧我学张丹

——许祖谦题(以上题山门)

圯桥风远留黄石
古洞云深护素书

——黄宗枝题黄石公大仙洞

玉牒启玄机，三洞秘文通碧落
金炉传道诀，九宫瑞气霭黄庭

——鲍柏邻题

道德犹有经，自东粤西湖、同奉遗礼
天地不能久，唯妙门玄牝、竟传长生

——康有为题太清殿

七笈列牙签，云彩高蟠，灵物长为仙籍护
九光开玉殿，洞章朗诵，清飙时送步虚声

——胡理性题

葛岭接仙踪，玄鹤青牛，太上明禋传古洞
罗浮联道统，白沙丹汞，冲虚支脉纪名泉

——陈南屏题

托素王问礼殷勤，其犹龙乎？敏而好学、信而好古，君应称老
述黄帝传心秘要，执大象也！听之不闻、视之不见，道莫能名

——邓炽昌题

读上清璃书宝箓，响琅法鼓、烟馥众香，天际常瞻紫气
到此地修竹茂林，朝吸湖光、暮饮山渌，人间自有丹邱

——陈礼庭题

和光同尘，上德若谷
致虚守静，众妙之门

——佚名集道德经句（以上题太清殿）

月上新亭，把酒待招玄鹤至
风来古洞，倚松静听老龙吟

——陈次平撰 吴玉如书题鹤止亭

多福地
有情天

——王翼奇撰 刘江书

愿天下有情人，都成了眷属
是前生注定事，莫错过姻缘

——旧南屏白云庵联 郭仲选书

双心结连理，凤传燕侣，爱海常凫花永好
百载系赤绳，秾李夭桃，情天不老月常圆

——陆鉴三撰 葛德瑞书

梦雨仙云，白石三生圆夙愿
情天月地，红绳千里证前缘

——王翼奇撰 俞建华书（以上题月老殿）

金锁银锁，锁锁关联，无因千载难开此锁
你心我心，心心相印，有缘一生永结同心

——潘晓东撰圆缘台

金玉堂中，看珠走玉盘，云起暖岫，正鹧鸪天气
翡翠帘内，听莺啼翠谷，燕喃霓裳，皆琵琶引来

——沈祖安撰 楼浩之书

赏一番悦目精工，斯游无憾
携几件称心玩艺，回味靡穷

——吴亚卿撰 骆恒光书

美景当前，且莫辜四围灵秀
京杭苏粤，待品尝九域奇珍

——吴亚卿撰　骆恒光书

休嫌戏台小，个中悲欢离合，皆是幻景
允称天地大，所有贵贱穷达，莫非真缘

——陆鉴三撰　黄龙居士书

玉枢道院

地占湖山，金鼓洪音，真宰下观风雨应
阁邻星宿，玉枢宝训，万灵俯听鬼神趋

——杨昌濬题

“黄龙吐翠”牌坊

无门洞，尺八箫，永安院，胜迹依稀寻旧梦
民俗园，地方戏，长乐亭，佳时绚烂话新风

——王其煌撰　蒋北耿书

春来如梦，秋来如醉
山不在高，水不在深

——李利忠撰　杨西湖书

“初阳朝暾”牌坊

位于黄龙饭店对面，通往葛岭初阳台的山道口，俗称“胡羊尾巴”处。驾沧题额。

积翠流霞，木石有灵开画卷
攀石拾级，身心无恙即仙俦

——尚佐文撰　王小勇书

玛瑙为屏，霞飞五彩
楼台入画，瑞启八方

——陈进书

白沙泉

在黄龙洞步上栖霞岭之麓。有康有为题。白沙泉”刻石。

白水沙泉，安得人心明镜似
黄龙仙洞，由来道教祖师传

——陶镛题

西　溪

在西湖之西北。宋南渡时，高宗因见这里有灵气钟秀，想建都在此。后来到了凤凰山，对臣子说："西溪且留下！"现辟为湿地公园。内有仙属荡、茭芦庵、莲花幢、杨柳城、檜閩篱、护生堤、弹指楼、秋雪庵，是当年著名的"秋雪八景"，历代题咏甚丰。

有屋尽从梅里出
无泉不是竹边来

——胡介题

我喜读王维，诗中有画
谁不爱西溪，景里有诗

——唐淑仪题

美人名士联翩至
泼墨秋毫逸兴高

——周梦坡颠

说剑风生座
题诗月满楼

——厉鹗题

十里荷花飘馨远
一溪芦雪入庵深

——钱明锵撰　王伯敏书（以上题秋雪庵）

月夜归来，此地宜有词仙，拥素云黄鹤
芦花共色，独客又吟愁句，对万壑千岩

——朱疆村集姜白石句并题两浙词人祠

（祠在秋雪庵后，供奉历代两浙及宦游、流寓词人1044名。）

北客若来休问事
西湖虽好莫吟诗

——朱古微集苏轼句题弹指楼（董其昌书额，周梦坡复题并跋。）

香火因缘，弥勒同龛如是往
溪山幽胜，吟魂此地盍归来

——佚名题茭芦庵

天外风来，恐成龙飞去
山中月冷，惟有鹤先知

——徐新华题松梦寮

法华寺

在北高峰北麓法华山下庙坞深处，系一著名古寺，为古西溪探梅胜地。近年重建。放生池前有碑亭，赵朴初题。寺前有巨大照壁镌刻“重建法华寺记”，壁阴有“具足精严”四大字。

普雨法雨润一切
难竹苦竹为众生

——法相集《法华经》句

佛法圆融，智慧三千参妙谛
梵华寂照，钟声百八涤尘心

——詹瀛生题

东岳高峰，蕴天地精髓，堪羡玉液仙泉，毓秀钟灵人气旺
法华古寺，阅沧桑兴替，际会文明盛世，暮鼓晨钟殿宇新

——李文照书

求佛当求我佛
进香应进心香

——立厚题

我笑有因真可笑
你忙无甚为谁忙

——月真撰

散花仙馆

在法华寺一侧，旧有倚崖别墅三楹，题名“散花仙馆”，现已不存。

绝羡山居常寂静
不知世界有炎凉

——道冲题

西溪梅墅

岭上疑堆千树雪
江南聊增一枝春

——林从龙撰　家佐书

西溪草堂

烟水一泓梅乍放
荻花四面鹤频来

——吴亚卿撰　骆恒光书

秋雪蒹葭，春风杨柳
幽花远坞，淡月前滩

——王翼奇撰　王冬龄书

启户群峰入
推窗一镜悬

——郭仲选书

拥书楼

九曲溪清，画卷长涵千古韵
三余功在，书城坐拥一方侯

——熊东遨撰

群玉府

文事兴怀，书声绕耳
缥湘有梦，诗赋多情

——宋涛书

梅竹山庄

溪漾轻舟，昼邀竹影夜邀月
韵催白雪，秋着芦花冬着梅

——徐弘道撰书

萱晖堂

风动竹窗筛月影
香凝梅屋漾诗魂

——钱明锵撰　吕迈书

梅竹吾庐

客来野舍惟清酒
雨过遥峰又夕阳

——章黼句　周友生书

高　庄

弱草长承垂露叶
寒花尽发向阳枝

——高宫詹自题

第十编

万松岭　凤凰山
玉皇山

浙江省革命烈士纪念馆

在凤凰山北云居山，1991 年建成。唐代已开辟夹道栽松，“风岭松涛”，乃泛指万松岭成片松林景观，旧称“西湖十八景”之一。由沙孟海署题的“浙江革命烈士纪念馆”就与万松书院隔路相对。山峦上树一巨大纪念碑，镌陈云题“革命先烈永垂不朽”擘窠大字，巍然直插穹空。

杳杳江天，看秋隼盘空，缅怀已往
粼粼湖水，听春莺啭树，欣喜方来

——俞建华题

四围松径分青霭
千古丰碑绕白云

——蒋杏沾撰　李伏雨书（以上题云松亭，商向前署额。）

饮水思源，缅怀先烈
宏图壮志，激励后人

——邢子陶题百花亭并署额

沧海擒龙，生为人杰死为烈
云山立马，左揽湖光右揽江

——张学理撰　马世晓书

东海西湖留正气
吴山越水仰英风

——戴盟撰　沈定庵书

亭危独揽江湖秀
潮退能回天地青

——苏渊雷题

听岭间松啸，似雨非雨
看天际江横，无潮有潮

——叶一苇撰　吕迈书（以上题积义亭，朱关田署额。）

浙江陆军监狱牺牲烈士纪念亭

沙孟海署额，浙江省人民政府、杭州市人民政府立。

碧血化洪涛，荡尽钱塘千载恨

丹心耀赤帜，迎来西子四时春

——张学理撰　郭仲选书

国步衰危，激起多少拏云志士

湖山肃穆，萦回万千壮烈忠魂

——余明题

禹神庙

原在万松岭西麓古钱湖门外，清乾隆御书“成功永赖”额。

绩奠九州垂万世

统承二帝首三王

——佚　名

洪水奠当年，亿万家饭美鱼香，如依夏屋

清时思俭德，千百世泳勤沐泽，共乐春台

——佚　名

云居圣水寺

原在云居山，南接万松岭。先为云居、圣水二寺，后合二为一。

摩挲翠竹三年别

抖擞尘襟一旦舒

——沈梦麟题

疏滴松杉静

微凉葛麻轻

——田艺蘅题

已信本无有

安知今是非

——许应元题赞云亭

节义亭（双吊坟）

在云居山西麓。嘉庆间，有京师崔升者，携其妻陈氏来杭州，落魄不能归。

或有以“夫妇两全”之说进者，陈氏不可，即同缳而缢。杭人哀而葬之，并建亭日“节义”，民间习称“双吊坟”。

视死如归，只要留节义两字
浮生若梦，何如为名教完人

——佚　名

劲节励冰霜，松树梅花常作伴
寸心盟日月，湖光山色亦增辉

——傅壁堂题

鸾凤失依栖，想当年食耻嗟来，清节无愧羊子
湖山著灵迹，看此日冢生连理，瓣香愿拜韩凭

——陈坚题

万松书院

在万松岭上。明弘治十一年(1498),浙江右参政周木,以废报恩寺改奉孔子像,名万松书院。后因奉康熙御书“浙水敷文”额于中堂,一度更名敷文书院,但按杭人习惯仍称万松书院。2003 年全面修复。

大成殿

大德大功,还凭仁义立言,冠冕百家称极致
成王成圣,最是精神传世,华夷一例拜先师

——吴亚卿题

入则孝,出则悌,守先师之道以待后学
颂其诗,读其书,友天下之士尚论古人

——朱彝尊撰　陈振濂补书

潆回水抱中和气
平远山如蕴藉人

——乾隆撰　王伯敏补书

出陬邑,游宋陈,归鲁封,授弟子,夙夜苦申孤诣
删诗书,定礼乐,赞周易,修春秋,古今成仰大成

——徐弘道题

明道堂

倚槛俯江流,一线涛来文境妙
迎门饮湖渌,万松深处讲堂开

——俞樾撰　郭若愚补书

浙水重敷文,看此山左江右湖,千尺峰头延俊杰
英才同树木,愿多士春华秋实,万松声里播歌弦

——蒋益澧撰　张海补书

两字仰奎章,二百年雅化作人,幸于今偃武修文,依旧重华日月

万松留讲院，东西浙英才乐育，愿多士读书经世，增光有美湖山

——马新贻撰于同治五年重建书院后　刘江补书

以德育人，千秋示范
因材施教，四海传经

——吴仲谋撰　曹寿槐书

居仁斋

四时之乐，俱在于此
六艺之义，不属于斯

——俞樾撰　唐诗祝补书

竹里书声来隔院
松间棋韵静虚窗

——高鹏年撰　晓高补书

由义斋

驾沧题额。

院内书香盈袖，思追周礼
亭边鸟语播音，胜比乐章

——吴冠民撰　骆恒光书

闭户自精，云无心以出岫
登高能赋，文异水而涌泉

——胡敬撰　诸涵补书

草木清华，羡此间天地
湖山明秀，假大块文章

——卢前题

广厦千间，出须由户
乔松万叠，生必有根

——欧阳诚题

毓粹门

朱关田在大门上题“毓粹”两字。

人只此人，不入圣便作狂，中间难住脚
学须就学，昨既过今又待，何日始回头

——杨昌浚撰 郭仲选补书

仰圣门

“高山仰止”额由祝遂之题。

松岭仰弥高，万仞宫墙，居仁辅义

杏坛瞻在迩，一堂弦诵，乾雅扬风

——王翼奇题

瞥唯亭

论学而允推三省

传里仁唯数一参

——吴冠民撰 卢乐群书

颜乐事

王冬龄题额。

陋巷箪瓢，安贫乐道

尼山几席，立己达人

——欧阳诚题

毓秀阁

山色当窗，松声拂院，无数栋梁材，端赖读书万卷

文明古国，礼义名邦，几多风雅事，正宜垂范千秋

——吴亚卿撰书

旌表奎章留史迹

松涛竹韵拟书声

——王其煌撰 宋涛书

见湖亭

杨西湖题“见湖”匾。昔有御题“湖山萃秀”匾。

水气山风齐送爽

湖光人影两相怜

——吴仲谋撰 陈为民书

环山皆秀色

临水自清心

——费之雄题

观音堂

莲座证慈航，但愿苍生沾化雨
杨枝洒甘露，唯求情侣结鸾俦

——吴仲谋撰　秦天孙书

观风偶憩亭

坐怜彩蝶微风处
静看青山小憩时

——徐弘道题

茗露乡茶寮

在万松书院一侧。马世晓题额。

忝游芝兰室
还对桃李荫

——杨西湖书

凤凰山

梵天禅寺

在凤凰山南麓，宋乾德二年(963)钱王弘傲建。现仅余经幢一座，极富历史、艺术价值。

层云生薄晚
凉雨遍空山

——朱子嘏题

红芳归去风惊晓
绿叶成阴南洗春

——佚名集苏东坡句题寂照堂

才出头来，便忘尘世，数十载拈椎竖佛、宏法利生，堪比西天大迦叶
大开眼界，顿息疑情，刹那间补衲裁云、撺牛入海，差似南岳古长沙

——谛闲题

月　岩

《七修类稿》云：凤凰山有石如片云，拔地高数丈，巅有一窍径尺余，名“月岩”。惟中秋之月，能穿窍而出，十四、十六，则外此窍矣，余月尤斜。岩有“高大光明”、“光影中天”等崖刻大字，传为蔡襄题。今存。

寒岩何今古
明月无古今

——马臻题

磴转团风叶
岩空结雨花

——樊良枢题

排衙石

在凤凰山右巅，有耸立石笋十余，两行排列，如从卫拱立趋向。吴越武肃王钱谬名之县“排衙石”（又名“排牙石”），今存。

耸起浮屠山突兀

自然衙石玉青葱

——沈遘题

筑亭紫霄山

坐客苍林房

——孙觉题

江湖带月来云外

天籁和琴历耳旁

——陈襄题介亭

中　峰

在凤凰山。原有石峰如屏，翠石千朵，崖上镌“跃云”二字。周围旧有通明洞、仙姑洞、郭公泉等景观。

潮汐近通天阙下

蓬瀛疑在海门东

——王炎题望海亭

孤啸乾坤回

长江日夜流

——田艺蘅题天峰孤啸亭（夏公谨书额。）

圣果寺

原在凤凰山之右，又名胜果，建于隋文帝开皇二年(582)。传说唐乾宁间，僧文喜枯坐岩下，寂定放光，废寺顿兴。

半岭妙鬟垂，翠微初上

曲江毫相印，渌净平铺

——乾隆题

独怜内殿成荒寺

空见前山映后湖

——宗勤题

地分南渡愁何在

潮去西陵恨悠长

——大壑题

江水滔滔，洗尽千秋人物，看闲云野鹤，万念皆空，说什么南宋衣冠、西湖烟柳

天风浩浩，吹开大地尘氛，倚片石危栏，一关独闭，更何须故人禄米、邻舍园蔬

——王梦楼题

竹裹僧房凉似水

苔侵佛面半无金

——鲍子寿题千佛阁

卷帘江色近

隐几石幢低

——樊良枢题

庭前修竹春啼鸟

屋畔长松昼宿云

——王守仁题（以上题松涛阁）

崇圣院

原在圣果寺东，有明代严调御、董其昌、黄辉、李流芳所书佛经和诸名家诗句等十二种石刻。

松密窗窗碧

泉多步步青

——佚名集厉鹗句

南宋后殿

在凤凰山。南宋皇宫号称“方圆九里”，惜早已看不到了。

祖尧父舜真千载

禹子汤孙共一家

——佚名集杨万里句

光明寺

云深不觉山藏寺

溪涨应随雨到江

——钱惟善题

望海楼

日毂行天沦左界
地机激水卷东溟

——柳如是题

玉皇山

南朝梁时，山上已有阿育王寺，明代改为道教官观。民国时续有开拓，现为“西湖新十景”之一，有王蘧常书“玉皇飞云”碑。山上新旧亭台楼阁颇多，有尉天池题“望湖楼”、田原题“林海亭”、李文采题“登云阁”、刘江题“福星观”、康殷题“汇芳澄素”、李铎题“水碧天空”、魏传统题“江天云树”、费新我题“墨岫琼英”、王冬龄题“挹江”，王梦凡题“涉岙”，陈复澄题“揽江”等。

湖上萧萧疏雨
山间霭霭暮云

——黄苗子题

一路松声长带雨
半空岚气总成云

——沈迈士题

伊蒲馔好留佳客
兰若楼高绾夕阳

——启功撰　康雍书

一路竹声，时疑雨至
半空岚气，忽然云飞

——佚名

山雨欲来，且休息片时，再朝金阙
岭云初上，看森严万象，争棒玉皇

——李理山题

水映七星，斯文瞻北斗
天成八卦，用坎镇南离

——佚名题玉龙殿（殿前有“双井”，钱君匋署额。）

雨树睛山分画谱
白云红叶尽诗材

——杨度题得意亭

七星缸、八卦田、紫来洞天，皆神工奇作
东浙潮、西湖景、龙山胜迹，极武林大观

——朱其石题

福慧贵双修，德立功成，早泛灵槎游海市
星辰罗万象，天高山远，应留仙馆接云踪

——陈樱宁撰　马世晓题江湖一览亭（朱关田署额。）

半池风雨送春冷
一夜霜花带月开

——徐渭题紫云洞

（崖壁有郭仲选书“灵山至尊”，诸涵书“与天地参”、姜东舒书“清静智慧”等诸多石刻。）

亭倚玉龙迎风起
座看湖月听潮声

——佚　名

望彻尘宇，远近江山悬一绝
路通云汉，东西日月跃双丸

——骆恒光题

仰观星辰，如游碧落
俯视云汉，恍接苍穹

——旧联　驾沧补书（王京书篆“南天门”额。）

世路久难知直道
此身何得恋虚声

——王守仁题

栖云寺

在栖云山南坡。山门“古栖云禅寺”额为陆俨少书，“大雄宝殿”额为赵朴初书，“庄严净土”额为沙孟海书。

大道不离，只要回光同本得
法身原具，若能转物即如来

——明旸题

古刹阅沧桑，咄祝融逞劫，魔焰顿消弘佛力
法堂虔梵呗，喜龙象焕新，众生尽度沐慈恩

——戴维瑛撰　王湫居书

大开宗风，心光独透
悲施法雨，普润三根

——王凡书（以上题大雄宝殿）

护光明幢，一天花雨
被精进铠，八面威风

——佚名题韦陀殿

慈云岭

《西湖百咏》引云：岭下为郊台，顶可眺望江湖，路旁石壁一方，有摩崖篆文四十九字，旁又有北宋陈延柏摩崖“佛法僧”三大字。另有摩崖“云泉”两大字。

后唐刻石新开路
南宋郊天别筑台

——董嗣杲题

两崖危石抱
众壑细流分

——圆理题

龙　山

离杭州城十里左右，又名卧龙山、龙华山。壁立尖耸，特异众山，《方兴胜览》称：“郭璞所谓龙飞凤舞者也。”

石　龙

在龙华山后，有石突出宛如龙首。

散落岩扉时作雨
飘来松霭即成云

——柳贯题

郑继之寓居

海日帆樯动书牖
天风鹅鹤到柴门

——郑继之自题

净明院

原在龙山之阳。晋天福七年(942)吴越王建，名“广济”，北宋改额“净明院”。

对语老禅真法器
译经新谛出僧檠

——郑清人撰

茵铺野草湿新绿
玉立修篁洗旧青

——楼钥题

天龙寺

宋乾德三年(965)吴越王建，遗址在南宋郊坛西。

草分绿色缘城去

风送江声入寺来

——余士吉题

半空花雨春浮殿
万壑松声风满楼

——张舆题

龙华宝乘院

在南宋郊坛东，近包山。院后有元祐五年(1090)苏轼、王瑜、杨杰、张璹题名。院旁有瑶华洞、千官塔、闻经台、青云洞、白龙洞诸胜。

空村鲐背行歌去
古寺头陀乞食还

——蔡襄题

龙凤巉空山气歇
马羊劫换海波平

——张翥题

栋虚云气隐
檐漏日光来

——范惟一题

贯酸斋别业

原在龙华寺附近。中有禅居曰楼云庵，贯云石(酸斋)栖隐处也。

毛骨已随天地老
声名不让古今贫

——贯云石自题

仰贤亭

在吴越文穆王墓遗址，亭临水池。

微斯人吴其为诏
赖此老海不扬波

——非白题

杭州市革命烈士陵园

在南山，张爱萍署额。园里有革命烈士事迹碑廊，郭仲选题“西子魂”。“杭州市革命烈士陵园”由胡铁生署额，园里有亭廊池榭多处。

龙池倒映南山峰，潜龙在天，飞龙在地
青山纵横西湖水，山青为体，松青为神

——葛德瑞题

流泉鸣古乐
夕阳照归人

——周礼题追思廊

尚勤尚俭，引接桑梓惟尚义
余九余三，泽被儿孙有余荫

——佚　名

传懿范，慈母勤劳铭心际
弟兄箴，棣华友孝泯嫌归

——佚名（以上题春萱亭）

遥天鹏奋翮
故土叶归根

——张学理撰　蒋北耿书

翠绕江挥带
绿阴山作屏

——张学理撰　驾沧书

花萼相辉情切切
湖山掩映梦悠悠

——张学理撰　朱关田书

南山驻游蹰
西子结芳邻

——张学理撰　宋涛书题胡氏棠棣亭

（在南山陵园最高处，蒋北耿署额。宋涛题“桂馥”匾，贺沧题“兰薰”匾。亭后悬崖有“文穆王墓界”石刻。）

翠柏苍松增气象

华阳皎月共精神

——吴亚卿题翠华园（袁啸谷署额）

第十一编

之江路　九溪　云栖

六和塔

在钱塘江北岸月轮山麓。禅义中之六和为：戒和同修、见和同解、身和同住、利和同均、意和同枕、口和无争。卫名六合塔，取“天地六合”之义，塔身九级。北宋开宝三年（970）吴越王钱弘俶为“镇钱江潮”而建。元明以来，屡毁屡修，为国家级文物保护单位。

日生沧海横流外
人立青冥最上层

——张钟举题

偶观挂席乘潮快
便觉悬车纳禄迟

——佚名集陆游句

孤尖标白浪
层级上青天

——朱继芳题

到此便含无尽意
置身已在最高层

——陶在东题

城部遥浮水
云山入倚筇

——佚　名

潮声过渚石
瞑色赴崖钟

——佚　名

身在九溪十八涧
心随四化二千年

——李文采题六和茗轩（刘江署额。）

三千里外一条水

十二时中两度潮

——契盈题吴越碧波亭　蒋北耿补书并改悬六和茗轩

开化寺

建寺时间稍后于塔，初名寿宁院，第二年后敕额慈恩开化教寺，习称开化寺。

潮声自演大乘法

塔影常圆无住身

——乾隆题

灯传慧业三摩地

鼓应洪涛八月天

——施冷风题

据月轮，冲霄汉，雄临吴越地

傍之水，掣苍龙，威镇浙江潮

——唐诗祝题（沈定庵署“华夏天标”额。）

域中古塔，尽收眼底

东南名胜，重现文采

——陈文锦撰　郭仲选书题中国古塔陈列馆（罗哲文署额。）

六和碑亭

亭中立碑，碑颇高大，此碑是杭州保存最完整之乾隆御笔碑。

挟九区爽气、扬两浙风华、拍万古月轮，问他昔日宸翰，尚显得几多文采

建百尺高亭、纳三春胜景、喜六和钟韵，为我名山事业，又播来一片佳音

——杨尚模题

墨海碑亭，赏前代御题、山临秦望

钟声塔影，访六和胜迹、潮听钱塘

——叶玉超撰　刘江书

读临江一座名碑而鉴史

登望海七层古塔以观潮

——钱法成题

月涌江流追往事，浮思古幽情，弘历亭中留御笔

天翻地覆看今朝，颂空前伟业，人民心底树丰碑

——朱祖功撰　郭仲选书

六和钟亭

在六和塔后右侧，依山面江，亭悬巨钟。沈定庵署额。

盛世铸洪钟，吉庆祥和，百杵声随云筏远
名山置古塔，庄严宏浑，千秋影共月轮高

——汤伯林撰 葛德瑞书

塔耸桥横，潮涨潮平万面鼓
山鸣谷应，月升月落几声钟

——任本命撰 刘江书

钟铸六和，万家康乐千秋愿
声闻四海，一统河山两岸心

——胡静怡撰 蒋北耿书

杭州市革命烈士纪念馆

碧血染红旗，英风万里，催起江湖腾日夜
丹心照青史，烈魄千秋，引来福泽润山河

——吕漠野撰

慈严院

原在江边杨村。据志书云：东晋太康间(280—289)，葛稚川舍宅为寺。天成二年(927)，吴越王重建。

恩德传名久
慈严赐号新

——佚 名

楼台遮半阙
风水忆长春

——佚 名

席上诗情逸
尊中酒味醇

——祖无怿题

风窃虎威时弄草
泉欺龙睡故离山

——张商英题风水洞

（洞在慈严院旁。下洞极大，流水不竭。顶上一洞，立夏清风自生，立秋则止。）

界石院

原在江边定山。北宋建隆二年(961)，吴越王建。登山可望见天竺、灵隐二寺。

山顶东西寺

江心旦暮潮

——(释)皎然题

白　塔

在钱塘江北岸闸口，创建于五代吴越末期。塔体用汉白玉精工雕琢砌垒而成，通高 16 米。为国家级文物保护单位。

云外晚钟横白塔
烟中寒月上朱楼

——佚　名

钱江观潮亭

钱江观潮亭，为《钱塘十景·浙江秋涛》所在地，已不存。

声驱千骑疾
气卷万山来

——佚　名

前江后山书堂

钱塘布衣画家金农，系清初“扬州八怪”之一，卜居钱塘江上时构筑。今圮。

小庭亦有月
高枕乃吾庐
手弄石上月
口吟沧浪辞
且与少年饮美酒
更窥上古开奇书
但教有花春满眼
何曾不醉月当头

——以上金农自题

九溪十八涧

《西湖新志》:“九溪所会支水九派,凡其未人溪处,皆号曰涧。会溪之口,只九数,当其穿绕林麓,并括细流,不知凡几,约而举之,乃以十八为数,言其倍于九也。”

重重叠叠山,曲曲环环路
丁丁东东泉,高高下下树

——佚名书题俞曲园句

林海亭

亭在九溪十八涧路口,民国 11 年(1922)建。

高柳垂阴,老鱼吹浪
晚花行乐,小舫携歌

——林海亭主集姜白石句 张鲁书

小住为佳,且吃了赵州茶去
曰归可缓,试同歌陌上花来

——樊增祥题

林深每得六时荫
海静常涵万象天

——李根源题

溪中溪酒家

九溪蜿蜒,流水淙淙,犹听古乐
云树掩映,霭烟袅袅,如临仙都

——唐诗祝题(沈立新署额。)

理安寺

在九溪中段、理安山麓。旧名法雨寺,建于五代。宋理宗时,以祝国泰民安,改名理安。理安禅寺近年整修后作为茶楼开放，但还留有不少昔日遗迹。新塑伏虎禅师铜像立于庭院中。

法雨晴飞，绕殿香云至
天花昼下，交空瑞石县

势到岳边，千峰环秀色
声归海上，万水拱洪涛

——以上康熙题

杖履得回游子脚
葛藤灰尽老婆心

——雍正题

竹笕潜通十八涧
蒲团小坐两三时

——俞樾题

薄宦寄明湖，有梦难寻荆树影
前因迷法雨，招魂空叩木樨禅

——佚　名

林壑剧幽深，法雨一泓参妙谛
峰峦似方广，衡云九面动归心

——郭昆焘题

自鸠摩师重译而来，六代梵王钟，所刻灵文无此胜
与贵妃塔并传不朽，九溪功德水，甚深妙法许同参

——佚名题经塔

湖山有意迟归家
法雨泉香恋瀹茶

——唐诗祝茶

碧螺澄法雨
绿树荫清泉

——广化题法雨泉（梦坡居士题额。）

松巅阁

原在惠安寺后崖上。明天启年间(1621—1627)建，董其昌书额。
古壁照僧面

空泉悟佛心

——蒋泰濂题

山势真冲高阁去
涛声横截大江来

——吴焯题

且住庵

原在理安山大人峰。
施食鸟来投掌惯
听经猿去啸山空

——王国栋题

澹意息心在
多忘俗虑牵

——冯梦正题

越岭当孤寺
江声入万山

——赵抃题符梦阁

石壁寺

原在理安山的石壁山,吴越时建。
老来已习青萝子
隐去应追帛道猷

——契嵩题

五云山

相传有五色祥云旋绕山顶，故名。顶有平冈，之江三折，正当其面。

不浓不淡烟中树
如有如无雨外山

——方回题

树灵尚吐三花秀
云冻全消五色文

——钱惟善题

鸟集空江知棹泊
鹿迷深径待樵分

——佚　名

长堤划破全湖水
之字平分两浙山

——杨度题

葱茏秀挹南屏色
浩瀚奇观东浙潮

——杜锡圭题

五云集瑞钟灵厚
万流朝宗宝藏兴

——佚　名

海门遥扮三山树
梵殿长悬七星灯

——许谷题真际院

（在五云山顶。北宋初时创建，原称静虑庵，又名定慧庵，大中祥符间，赐额真际院。“真际寺遗址”额系蒋北耿书。）

曲江草堂

原在五云山麓，为元代诗人钱惟善故居。

八十仪型犹有几
三千词赋总无双

——易恒题

赋传罗刹盛
诗拟拾遗工

——顾禄题

云 栖

西湖新十景之一云栖竹径所在地。康熙曾四次在云栖赋诗、署额，并赐一株巨竹名“皇竹”，嗣后建“御书亭”“皇竹亭”。今“云栖竹径”由陈云署额。宋乾德五年(967)，吴越王建云栖寺，后屡毁屡复。康熙题有“云栖”、“松云间”二额，乾隆题“香门净土”、“悦性亭”、“修篁深处”等额。如今寺已改为疗养院，而董其昌题记以及名僧像等十六方刻石仍嵌于墙垣中。

万竿绿竹参天景
几曲山溪匝地泉

——旧联 沙曼翁补书

路边竹密能消暑
亭下泉清自洗心

岭复岗重灵木合
江回溪抱梵宫深

——以上沈甲题

千载白云怜野草
万年珠树落秋霜

——柴云题

花舍宿雨红侵盏
竹解春寒绿上墙

——旧联 陆俨少补书

唼荇鱼策策
打瓴雨疏疏

——桑调元题洗心亭(白叟署额。)

迎绿为栽无尽竹
缘云直上最高峰

——陆维钊题兜云亭

水向石边流出冷
风从花里过来香

——乾隆题

山深独辟清凉界
竹翠常飞妙鬘云

——乾隆题　承延泽补书

老僧倚树惊猿去
童子扫阶知客来

——于石

法云广荫无遮会
慧日高悬有相天

——佚　名

身比闲云，月影溪光堪澄性
心同流水，松声竹色共忘机

到此方知官是梦
前生安见我非僧

——以上薛慰农题

长此洗心历江海
偶逢行脚见云山

——王凯泰题

翠霭封中觅路
碧峰尽处归庵

——佚　名

昼晴阶下泉声细
夜深林间月色迟

——归质忱题冲云楼（熊伯奇署额。）

理学权舆，道德文章传世业
长生福地，蘋蘩蕴藻荐馨香

——孙智敏题牺云阁（李文宽署额。）

大道半途，且小休歇去
灵山有会，不为等闲来

——佚名题兜云亭（陈兼兴署额。）

种菊成亩，种药成畦，此是僧家本分
有鸟休罗，有鱼休网，长留佛地生机

——薛慰农题放生池

莲池大师墓

在云栖寺一侧山坡下。大师名株宏，字佛慧。今存。

化域空三界
门徒落四禅

——陈子龙题

开净度法门，回头便证三摩地
登极乐世界，撒手先从七笔勾

——张啸山题

余知阁宅

《云栖纪事》云：建寺时，掘地得残碑，题曰“宋随龙余知阁宅界”。名源不详。

石径微因松露湿
茶烟远趁竹风回

——于石题

宋　城

在杭州市西南，濒钱塘江，是以宋代画家张择端的《清明上河图》画卷构思布局的宋文化主体游览场所。

韵事记难忘，讵潮生潮落、花谢花开，依旧好山好水，宜雨宜晴皆入画
古城疑未识，喜益秀益奇、流光流彩，更看斯苑斯楼，如诗如画不胜情

——王其煌撰　姜东舒书

南倚钱江，引九曲清流萦玉带
北邻西子，看五云瑞霭护琼楼

——张学理撰　欧阳中石书（以上题城门）

似杭州又似汴州，对景三思，神游天地外
观纸上再观河上，开颜一笑，又在画图中

——戴盟撰　沈鹏书

几度沧桑，已非过去江山塔影
满怀憧憬，更绘未来人间天堂

——叶一苇撰　吕国璋书

现古今苑林，宋城分外潇洒
聚中外景观，天堂更增娇容

——刘枫题

大江上下，沉浮多少英雄豪杰
宋城南北，演绎几何锦绣文章

——清时题

北望中原，莽莽苍山归梦远
南濒浙水，滔滔白浪看潮来

——徐元撰　孙钊书（以上题琼林苑）

系足无差，到来皆是多情种
同心有愿，归去遍开并蒂花

——欧阳诚撰　林剑丹书

愿天下有情人，都成了眷属
是前生注定事，莫错过姻缘

——旧白云庵联　刘江书

求美玉无瑕，鸳鸯难结对
唯真情有意，鸾凤总成双

——徐加松撰　吕迈书（以上题月老祠，郭仲选署额）

生财循正道，客户源源来四海
许愿要真诚，福星闪闪照前程

——冯增荣题财神殿

春雨霏微，山色空濛，西子有情多妩媚
杏花绰约，酒香飘溢，宋城无日不清明

——徐元撰　王冬龄书

紫陌香街，仿佛前人图画
丹墀玉阶，依稀南宋风光

——佚名（以上题仙山琼阁）

座下莲花，绕有西湖六月景
瓶中杨柳，分来南海一枝春

——原天竺寺联

静坐莲台观沧海
稳棹慈航渡众生

——佚名（以上题观音堂）

一条界河，运筹帷幄，演古今春秋
两军对垒，决胜千里，看将帅风流

——钟闻撰　珊卡书题棋院

过店闻名长留客
把樽品味庆开席

——王光英题长庆馆

日光历历城中景
喜气洋洋员外家

——沈定庵题

欲向城中求妙药
须知苑内有名医

——徐加松题

褚遂良祠

原在杭州楷塘，曰“诸河南祠”，祀褚遂良。

庙食褚塘，大节一生垂史册

魂归阳翟，易名千古表文忠

——严保庸题

陈布雷墓

在九溪屏风山疗养院的后院。

文章天下泪

风雨故人心

——于右任挽

有笔如椽，说论雄文惊一代

赤心谋国，渊谟忠尽炳千秋

——李宗仁挽

为政不忘清勤慎

居家无愧孝友慈

——朱家骅挽

行已有耻，博学于文，志不在温饱

报国尽忠，守道能笃，死则为神灵

——梁寒操挽

人每以燕许拟公，实则机务参裁，直同内相。若论鞠躬尽瘁，尤近武侯，事功让青史安排，诚开衡岳云，病深茂林雨

我方冀夔皋再世，忆八年前侍座，曾进篇章。痛刹那顷登仙，便捐馆舍，心血为苍生呕罄，国逢多难日，天陨少微星

——成惕轩挽

陈三立墓

在九溪屏风山疗养院北公路旁山丘上。墓前石碑刻“诗人陈散原先生之墓，中华民国二十七年六月，海盐张元济敬题”。另一碑为“诰封淑人先妣陈母淑人之墓乙丑冬十月寅恪等四人立”。另一侧为陈衡恪墓。“文革”时被毁，1986 年

修复。

为大臣嗣，画家爷，一辈作诗人，消受清闲原有命

由南浦来，西山去，九天入仙境，乍经离乱岂无愁

——齐白石挽

一生一死，天使残年枯涕泪

何聚何散，誓将同穴保湖山

——陈三立挽夫人俞明

梅家坞牌坊

在云栖西 2 公里，此地盛产龙井茶。周恩来曾多次来此考察，关心茶农生活。现辟有周总理纪念室。还建了石牌坊，邵华泽题额。

野趣横生，品佳茗须来梅坞

慈容长忆，仰高风毋忘周公

——瞿翕武题

万国来宾，狮峰微笑

千秋遗爱，梅坞长春

——张学理撰　祝遂之书

闲看山色分晴雨

细辨茶香说古今

——徐弘道题

香色味形皆茶道，尽成文化

狮龙云虎更梅家，各有风情

——韩天衡书

第十二编

龙井　南天竺

龙井寺

原名延恩衍庆院，在风篁岭。乾祐二年（949），居民凌霄募缘建造。旧额报国看经院，熙宁中改寿圣院，有泉名龙井，杭人习称龙井寺，“龙井问茶”为“西湖新十景”之一。

欣于所遇何空色
乐在其间足古今

玉毫珠顶无离即
皓月清池得证因

秀萃明湖，游目频来过溪处
腴含古井，怡情正及采茶时

——以上乾隆题

诗写梅花月
茶煎谷雨春

——旧联　黄寿耀补书

兴来临水敲残月
谈罢吟风倚片云

——孙隆题　朵涛补书于片云亭棋枰

（亭在龙井寺北侧山腰，有石高约三米，青润玲珑，状若片云。明代孙隆构亭、设石棋枰并镌联句。）

桥跨虎溪，三教三源流、三人三笑语
莲开僧舍，一花一世界、一叶一如来

——唐蜗题三笑亭

夜壑泉归，渥洼能致千岩雨
晓堂龙出，崖石皆为一片云

——张岱题

萦云细路杳无尽
落石飞泉静有声

——道潜题涤心亭　王板哉补书

江涛夜合秋声壮
湖雨春添黛色浓

——夏言题　慧珺补书“江湖一勺”亭(康有为署额。)

泉从石出情宜冽
茶自峰生味更圆

——陈眉公题　刘炳森补书

散珠飞瀑晴犹雨
激石流泉静有声

——刘兵题

挥毫泼墨诗书画
谈天说地日月星

——刘兵题秀萃堂(沙孟海署额。)

深谷盘回入
灵泉觱沸流

——王维澄撰　孙钊书题清虚静泰堂(林剑丹署额。)

三笑曾留遗迹
片时蹔自行踪

——佚名题过溪亭

(寺北山下有过溪亭,又名二老亭。亭架跨虎溪,始建于北宋元丰间,主事者为龙井寺僧辩才。《西湖游览志》:“苏子瞻访辩才龙井,送至岭上,左右惊曰:‘远公过虎溪矣。’辩才笑曰:‘杜子有云,与子成二老,来往亦风流。’遂作亭岭上,名曰。‘过溪’亦曰‘二老’。”)

缘阶井溜通泉乳
绕殿花香挂薜梦

——陈忠康书风篁亭(乾隆题额。)

方圆庵

朱关田题额。

檐下涧铎关幽事
溪山琴弦出妙音

——郑清之联句　新源书

照坐不须红蜡炬
可人惟有蕙炉烟

——旧联　石雨书

胡公庙(胡则墓)

在龙井狮子峰下，即传说中的“十八棵御茶”坡地附近。右侧山崖下有半月形的泉池，麾崖锯刻伪托坡老书“老龙井”三字。胡则，永康人，两度出知杭州，杭人念其德政，建墓立庙于狮子峰下。

龙井隐佳城，荡寇平潮昭显应
狮峰复古庙，祈年报社荐馨香

——佚　名

刚毅木讷近仁，生原无忝
聪明正直而一，没则为神

——佚　名

进以功，退以寿，冠冕历三朝，不独虎林怀旧德
赫夫声，濯夫灵，恩膏流万姓，永依龙井护佳城

——佚　名

墓对狮峰，来看石磴千寻，足与方岩增众望
祠当龙井，愿借清泉一勺，好为正史洗公冤

——应宝时题

历中外者四十年，本忠孝以筹边，岳武穆直追乃武
寿馨香兮八百栽，进公侯而称帝，范文正曾撰英文

——佚　名

宿望压群英，政继大苏、铭传小范，
复得颖滨海岳，摹绘山灵，悉数皆为公后辈
孤坟欣有偶，林家和靖、岳氏精忠，
傍乃菊涧梅川，经营湖上，相依都属宋名流

——吴超题

生垂惠政泽斯民，赋可宽、苛可除，事业聿昭麟史
阴助王师歼厥寇，声之赫、灵之濯，庙貌重建狮峰

——孔昭蕊题

政绩炳日星，鄂褒事业、李杜才思，翘担今古儒臣，佳气独钟龙井秀

享祀虔霜露，呵护一朝、馨香千秋，聿佐湖山圣界，盛名永镇虎林庥

——何光仪题

胡公亭

在狮峰山麓。亭中竖立胡公像，顾生岳绘，侯兴发镌，胡友生敬助。胡则行状在碑记中记载颇详。范仲淹曾铭其墓曰：进以功，退以寿，义可书，石不朽。亭柱有联：

为官一任

造福一方

——毛泽东语

老龙井

在龙井寺往南约数里。那里有御题之十八棵茶树，山岩问龙井上有龙嘴吐出山泉，有一明显高出水面的水线，民同传说为龙须。"老龙井"三字传为苏东坡所书，如今在门口或途中巨岩上有启功、陆俨少题字。现建有御楼阁。辨才塔亦移此。乾隆二十七年(1762)第三次游龙井时有联：

何必凤团夸御茗

聊因雀舌润心莲

——乾隆撰

"十里琅珰"牌坊

在龙井村深处，沈鹏题额。

泉声时伴风篁韵

茶味长留谷雨春

——吴冠民撰　卢前书

鸿迹清谿传逸事

龙泓翠壁览高文

——王翼奇题

南天竺

在风篁岭南天竺峰下，古有崇恩演福寺，世称南天竺。

乡山数点海东际

客路十年湖上头

——宗汸撰

龙井山园

在龙井寺之东，是一处新开拓的规模较大且宏扬“龙井茶文化”的山体公园。内有绿叶广场、古越寨、御茶坡、聚龙台、迟桂林等景点。最高处是刘新题匾的“望湖楼”和薛驹署额的“古越寨”等景胜。

原始文明，鸟耘田野，饭稻羹鱼曙光启
古老氏族，兽拓草莽，巢户蓬窗气象新

——吕洪年撰　驾沧书

白云回望合
青霭入看无

——王维句　郭仲选题扳目轩

登山望西湖，碧波如镜映日月
枕石听之江，怒潮似雷震乾坤

——朱关田题望湖亭

茗贵称龙井
泉清让虎跑

——陈振濂书题小方亭

半庭人静莺初懒
九月秋迟桂始花

——郁达夫句　王个簃书

泉灵桂馥，不遗迟暮
意切情真，何必磬钟

——任平题(以上题迟桂亭)

溪水送绿，清泉可酿野味异
秋月飘香，黄粟渐熟山珍鲜

——任平撰　骆恒光书题村外村

灵石山(寺)

在小麦岭西南。昔时山石常闪光辉,故以美称。山有三峦,周五六里,元人称“灵石樵歌”,为钱塘十景之一。

猿啼鹤唳清相似
野调山腔近自然

——高得旸题

崖寺金碧暗
石泉肝胆清

——范成大题

兵气全消,胜迹尚留桥饮马
神威普照,灵光乃显社飞鹅

——宋桐题飞鹅社(在灵石山之下,傍饮马桥即宋蒋孝子祠。)

夕佳楼

庭宇翳余木
晨鸟暮来还

——黄溍集句

蕙楼将对峙
菌阁亦双排

——张雨题

句曲外史墓

石室秘书愁摄电
星池遗剑已成龙

——杨维桢题

赤壁舟中惊鹤梦
玉钩桥下奠椒浆

——姚绶题

匣藏神剑犹生气
云秘秋山自老苍

——姚谷庵题

史量才墓

在南天竺顺溪涧上山约一二华里处，墓依灵石山的主峦天马山麓，面对西湖，系其妾沈秋水营建。

山中岁月无古今
世外风烟空往来

——佚名集史量才句

造物忌才，今世难免
邦国殄瘁，斯人云亡

——熊希龄撰挽史量才

天道宁论，为善者惧
公归不复，其死也哀

——沈恩孚挽

不复成世界
何地寄斯文

——郑洪年挽

忆曩时，太嘉宝兵灾，拯我于遗模范辟，新村万户，鸿嗷保黎白
嗟此日，政商学大会，怜兹惨祸风波黯，平野百年，龙战泣元黄

——唐文治挽

浙江辛亥革命烈士墓葬群

在南云竺演福寺遗址，1981年由孤山迁来，孙中山书题的“国魂不死”巨碑峤在中央。1995年，在此又建“浙江辛亥革命纪念馆”。

徐锡麟墓

丹心一点祭余肉
白骨三年死后香

——孙文挽徐锡麟

来日大难，对此茫茫百端集
英烈不昧，鉴兹謇謇藐躬身

——冯煦挽

五年前同志同谋，急不能援，死不能从，让两君偕作鬼雄，独自安乎？当时奔走呼号，梦绕皖公山，尺剑深知负吾友

千古来奇人奇事，头可以断，心可以剖，拼一身促成民族，何其烈也！今日共和圆满，祠开越王郡，瓣香犹得告先生

——朱瑞挽（原悬于跨虹桥边徐锡麟祠。）

登百尺楼，看大好河山，天若有情，应识四方思猛士
留一抔土，以争光日月，人谁不死，独将千古让先生

——黄兴挽

陶成章墓

革命十余年，亡命十余年，草草劳人，半段绿沉长饮恨
西湖一勺水，东湖一勺水，家家春社，数声铜鼓唱迎神

——朱瑞挽陶成章

有佳偶先地下驱狐狸，死亦奚恨
无大力为当世搏豹虎，生何以堪

——杭人挽陈仲权等烈士

浙军攻克金陵砵亡将士墓

原在孤山东麓。墓碑由当时浙江军政府都督朱瑞题写。1964年迁鸡笼山，“文革”中被毁，1981年迁风篁岭南大竺。

马革裹尸归，从两浙东西联袂褰裳，来此地崇拜英雄，死战沙场诚幸福

虎贲遗烈在，回忆大江南同仇敌忾，卒尔曹驱除强虏，生还乡里转伤心

看南都六代江山，皆吾党新留战血。回思黑夜青磷，此心犹痛

借西湖数椽祠屋，为诸君聊妥英魂，若论金章紫绶，所报非丰

——以上朱瑞题

率吾党君子六千人，驰驱天保城、马群、孝陵之间，誓不与胡虏同生，喋血衔须，临阵亲闻祈战死

揽胜地圣湖三千里，俯仰吴越王、武穆、忠肃而下，幸重睹汉家复腊，鸣镜奏凯，迎神应可慰英灵

——佚　名

第十三编

吴山 河坊街

吴山天风

“西湖新十景”之一。其景名取意于元代萨都剌诗“天风吹我登驼峰，大山小山石玲珑”意。吴山广场上之“吴山天风”四大字，系左笔圣手费新我书法。

旁近江湖天广大
上连星斗界清寒

——杨仲弘题

楼阁矗天山押寺
江湖环地水通城

——张宁题

城隍阁

沈鹏署额。

八百里湖山，知是何年图画
十万家烟火，尽归此处楼台

——徐渭撰　林剑丹书

（在《徐文长佚稿》中，收进此联，全文为“王公险设，带砺盟存，八百里湖山，知是何年图画；牛斗星分，蓬莱景胜，十万家烟火，尽归此处楼台”。）

清景慰心期，柳浪荷风，三秋桂雨
高楼凭指顾，襟江袖海，一勺西湖

——王翼奇撰　金鉴才书

装点湖山，呼来上下几重阁
打量吴越，换了东南第一州

——叶一苇撰　邢名举书

画阁好凭栏，分香万井留春住
绮窗宜品茗，倒影千峰携翠来

——王其煌撰　王冬龄书

繁吹接涛声，静观堂上文题，蔡欧并美

沧溟开画境，闲望山头景色，吴越双青

——叶玉超撰　王冬龄书

吴楚东南，远睇沧溟如带

晨昏钟鼓，惯看舟舋潜移

——选堂题

杰阁耸吴山，望东浙湖来，素车白马，欲晤名臣夸盛世

高楼接玉宇，爱西湖月满，珠树星桥，孜留仙侣驻天堂

——徐元撰　淞　滨

大好湖山，正宜画阁留云、琼台邀月

无边风景，还待雄文纪胜、绝唱传神

——吴亚卿撰　马世晓书

（城隍阁第三层正面匾额“湖山信美”为顾毓秀署，时年九十有八。另有尉天池署“玉宇辉华”，刘江署“高耸天风”，沈定庵署“东南形胜”等。）

登峻阁以观沧海，借风浪逸情、乾坤纵志，长虹作线、新月为钩，继往开来，垂竿孰是钓鳌客

揽明湖而瞰武林，有峰峦似画、光景无边，广厦连云、康衢匝地，骋怀驰目，倚栏宁忘伏虎人

——张学理撰　陈振濂书

纵目揽元余，看宝石流霞、明珠溢彩、钱江涌碧、杭郡长虹，越海起春潮，新阁笑迎新世纪

萦怀思有美，仰欧公写记、苏子题诗、忠肃攻书、青藤作画，吴山多胜迹，古樟饱历古春秋

——戴盟撰　俞建华书

阁影上摩空，纵目喜迎，崭新世纪

涛声时排岸，技襟饱览，大好湖山

——毛谷风撰　王伯敏书

周新祠（城隍庙）

浙水观潮，仰孤臣，丹心贯日月

吴山踏雪，忆廉使，铁面凌冰霜

——徐润芝题

（祠后壁有《周新传记》，冷晓撰文，姜东舒书。吕迈署额，朱关田书“冷面寒铁”匾，骆恒光书“千秋正气”匾。明《钱塘县志》称：永乐中，封浙江省故按察司周

新为城隍之神，并纪其事实甚详。）

庙貌重新，崇德报功，威镇吴山社稷
神灵愈显，仁安义正，恩佑浙水官民

——旧联　祝遂之补书

吴山俎豆
南海文冠

——朱大勋题

人心竟若此
天理究如何

——徐渭题

我鉴在兹，燮此阴、理此阳，直同日焰当头照
尔形何遁，存一善、匿一恶，早若潮声到耳闻

——杜麟题

杯珓颂神灵，休云暮夜无知，天终有眼醒宜早
影衾严检束，须识鉴观不爽，祸到临头悔恰迟

——胡光桂题

问尔平生所作何事？诈人财、害人命、奸淫人妇女、争夺人业产，日积月累，是不是睁睁眼睛，你看世上有多少恶焰凶锋，可曾饶恕了哪一个

到我这里有仇必报！荡尔产、追尔魂、灾祸尔门庭、灭绝尔子孙，神嚎鬼哭，怕不怕摸摸心头，尔在阳间做无数诡谲机谋，如今还用得着什么

——胡光墉题

日月如梭，霎时贫富已循环，须当急急为善
人生若梦，转瞬黄童成白发，还宜事事留余

——褚世镛

大观台

在七宝山绝顶。康熙御制《登吴山》诗，故建楼勒碑名日“大观台”。

湖开玉镜，江卷银涛，杰阁俯雄州，遍数东南，如此台隍能有几
槛列云峰，窗含海日，名山增胜概，远超往昔，这边风景已无双

——汤柏林撰　徐道一书云山耸翠楼

湖光穿树直
江势抱城宽

——叶一韦集句题浮光叠翠阁

观潮望海，远通世界
左江右湖，美甲东南

——翁闽运撰　刘正成书题九野澄平亭

越曲吴腔，洒三秋桂雨
铜琶铁板，招八月江湖

——佚　名

湖影长堤分内外
江流全浙划东西

——沈德潜题

鸿雁归携春色去
凤凰飞入郡城来

——景星杓题

淑气迎人，湖上春山青历历
轻帆送客，越中秋水碧迢迢

——毛谷风撰　戴小京书题龙神庙会议室

潮来一片白
山拥万重青

——朱馥生集句　刘艺书题江湖一览亭

长空孤岛望中没
落日数峰烟外青

——张昱题

日夜江声流不住
东西山色自争妍

——德祥题如此江山亭

茗香楼

原为太岁庙遗址。20 世纪 60 年代初改建为茗香楼，上层称极目阁。
桃花流水深千尺
山色湖光共一楼

——佚　名

湖山信美人文萃
历史多情姓氏香

——唐云题先贤堂

太岁庙

吴山东岳中兴观西，供有六十甲子星宿。宋理宗署额“至德之观”。俗呼庙曰“太岁庙”，阁曰“星宿阁”。

周甲授时，掌天干地支，一纪循环回吉曜
灵神得岁，荫吴山越水，五行分旺福群生

——如山题

六十尊法像列显，明威尽属，东皇统御
五百栽神宫重新，至德犹承，南宋标题

——赵之琛题

胸前泉石千层起
眼底江潮一望通

——德晓峰集句　陈荣琚书

李公略寓阁

满城明月空吴苑
隔岸青山认越州

——仇远题

金波远自海门入
翠岚高插扶桑殷

——吕同老题

双桂峰

原称骡子峰。元沙子中居此，其二子同登右榜进士，郡守为之易名曰“双桂峰”。

鹤巢无顶树
蝉挂有藤枝

——毛先舒题

郭婆井

又名郭璞井。《七修类稿》云：嘉靖已亥(1539)，浙西半岁无雨，惟吴山郭婆井，泉自石壁流出，宛如平日。

顷思丹灶日

新报赤囊书

——佚　名

为学心难满
临川意有余

——朱廷璋集句

广严院

原在七宝山，后唐清泰元年(934)，吴越王建，院有双竹甚奇。

龙腾双角直
鲸喷两须长

——司马光句

同心齐管鲍
并节汉萧曹

——赵抃题

三茅宁寿观

原在七宝山东北，观侧有三仙阁，习称三茅观。

相国向犹为道士
将门今又出神仙

——仇远题

坐看红日生沧岛
吟寄青衣入洞天

——佚　名

石龙泉

泉在三茅观元帝殿前。

蛰候春雷后
泉常暮雨寒

——田艺蘅题

钟翠亭

原在三茅观南磴道之上，董其昌书额。

峰头白鹤仙人路

松下朱幡太乙坛

——李式玉题

通元观

原在七宝山东南麓。旧有寿域楼、万玉轩、望鹤亭、白鹤泉诸胜。

香生丹井千年草
阴覆瑶台百尺松

——柴祥题

紫露春暖绿萝馆
碧云夜冷黄金台

——方九叙题

开宝仁王寺

原在七宝山通元观侧。旧有御书“飞白”字额。

问奇能载酒
习静自焚香

——钱惟善题

仓圣庙

原祀仓颉，传为始创汉字者。

上溯羲皇画八卦时，文字权舆，秦而篆，汉而隶，任后来缣素流传，不外六书体制

高踞吴山第一峰顶，川原环抱，江为带，湖为襟，看从此菁华大启，振兴两浙人才

——俞樾题

明目达聪兆四体
观天察地赞三才

——佚　名

一画本天开，破上古洪荒，草昧无须绳更结
六书随世换，供后人摹写，英雄未免笔难投

——彭玉麟题

离照贲千秋，治佐轩辕，瑞启文光焕今古
乾元师一画，理参爻卦，秘宣奇字泄苞符

——胡光桂题

神灵继一画开天，玉宇金书，从此文章光日月
功德并六经传世，先河后洛，长令俎豆永乾坤

——杨昌浚题

阮元祠

原在吴山宝莲山重阳庵旧址，即今吴山宝心 60 号。

勋名著寰海，东西绝徼，威棱中朝相业
经术冠大江，南北主盟，坛坫崇祀湖山

——沈映铃题

南国启文明，溯学海渊源，讲舍诂经来弟子
中朝隆将相，问擎天事业，高峰矗汉肖先生

——冯誉骢题

我公为当代名臣，缅节钺巡方，校士研经，舆论至今称学海
此处是重阳福地，仰春秋享祀，报功崇德，君恩特许赐吴山

——李桓题

当代共仰经师，远绍旁搜，冠冕文章钦宰辅
此间三持节使，畏神服教，馨香俎豆映湖山

——谭钟麟题

诂经舍广，学海堂深，本道德以策治安，一代伟人，循吏大儒应合传
九省疆臣，三朝元老，由节钺而跻台鼎，百僚师长，文章通达锡嘉名

——方鼎锐题

邦水萃乡贤，历推后起人文，谁能为一代经师、三朝相业
吴山崇庙貌，恰好重阳福地，真个看西湖月满、东浙潮来

——刘克成题

钜典重易名，裘氏秋官、纪氏春官，一字荣褒，非公莫为之后
崇祠开胜地，学臣教术、疆臣治术，万家庆祝，到今民不能忘

——应宝时题

殊遇纪三朝，入翰苑者再，宴鹿鸣者再，综其七年相业，九省封圻，想当日台阁林泉，一代风流推谢傅

宏才通六艺，览词章之宗、萃金石之宗，重以四库搜遗，百家聚解，到于今馨香俎豆，千秋功德葆湖山

——李椿题

为三朝宰辅、是百世经师、功德到今称，幸持一瓣心香，瞻拜先生新殿宇
听万弩潮声、览六桥风景、湖山如此好，每忆二分明月，依稀丞相旧祠堂

——时庆莱题

词臣建节、大耋登庸、极禄位寿之尊，溯通家接武科名，曾向西湖分片席
文选楼成、耆英社启、立德言功不朽，记总角亲承颜色，更从两浙仰高山

——佚　名

关帝庙

原在吴山清平山，祀蜀汉名将关羽（云长）。杭州的关帝庙除此外，曾还有其他四处：一在岳坟之南的金沙港，一在三潭印月，一在孤山照胆台和武林门外。

从真英雄起家，直参圣贤之位
以大将军得度，再现帝王之身

——宋兆和题

德必有邻，把臂呼岳家父子
忠能择主，鼎足分汉室君臣

——缪昌期撰　董其昌书

偃月钢刀千古锐
守更银烛万年红

——佚　名

统系让偏安，当代天王归汉室
春秋明大义，后来夫子属关公

——佚　名

与帝胄作股肱，蜀统常尊，一片忠贞留汉印
为人臣诛僭乱，曹瞒虽诈，千秋肝胆照秦台

——佚　名

玉印署封侯，翊汉忠贞照日月
钱塘新庙貌，倚亭清啸览春秋

——程钟骏题

文章传万世
武略定千年

——朱小明

伦理修明，斯文未丧
河山巩固，我武维扬

——佚　名

圣湖庙宇重新，蠲洁如临潭上月
武帝旌旗在眼，威灵共仰水中天

——杨昌濬题

先武穆而神，大汉千古，大宋千古
后文宣而圣，山东一人，山西一人

——佚　名

仍是旧河山，何处荒祠吴大帝
依然新庙貌，陋地疑冢汉将军

——王兆瀛题

义勇冠三军，想西湖玉篆重摹，终古封侯尊汉寿
威灵跻伍相，看东浙银涛疾卷，迄今庙貌并吴山

——朱麟题

兄玄德，弟翼德，同心一德，共诛孟德
生解州，事豫州，日守荆州，威镇九州

——朱子明题

圣至于神，荐馨历千载而遥，如日月经天，江河行地
湖开自汉，崇祀值两峰相对，有武穆在北，忠肃居南

——胡书农题

史官评我曰矜，谬矣！视吴魏诸人，原同孺子
后世尊我为帝，敢乎？论春秋大义，终是汉臣

——王荦题

潭印孤心，鼎足三分一轮月
台邻照胆，桃园双影六桥春

——佚　名

伍公庙

又称忠清庙，在伍公山。祀潮神伍子胥，乾隆御书“灵依索练”庙额。现存。
缅英姿于第一泉边，仇复君亲，赐剑尚留遗恨在
隆譬香以两千年后，神依吴越，灵旗犹拥暗潮来

——杨昌濬题（一作蒋益澧）

生全孝、死全忠，拼此身报答君亲，忍辱含冤，志士仁人今感泣
朝随潮、夕随汐，凭浩气流行江海，御灾捍患，吴山越水古英灵

——程云傲题

海天色相无边界
吴楚东南第一峰

——周慧珺书

浙水灵涛犹反覆
胥山精魄不消沉

——薄松涛撰　李刚田篆

古贤至德尊三让
吴苑雄涛溯伍胥

——文怀沙

千年青史，鉴碧血丹心，于今告慰馨香，吴越同舟非敌国
万叠银涛，驰素车白马，终古奔腾潮汐，春秋故事蔚奇观

——王翼奇撰书

大义铸心，于民于国皆须爱
英名传世，卓古卓今惟在忠

——刘志刚撰　王冬龄书

海会寺

原在伍公山麓。
万家楼阁江天外
半榻风涛竹树间

——钱士升题

佛火一龛僧定后
松风半壑鹤归时

——孟亮揆题

文昌庙

原在府城隍庙右。乾隆御书“斗匡司化”匾额。
玉律金科，暗地潜窥，当知取士先求品
桂宫杏苑，苍天默佑，莫说衡才尽属文

——徐志震题

星象耿微垣，将相承明、经纬一气
圣朝崇祀典，湖山有美、俎豆千秋

——沈阆昆题

本孝友以化人文，看卓笔峰高，胜地自来多俊杰
列星辰而司禄命，占联珠气耀，销兵全在重科名

——蒋益澧题

世间数百年旧家，无非积德
天下第一件好事，还是读书

——程锡龄题

文字有神灵，知八斗才高，职掌胥归紫府
科名荐阴德，仗一枝笔健，点头何止朱衣

——佚名题奎星阁

酒仙殿

酌言献，酌言尝，人歌不老
旨且多，旨且有，国号长春

——方增题

旗展春风，天上一星常耀彩
杯邀明月，人间万斛尽消愁

——吴世耀题

三官殿

原在吴山城隍庙左。道家以上元天官赐福、中元地官赦罪、下元水官解厄，合称“三官大帝”。

如天之高、如地之厚、如水之深，万姓沐恩施，浙省人心虔祷祝
俾藏而大、俾寿而康、俾昌而炽，三灵昭感应，吴山庙貌仰巍峨

——裘春辅题

火神庙

百事莫熏心，密尔燎原，到处尽成灰烬
万般须理顺，群游乐土，安居永息风烟

——佚　名

药王庙

杭人称皮场庙，祀河南汤阴皮场镇药王张森。传自高宗南渡，商人负神像来

杭州。现存。

辨草性，究脉息，同巢燧羲画，默司造化
典岐伯，臣巫彭，异刚柔燥湿，克济群生

——裘春堪旧作　沈浩补书

草木济人，勋名超百王而上
参苓寿世，精英历万古不磨

——邵锡光题

海神庙

原在侯潮门外，清康熙题“波恬利济”、“保障东南”额，乾隆题“澄澜保障”额。

月色如画
江流有声

——佚　名

杨柳风来潮未落
梧桐叶下雁初飞

——佚名集句

山光扑面经新雨
江水回头为晚潮、

——佚　名

百谷归墟，泽汇江湖资利济
三门循轨，潮平龛赭庆安澜

——乾隆题

龙神庙

原在吴山，清康熙题“灵佑安澜”额，乾隆题“龙神庙”匾。

九土足农田，但期膏不下屯，霖雨遍敷天下望
三吴称泽国，更愿流无旁溢，江河长向田中行

——佚名廖寿丰

飞在天，见在田，大泽粼粼钦雨润
左为江，右为湖，新宫翼翼想云从

——廖寿丰题

风神殿

原在龙神庙后。清咸丰题“宣仁利达”额。

圣世不鸣条，默佑江湖占利泽
神功常应律，潜调寒燠叶休徵

——佚　名

龙虎忌争行，廿四番花信吹余，致雨兴云、勿张旗鼓
豚鱼占利涉，七二候箕神簸后，飞刍挽粟、好送帆樯

——佚　名

太平之时，以不鸣条而瑞应
君子之德，在乎偃草而令行

——陈沣题

韩蕲王祠

原在吴山，祀南宋韩世忠、梁红玉夫妇。韩死后谥封蕲王。

高冢卧麒麟，回首感六陵风雨
神弦弹霹雳，归魂思一曲沧浪

——陈銮题

当年梦虎姻缘，竞留着千秋佳话
后日骑驴归隐，难与伸三字奇冤

——佚　名

赵申乔祠

正气遏潮头，不须越弩三千，伟烈直追钱武肃
遗徽瞻庙貌，分占吴山一角，丛祠近接阮仪征

——盛康题

论治尚廉明，依然琴鹤传家，盛德馨香堪百世
讴思并吴越，犹忆海潮退舍，御灾捍患足千秋

——吕耀斗题

宣文德、振武功，不朽有三，共仰东西天柱
立朝纲、标清节、当世无两，是为古今名臣

——任道镕题

亮节褒题，帝眷兰陵名宦

崇祠建复，人思枌社先贤

——恽祖贻题

亮节圣所褒，立祠重复齐宫旧
清风谁后继，登楼共仰吴山高

——秦湘业题湖山宛在楼

汪华庙

原在大观台侧，祀唐节度使汪华。

大业乱兴，公取六州而保之，非叛隋也，不忍视民涂炭也，仁矣乎，捍患御灾，至今日犹蒙恩泽

长安鼎定，公举六州而归之，非降唐也，所以顺天体命也，智矣乎，锡圭担爵，在当年已极尊荣

——汪志伊撰

火德庙

原在城隍庙右。按道教教义奉神农氏炎帝为火德星君。

一粒粟中藏世界
半升铛里煮山川

——佚　名

有美堂

《庚溪诗话》云：(北宋)嘉祐初，梅挚出守杭州，有仁宗赐“地有吴山美，东南第一州”诗，故建堂名曰“有美”。

山峰高下抽青笋
江水东西卧白云

——蔡襄题

天外黑风吹海立
浙东飞雨过江来

——佚名集苏轼句

四檐望尽回头懒
万象搜来下笔难

——贯牧题

芥子园

原在铁冶岭，是清代李渔在西湖的别墅。凡门扇、窗牖、匾额、对联皆独出新意，起居服用之物亦多异寻常，其制度备载所著《闲情偶寄》中。自号“湖上笠翁”。

繁冗驱人，旧业尽抛尘市里
湖山招我，全家移入画图中

七夕是生辰，喜功名事业从心，处处带来天上巧
百花为寿域，羡玉树芝兰绕膝，人人占却眼前春

风高秋斤白
雨霁晚霞红

二柳当门，家计逊陶潜之半
双桃钥户，人谋虑方朔之三

有月即登台，无论春秋冬夏
是风皆入座，不分南北东西

——以上李渔自题

东岳中兴观

北宋大观(1107—1110)建东岳行祠，南宋理宗书“东岳之殿”以赐。观侧有圣母池，围以石栏。俗称“东岳庙”，现存。

舜典祀岱宗，亿万年成尊泰岳
神庥敷越海，东西浙共仰仁元

——吴谦题

这衙门难托人情，莫恃着前生将相
在阳间若循天理，自成全后代功名

——佚　名

果报可畏哉，既曾经历一番，休再令挽回乏术
死生亦大矣，倘未勉行众善，莫轻言神佑无灵

——吴廷康题

垢面蓬头，强半荣华门里客
断腰缺足，大都得意事中人

——佚　名

殿过十重，到处无如为善好
轮回六道，于斯方晓转人难

——佚　名

琳馆肇新，位定东方之震
宸奎宠锡，光昭南面之离

——陈寿文题

茀禄尔康，福泽共西湖月满
正直是与，财源如东浙潮来

——姜东舒书

岳重岱宗，先衡华嵩恒而立极
帝司禾德，合火土金水以同尊

——沈祖懋书

赫赫威灵，五岳独尊于东岳
茫茫宇宙，三才惟重以人才

——冯遵建录旧联

华封三祝先言寿
君子万年宜有福

——陆文书

物阜民康，好看古今戏曲
风和日丽，重温儿女情缘

——佚名题戏台

王有龄祠

原在吴山。王有龄抚浙时，誓死抗寇。城破，回署服毒自尽。

调兵两浙，转饷三吴，六七年划策艰难，浩气犹存，一代鼎铭垂宇宙
保障睢阳，坚持沼水，八十日登陴慷慨，效死不去，千秋庙祀崇湖山

——周贻绶题

嵩镇青祠

原在海会寺附近。

一心营战，不辞劳叹，无端石折武担，社稷良臣骑箕去矣

万口歌功，皆纪实择，此处屋邻迦叶，春秋佳日击鼓迎之

——浙江士民

镇海楼

俗称鼓楼，在吴山之东麓。2003 年重建，葛德瑞题额鼓楼，有刻“吴”山伟观”四个大字，刘江书。楼后有巨型石刻《镇海楼记》，葛德瑞书。

提疆内向三千里

比屋同命百万家

——赵孟頫题

水分两浙趋都会

地接吴山控上流

——高得旸题

东西浙海三千里

左右江湖十二阑

——凌云翰题

昔年称镇海雄关，试拾级凭栏，漫言汉郡堤塘、隋城雉堞、宋室衣冠、吴宫花草

盛世看跨江才略，正经天纬地，惊看六桥拍

浪、百舸争流、四厢兴市、万巷通衢

——王其煌撰　驾沧书

十四州长剑霜寒，吴越雄风曾镇海

廿一纪洪钟雷动，湖山淑气此登楼

——王翼奇题

镇海一钟鸣鼎盛

朝天九鼓颂繁华

——佚　名

登百尺楼，念往事如烟，湖山寻梦

擂三通鼓，看飞舟破浪，江海弄潮

——张学理撰　吕国璋书

飞甍重挹吴山秀

急鼓曾暗浙海潮

——汤柏林撰　蒋北耿书

喜见新楼高百尺
闲寻遗响越千年

——廖可斌撰　马世晓书

镇海朝天，端为名城添壮采
一钟九鼓，只随盛世播强音

——吴亚卿题

雄镇为邻，胜地一方再现当年钟鼓
吴山作伴，崇楼百尺曾看历代风云

——吴仲谋撰　郭仲选书

青史闲翰，不容明月沉天去
江楼隔雾，却有江涛动地来

——陈铭集龚自珍句

六朝草创，五代增华，宋宣都城开气象
一记青藤，七言松雪，钱塘风雅蔚人文

——王翼奇撰

澄心阁

原在吴山吕祖殿内。
仙佛缘中，湖山胜处
楼台影里，云水闲时

——阮元题

娥眉山馆

在管米山。今已不存。
古墨尚存宋时石
遥青如对蜀中山

——佚　名

紫阳山

紫阳书院

原在紫阳山下。康熙四十二年(1703)建。

圣代重儒风,教秉新安,趋步定知歧辙少
名臣留讲舍,政传渤海,补苴当念善成难

——王有龄题

广厦宏开,看毓秀钟灵,蔚起虎林人物
高山在望,愿立名砥行,仰承鹿洞渊源

——佚　名

紫阳洞

在瑞石山左。自山麓道径而上,路左石壁镌宋米芾书"第一山"及明胡缵书"紫阳洞天"摩崖大字。

雪压两峰寒雁没
烟临万户夕阳低

——毛奇龄题

紫阳庵

原在紫阳洞前。元至元间(1264—1295),道人徐宏道居之。明正统九年(1444)重建,并作玉虚、望江二楼,聂大年为之记。

四时有景野花发
六月不阴山雨飞

——夏寅题

瑶笙白鹤空中举
锦树繁花座外明

——周茂源题

疏林断壁分青霭
远岸残潮急暮流

——高应冕题

阳候浪静犹平岸
罗刹年深欲得船

——方九叙(以上两联题望江楼)

瑞石洞石刻

这个景区有五云深处、碧云天、湖山叠翠、紫竹林、翠薇等题刻,大多为元人所题,云隐洞口上方有崖约1米阔、1.5米高,镌有联:

我来海国三千里
君在蓬莱第一峰

——陈凤诰书

半壁玲珑通造化
一轮明月照前川

——烟波氏(此联在云隐洞右一石天窗内。)

风云前江雨
花木后岩春

——云山氏

(此联在崖上,字形很小,仔细寻觅可得。上述后两联,皆笔者初次发现,以往联集皆未刊载。)

瑞石山房

夜静龙光穿户牖
春深钟乳落庭除

——张宇题

山岳有灵钟异秀
尘寰无处见余清

——刘杰题

归云洞

洞在瑞石山,顶穹旁削,有巨石覆盖,杭人习称"飞来石"。

骨毛寒气逼

座榻白云生

——佚　名

不雨岩常润
无风襟自清

——徐志题

月波池

《紫阳集》：蹲狮石东，近地壁上有水波纹，前人甃为半月形，养水其中，池畔有蟾蜍石，但今已水涸。

天池豁苍翠
澜纹细潆洄

——姚炳题

宝成寺

旧称释迦院。院内塑有麻曷葛剌造像，为国家级重点保护文物。

泉分童子青衣洞
尘断维摩白石龛

——左赞题

重阳庵

原在青衣洞口。唐开成间有道士韩道古结茅居此。

青表童子曾来地
白石先生过去身

——张羽题

九转炉寒消宿火
七真堂古锁秋尘

——张羽题

感化岩

宝成寺后岩壁，镌苏轼诗及明吴东升“岁寒松柏”和朱术殉“感化岩”摩崖大字。现存。

今古如身幻
乾坤与物齐

——汤启松题

风流未必同崔护
感激依然忆大苏

——崔名世题

四宜亭

从清波门沿四宜路可直达山坳坦的四宜亭，亭周围风景秀丽，往山上就是城隍山与紫阳山连接处。亭下不远处是井开十眼的郭婆井。此事乃民国8年瑞安人所建。

放怀听流水
小坐数行云

——蒋作藩题

水色山光年年月月
松声鸟语莫莫朝朝

——蒋天牧题（“莫”乃“暮”之古字）

岭外孤帆风上下
湖边双塔影参差

——松　舟

石观音阁

原在宝成寺左，近感花岩。

韩相府，杨氏园，劫火茫茫，始信妙莲常自在
畏吾书，释迦院，瓣香郁郁，同圆法界证如来

——应宝时题

眼前即是西方，面钱塘，背鉴湖，祇树宝莲成胜界
心向何须南海，左仙阁，右福地，龙飞凤舞护灵山

——徐有钊题

大幢作屏藩，幸城市有此灵山，仗许多佛力神威，扶持世界
长江如匹练，慨人世无边苦海，渡不尽名樯利揖，消受风波

——张叟山题

江湖汇观亭

在紫阳山上。唐云署额。

八百里湖山，知是何年图画
十万家烟火，尽归此处楼台

——徐渭题　孟庆甲补书

清河坊历史街区

在吴山北麓，是杭城自南宋以来商贾云集之地. 2001 年 10 月开街，店肆楹联颇多。

永泰弹棉花店

永葆伟业济沧海
泰和温馨送人间

——沈长轩题

数世间事，惟温暖宽舒怀抱
愿天下人，以真情传承文明

——沈祖安撰　楼浩之书(朱关田署额)

香溢馆

香烟融玉馆，检韵寻诗，清河坊里无双处
溢彩结琼楼，生辉增色，大井街头第一家

——叶瑾撰　吕国璋书

香心醉魄，华馆餐霞，疑处仙府
溢目怡神，名街访古，宛若上河

——钱明锵撰　郭仲选书

香君入口千情顺
溢气开怀万事通

——王建东撰　驾沧书　黄苗子署额

雅风堂艺术馆

水流金石不动
云开日月成华

——汪询题

峰围仙磬声难散
月避神灯远愈明

——鲁洛人题

风篁类长笛
流水当鸣琴

——何绍基题

茶熟香温，适来嘉阁
花明酒艳，定有新诗

——大中题

于书无所不读
凡物皆有可观

——梓人题

荣宝斋

前身松竹荣名寿
文化云程不老天

——启功题

升平润色西子湖
翰墨因缘荣宝斋

——程十发题

其德在人，定有兴者
不营于世，焉用文之

——沈敦和题

气度春风，精神秋月
初心道德，余事文章

——翁同龢题

保和堂药店

祇望世间人无病
何愁架上药生尘

——佚　名

当归方寸地
独活世间人

——佚　名

皓翰堂

花暖青牛卧
松高白鹤眠

——佚　名

鹤舞龙腾日
群鸿戏海时

——佚　名

忍人让人不欺人，方可为人
知事晓事不多事，太平无事

——启功题

顺天堂

夜渚月明，所思不远
柳阴路曲，妙造自然

——赵之谦题

酒村已遣门生致
抱瓮须防吏部来

搴衣步月踏花影
拨雪披云得乳泓

——以上谭泽闿题

方回春堂

启八千良方济世
聚四海妙手回春

——佚　名

守真弃瑕，宝盈华室皆良品
有坊无河，秀聚胜境一吴山

——光尧撰　王小勇书题守真指艺馆

锦泰祥绸庄

茧织细纹，别成佳制
丝抽余绪，饶有古风

组织经纶，生财有道
纷披锦绣，为章于天

——以上两联均无款

王润兴酒店

其所制大方肉块加盐白煮的所谓“盐件儿”，最为有名。

肚饥饭碗小
鱼美酒肠宽

——沈玄庐题

于谦故居

在祠堂巷42号，主体建筑仿明代风格。

咏石灰，赞石灰，一生清白胜石灰
重社稷，保社稷，百代馨香惠社稷

——陈文锦撰　郭仲选书

少时大策魁多士
晚节忠风愧几人

——丁若建书

天地为心是真豪杰
圣贤作则乃大丈夫

——李定楹撰　马世晓书

坐觉心胸绝尘俗
要留清白在人间

——王荣初撰

胡庆余堂国药号

在吴山大井巷内，为我国著名国药号，与北京同仁堂并称“南庆余，北同仁”，建于清同治十三年(1874)。其中附设。胡庆余堂中药博物馆”，为至今全国唯一的中药专业博物馆。“胡庆余堂药膳”由赵朴初署额，“庆余名医馆”额由藤翁王卉题。

芝兰自结山川秀
松柏带雨天地春

饮和食德
俾寿而康

益寿引年，长生集庆
兼收并蓄，待用有余

庆云在霄，甘露披野
余粮访禹，本草师农

朱草炼成，金丹妙药
元霜捣就，玉杵奇功

七闽奇珍，古称天宝
三山异草，原赖地灵

人兼文武调元手
药办君臣济世心

娲皇补天，炼五色石

稚川入山，采九光芝

——以上诸联均无款

名山足灵药
盛世多寿人

——沙孟海题

灵方通达惊十字
仙桃致仁动万邦

——曹厚德题

胡雪岩故居

又名“芝园”，在元宝街。大厅所悬匾联除“勉善成荣”和“同治御笔”款外，其余如“承天恩赐”、“经商有道”、“奉扬仁风”、“乐善好施”等额及所有楹联皆集自名家墨宝，无款。“芝园”二字为李世基题。

传家有道惟存厚
处世无奇但率真

存一片好心，愿举世无灾无难
做百般善事，要大家利民利人

——以上题轿厅

翠翠红红，处处莺莺燕燕
风风雨雨，年年暮暮朝朝

——题百狮楼

忠孝为千古昭穆
钟毓得两间之气

——联句集颜真卿楷书制成，悬百狮楼

爽借清风明借月
动观流水静观山

——鸳鸯厅联

秋水寒潭，襟怀空旷
玉堂白雪，心境光明

——延碧堂联

二十年极欲穷奢，但恨黄金无用处
廿余日人亡家破，偏教白发见收场

——佚　名　挽胡雪岩

鱼跃清波彻
莺啼众绿深

雨洗涓涓净
风吹细细香

——以上两联题绿波桥

第十四编

杭州城区

名人故居

夏衍旧居

在江干区严家弄50号，堂名“八咏堂”，由郭仲选书。“夏衍旧居”由赵朴初署额。

东郭雅言，诗书执理
西京明诏，孝悌力田

——八咏堂旧联　李文采补书

世家传旧史
盛世继前修

——章建明书

缅怀先哲，名垂文艺史
长使后人，心逐浙江潮

——叶一苇书

龚自珍纪念馆

在杭州市马坡巷16号。除钱昌照与赵朴初分别为纪念馆署额外，还有沙孟海题“剑气箫心”、朱关田题“不拘一格”、刘江题“庄严盘踞”、葛德瑞题“四厢花影”、沈定庵题。定庵”等匾额。

湖空月华出
天和草木骄

——龚自珍自题

灌夫骂座非关酒
江敩移床那算狂

——朱鹤年题

策评慷慨，袖里奇珍光五色
诗笔纵横，胸中垒块泼千钟

——王其煌撰　葛德瑞书

一山突起，问六合苍茫，谁解收箫使击剑
万石哀鸣，劝天公抖擞，目缄红泪写青词

——王翼奇撰　蒋北耿书

气寒西北何人剑
声满东南几处箫

——沈寿书集龚自珍诗句

九州生气春雷动
万树新梅玉蕊舒

——汤柏林撰　袁啸谷书

胸中韬略，袖里经纶，放眼迎来新世界
世上疮痍，人间疾苦，挥笔化作老波澜

——张学理撰　郭仲选书

振聋发聩，批尽两千年专制腐败黑暗，梁任公视作前驱
荡气回肠，谱成五十度春秋倜傥风流，柳亚子誉为第一

——陈文锦撰　蒋北耿书

毁何曾灭性
狂亦不遮名

——壬其煌撰　张耕源书

风雨茅庐

在大学路场官弄，为郁达夫故居，马君武书额。几经风雨沧桑，今仍存。

两口居碧水丹山，妻太聪明夫太怪
田野皆青磷白骨，人何寥落鬼何多

——郁达夫自题

陆游故居

在杭城孩儿巷。

山河兴废共搔首
风雨纵横乱入楼

——陆游句

入巷重寻听雨地
登楼长忆卖花声

——王翼奇撰

马寅初纪念馆(竹屋)

在庆春街。原为陈叔通别业，后卖予马星竹，故名竹屋。抗战前又售予寅老，现为“马寅初纪念馆”。

正其谊不谋私利
明其道不计其功

——马寅初自题

翠叶庵

杭州大学、中山大学教授王季思的书斋名。

三五夜月朗风清，与卿同梦
九万里天空海阔，容我双飞

——夏承焘题

梁章钜武林寓斋

楹联大家梁章钜，福建人。他在杭州之寓斋叫武林寓斋，后住三桥址新宅。梁章钜云：近缘福州旧宅不能安居，三儿恭辰奉余出游，并奉捐输令，因作郡大夫指省浙江，以便迎养。林则徐由陕西驰书相贺，中有佳句：

哲嗣以二千石涛登通显
台端以八十翁就养湖山

后来，林则徐又将佳句演成长联赠梁章钜，悬于武林寓斋：

曾以二千石起家，衣钵新传贤子弟
难得八十翁就养，湖山旧识老诗人

麟阁待劳臣，最难西域生还，万顷开荒成佛迹
凤池诏令子，喜听东山复起，一门济美报清时

——梁章钜赠林则徐联(时林则徐由西域赐还，欢颂载途。)

梁肯堂府第

在东河畔七龙潭3号，系清直隶总督、刑部尚书、漕运总督梁肯堂之旧居，人称梁宅。另一说，梁诗正、梁同书之故居在此。此府第建于乾隆四十六年(1781)，共七进，分东西两院。梁肯堂(1717—1801)，钱塘人，为官清廉，著有《石

僮居士吟稿》，他 80 岁生日时，嘉庆帝特赐御书“耆寿宣勤”匾额并题赐楹联一副：

封圻著绩征嘉瑞
节钺升猷引大年

——嘉庆题

不以华俭改性
犹期清静修身

——梁同书题

丁家花园

在奎垣巷，为山东盐使丁阶容私宅。民国初。为浙江省政府委员兼财政厅长陈其采（字霭士）居所，故一度讹称“陈家花园”。

有万夫不当之概
无一事自足于怀

——陈英士题

蓉菊园

又名可羡园，园主项氏。遗址不详。

辟径欲追陶，晚节堪娱，莫辜负风亭云榭
看花争说项，名固可羡，好商量酒政茶经

——戴熙题

半亩田园，正梵宇为邻，艮山在望
九秋好景，是锦城旧日，彭泽当年

——沈兆森撰

田家园

田园一蠡睫
书卷百年腰

——周道信句　俞樾书

（俞樾云：“竹舟暨其兄松生，乃当代之双丁也。谓室于杭城之田家园，藏书之富甲海内，因书联以赠。”“双丁”即补抄《四库全书》之丁丙、丁申兄弟。）

曝书亭

清代学者朱彝尊的藏书斋。遗址不详。

会须上番看成竹
何处老翁来赋诗

——朱彝尊自题

潘天寿纪念馆

在南山路荷花池头，为潘天寿最后居所。

天惊地怪见落笔
巷语街谈总入诗

——吴昌硕题

种菽粟于砚田，收成有日
怀奇珍于文席，待聘以时

——潘天寿自题

红柏山庄

系王昙在西湖之居所，王善剑术，好游侠，世称奇人奇文。龚自珍尝为墓铭。遗址不详。

娘子军中分半壁
丈人峰下寄全家

两口居碧水舟山，妻太聪明夫太怪
四围皆青磷白骨，人何寥落鬼何多

——以上王昙自题

松下书寮

柳边归院金莲烛
松下仙寮玉局书

——仪亲王赠关云岩

叶景葵故居

南无阿弥陀佛

粤若稽古帝尧

——叶景葵自题

董观桥别墅

圣代即今多雨露
故乡玩此好湖山

——董观桥自题

桂斋

郊原雨足云归岫
台阁风清月在天

——叶仪昌题

府衙宅第

弥陀阁

在省府小花园内。据传此处曾为民族英雄岳飞点将处。

鼓角声销，凭栏听雨
湖山春暖，把酒吟风

——张学理撰

愿染朝霞成五色
更邀明月作三人

——王敕居集黄山谷、苏东坡诗句并书

憩　亭

弥陀晨雾隐
宝石晚霞飞

——周友生撰　钱法成书

趣　亭

山静生幽趣
风清息俗尘

——徐元撰　萧锋书

悦秀轩

枝上幽禽求好友
池头晴日映清波

——徐弘道撰书

高树鸣蝉惊客梦
小园飞雪返梅魂

——杜志强撰 刘江书

廊外花香细
阶前草色匀

——林峰撰 郭仲选书(以上亭轩皆在省府小花园内。)

浙江府署

湖上剧清吟,吏亦称仙,始信昔人才大
海边销霸气,民还喻水,愿看此日潮平

——方观承题

两浙再停骖,有守无偏,敬奉丹豪遵宝训
一门三秉节,新猷旧政,勉期素志绍家声

——方受畴题

杭州府署

为政戒贪,贪利贪,贪名亦贪,勿骛声华忘政事
养廉惟俭,俭己俭,俭人非俭,还从宽大保廉偶

——薛慰农题

大学士府第

在清吟巷内,署额"太子太保大学士第"。系晚清继李鸿章后入阁拜相的王文韶府第。占地二十余亩,内有退圃园、红蝠山房等花园楼阁。

川岳怀柔,千里民安习六条
衡湘朝北,极吏政教播南州

——王文韶自题

吴宅(明宅)

在杭州下城区新华路。吴宅与明宅是两座明代风格的古建筑,现合并为丝绸、瓷器、书画、古董市场。吴宅建于明代中叶,后屡易其主,咸丰间为云贵总督吴仲方购得,故名吴宅。明宅系从其他地方移来,因建于明故名。

小窗多明,使我久坐
白云如带,有鸟飞来

——沙孟海题

良玉润珠,精神流昭

吉金乐石，左右交辉

——佚　名

鸟欲高飞先振翅
人求上进早读书

——王文治题

梁　宅

原为乾隆赐梁诗正之府第。梁诗正(1697—1763)，俄塘人。官至东阁大学士。其子梁同书，为杰出诗人、书法家。

无事此静坐
有情且赋诗

读书十年、作官十年、归田十年，生有涯如斯而已
儒林无传、循吏无传、隐逸无传，死之日尚可言哉

——以上梁同书题

名城文脉

求是书院

光绪二十五年(1897)由普慈寺改建。为晚清杭州知府林启创办的三所学府之一,原名求是中西书院,因戊戌维新失败,更名为“求是书院”,原址在大学路北段路东,系浙江大学的最早前身。

文中子余事述方,精博亦足千古
董仲舒他年对策,显扬何止一乡

——宋恕题

贡　院

现杭州高级中学址。校内建有碑亭,留置康熙.乾隆、同治诸朝碑记。

下笔千言,正桂子香时,槐花黄后
出门一笑,看西湖月满,东浙潮来

——阮元题

使者日边来,冰壶玉尺
人才天下选,东箭南金

不负初心,吾辈皆由科制进
相期异日,名臣端赖读书多

敷天瞻日月重光,兵气喜全消,雅颂承平,还是文章能报国
胜地揽湖山有美,人才期慎选,规模整肃,须知科举为求贤

——以上马新贻题

蓉镜重开,漫向湖山寻旧迹
桂林擢秀,相期月旦识真才

——彭启丰题

辛苦已三年，看多士腾蛟起凤
慊欺惟一念，愿同仁涤虑洗心

铁面无私，凡涉科场，亲戚年家须谅我
镜心善照，但凭文字，清奇浓淡不冤渠

——以上朱珪题

大比重三年，举孝兴廉，是古今求贤准的
澄怀盟五夜，除奸剔弊，还国家取士规模

——徐树铭题

天地自成文，湖山有美
国家期得士，桃李无言

——彭元瑞题

使节壮湖山，东南坛坫
文光拱奎壁，咫尺宫墙

——刘金门题

神之格思不可度
天所鉴者惟其诚

——王承煦题

十六帘藻鉴论才，临上质旁，到此同心盟白水
百五名桂宫启秀，善缘福果，暗中点额有朱衣

——时庆莱题

到处聚观香案吏
此邦宜著玉堂仙

——佚名集句

广厦千万间，敬凭上下神祇，香案年年供浙院
洞天三十六，默向虚空想像，尘寰处处幻瀛洲

——王家琳题（以上四联题明远楼）

杭州府学

府学乡贤祠

旧祀严子陵以下一十六人。遗址即今杭州碑林。

远稽晋代，近逮熙朝，骏烈清芬，岂仅诗文垂浙派

山号武林，湖名明圣，钟灵毓秀，不须声望借严陵

——佚名题

浙江学使署

在浙江杭州府学之东，即今杭州四中址，该处早前名学署前。

使节壮湖山，东南坛坫

文光拱奎壁，咫尺宫墙

——刘凤诰题

天地自成文，湖山有美

国家期得士，桃李无言

——彭文勤题

仁和学

元至元(1264—1294)时，以宗太学礼殿改建书院。奉西湖三贤祠之西，因称西湖书院。明洪武中，改为仁和学。遗址在今水亭址。

是名教内老头陀，与尼山有香火因缘，薄荐藻芹供洒扫

作冷宦中呆脚色，为浙水典胶庠首领，广栽桃李待芳菲

——沈涛撰　俞樾书

东城讲舍

胜地托青门，爱此间水锁虹桥，相期沿流溯源，汉学津梁追许郑

遗基捐白杜，聚多士坛开燕庆，惟愿因文悟道，宋贤堂奥绍朱程

——陈鲁题

钱塘学堂

原名崇文学院，清光绪时改名钱塘学堂，即今杭州胜利小学最早前身。

儒以道得民，此官不贱
学而优则仕，如日之升

——佚　名

近圣人之居，教亦多术矣
守先王之道，文不在兹乎

——吴谷人题

梅青书院

书院旧在今湖滨地区，专课八旗士子。

说诗书，敦礼乐，名将本出名儒；矧今兹花普菁莪，愿诸生功修共砺
先器识，后文艺，立言尤宜立德，得此地材储桢干，卜他年经济宏宣

——墨尔根图撰　古尼者布书

下学感师承，敢云衣钵能传，不避腼颜开马帐
纯修期后起，惟愿诵弦弗辍，共图勉力赴鹏程

——善能撰　俞樾书

杭州女子职业学校

原名杭州女子实业学校，谢雪香女士创设，具体不详。

组织腾辉，上应云汉
闺闱储秀，突过须眉

——徐琪题

恤纬讬忧怀，老妇也知忘国恨
澼絖绕通战术，女流同抱救时心

——汤寿潜题

欲从抱朴传家学
知有班昭续汉书

——张建勋题

陆军小学堂

20世纪20年代。浙省曾在杭州开办陆军小学堂。

十年教训，君子成军，溯数十载祖雨宗风，再造英雄于越地

九世复仇，春秋大义，愿尔多士修鳞养爪，毋忘寇盗满中原

——伍元芝题

演武厅

补盛典于三春，即观兵亦为耀德

收将才于两浙，惟纬武实并经文

——钱庵题

八座降文星，十星杏花环虎节

三场观武备，万条杨柳拂骢鞍

——佚　名

杭州义学

谨庠序之教，孰先传焉，孰后倦焉

闻弦歌之声，有成德者，有达材者

——莫晋题

莫谓孤寒，多是读书真种子

欲求富贵，须从伏案下工夫

——费丙章撰

浙江除籍堕民育德学堂

群族竞争，观以佛家平尊法

十年教训，养成君子六千人

——端方题

八千卷楼

原是杭城很有名的藏书楼，为著名大藏家丁丙之祖父丁国典建。

晚觉文章真小技

分将劳苦送生涯

——丁立诚题

梧竹山房

系清末官僚孙宝建书斋。遗址不详。

翠竹碧桐，常觉生机洋溢
粗茶淡饭，无忘物力艰难

亦来海上作闲人，饱看舞榭歌楼，名园胜水
难遣胸中不平事，且去莳花种竹，赌酒敲诗

——以上孙宝瑄自题

席松叶，枕白石
垂长衣，谈清言

——佚名集句

江南会馆戏台

一阕荔枝香，听玉笛吹来，遍传南海
双声杨柳曲，问金樽把处，忆否西湖

——梁绍壬题

四省赛棋大会

杭州青年会举办鲁、闽、苏、浙四省象棋选手赛棋大会，盛况空前。棋王谢侠逊任大会裁判。

卧薪尝胆，本越中先哲雪耻要图，战局溯当年，曾借十七国兵车，来从沪渎
破浪乘风，正海外蛮邦催征有待，阵云开四省，恰值亿万家灯火，共庆杭州

——谢侠逊题

平泉堂

圣代即今多雨露
故乡无此好湖山

——董教增自题

颐道堂

钱塘陈云伯少负才名，后以乙科出宰，著有《颐道堂集》，其余不详。

勤补拙、俭养廉，更无暇馈问送迎，来往宾朋须谅我

让化争、诚去伪，敬以告父兄耆老，教诲子弟各成人

——陈云伯题

徐　园

大树飘零，草木犹知名姓

遗园明瑟，山森常忆将军

——康有为题

桑调元书室

六经读罢方持笔

五岳归来不看山

——桑调元自题

《浙江潮报》征联

民国初年，严禁鸦片。杭州《浙江潮报》以上联征求下联，文曰：

因火为烟，若不撇开总是苦

应征者颇多，兹录其四为例：

采丝为彩，又加点缀便成文

舛木为桀，金无人道也称王

少女为妙，大来无一不从夫

言义成议，傥无党见即完人

杭人争路权大会联

20 世纪初年，为争铁路主权，杭城及各界人士在集会会场上有此联。

头可断，血可流，一息尚存，总要挺身争铁路

目未瞑，心未死，三寸不烂，岂容缄口学金人

华光庵百岁老翁

昔时华光巷华光庵有卖卜翁，望之若五十许，其实是百岁老翁，已历雍、乾、嘉、道四朝。其养生之道谓“不参禅，不学道，五十前奔走四方，五十后无所营求，惟安心卖卜而已”。当时，送寿联者甚多。

身行万里半天下

眼见四朝全盛时

——琴坞题

古礼堪征，特为非人不暖

浮生若梦，要知为欢几何

——佚　名

露电观心，无遮无碍

云烟过眼，即色即空

——佚　名

赵振鲸百岁坊

赵振鲸，钱塘人，嘉庆十九年100岁，时赐六品顶戴，109岁时无疾而终。即今河坊街百岁坊巷。

身历四朝，太平黎庶

寿登两甲，盛世耆英

——梁同书题

祠宇、古迹和店肆

淞沪抗日阵亡将士纪念牌坊

今松木场西溪路口。有坊额“浩气长存”和“气壮河山”，分别由鲁涤平、黄绍竑署题。

浩气壮湖山，魂来怒卷江潮白
英名缅袍泽，劫后新滋墓草青

——黄绍竑题

华表接青霄，一角湖山归战骨
墓门萋碧草，十年汗马念前功

——俞济时题

埋骨傍湖山，飘萧旧梦三生石
临风怀壮烈，惆怅当年百战功

——竺鸣涛题

湖曲聚忠魂，归骨尚余干净土
旂常炳遗烈，表墓刚逢胜利年

——宣铁吾题

施全祠

原址在众安桥桥堍，祀岳飞部下小校施全。施愤秦桧害岳王，一日怀刃刺桧，未中被杀。后人立庙祀之，署额曰“独伸正气”。

忠义炳千秋，纵白刃空挥，戮桧特褒书竹简
威灵扬四境，喜丹楹重庇，荐蘋共愿酌金波

——童文题

张询祠

张询，仁和（今杭州市）人，殉职后谥文节，建祠于城东。

皖浙陨文星，大节同昭孙学使
古今留正气，孤忠又见张睢阳

——卢廷勋撰

众安桥“老岳坟”

清同治间，杭州司狱吴廷康经“考证”，认为岳飞忠骸初瘗处应在众安桥河下，经浙抚德馨呈朝廷批准，在该处建“忠显庙”，杭人习称“老岳坟”，遗址在今娃哈哈美食城之北附近。

遗烈炳千秋，慕义又逢李承事
从祠湮九曲，记名曾表贾宜人

——佚　名

万古仰精忠，但愿拜墓人咸知劝激
一瘗识潜抔，幸逢偃兵日复荐馨香

——佚　名

定谥出宸衷，咸格椒馨昭盛典
从祠纪纲目，表扬藁葬显纯忠

——吴福成书

尚有精诚留瓦巷
更移忠骨镇栖霞

——胡恕堂撰　徐树铭书

九曲旧丛祠，父老相传，此地曾埋碧血
一门昭大节，英灵难没，惟天可鉴丹心

——程钟瑞题

厉鹗墓

原在杭州武林门外。

丈室共纲天女散
摩维诗共老人参

——王昶题

基督教青年会

原在大方伯，后移今青年路。落成之日，浙江私立体育专科学校校长王卓夫，曾撰联悬于楼下大厅，抗战中遗失。胜利后，请余绍宋重写并加上跋悬于原置。

此杭州最新建筑

是青年第二家庭

——王卓夫题　余绍宋补书

梅石园

在佑圣观路。建于清初，以藏明画家兰瑛摹南宋德寿宫“苔梅瘦石”的碑刻拓片，故称梅花碑，“文革”中毁去。近由上城区人民政府重建。有郭仲选、商向前署题“梅石园”及“观梅古社”额。

名迹补孙蓝，还斯旧观

清风况梅石，寓以新题

——乾隆题

惟恐灵峰携去

莫非鹫岭飞来

——葛德瑞题“双清亭”（刘江署额，新碑由陈文锦撰文。）

入门来，疏影莫教踏碎

挥手去，清香长许凝留

——葛德瑞题“观梅古社”（商向前署额）

东河第一桥

在艮山门，又称霸子桥。建于清，20 世纪 90 年代重修。三孔石拱高桥，“东河第一桥”额朝北，未落款。南面额“坝子桥”。桥上有亭额“凤凰亭”，钟伯熙书。此桥是城内河与古运河连接的枢纽，朝北的中柱有此联。

巽水启文明，口棘院楚庠，左右逢源千古盛

艮山资保障，有仓箱杼轴，春秋利济万家欢

华夏遍竖龙虎榜

神州明激凤凰箫

——吴仲谋撰欧阳诚书

凤去桥亭古

雨来烟柳深

——刘时平题

春色溶溶，两岸轻舒陶令柳

朝霞烨烨，斯亭原属凤雏居

——吴仲谋撰　苗育田书

翠柳丛中莺百啭
碧梧枝上鸟重栖

——张学理题

候圣驾牌坊

在湖墅北路古运河江涨桥一侧，是新建的一处石牌坊。

庆云临胜地
舜日丽尧天

——文盛宜撰

楼船新杰构
风景古名区

——王翼奇撰

乾隆舫

位于横跨古运河之江涨桥南岸，乃仿翮的乾隆大型游舫，颇具规模，多层，有前后舱，有联多副。

自古繁华，鱼米千船上京邑
而今评说，康乾几度下杭州

——潘晓东撰

岸边鸟语花香.高柳垂阴，波光映面
河上风清月白，众芳弄舞，隆舫揍歌

欲问八百里河山，知是何年图画
且看十万家灯火，尽归此处楼台
六朝山色湖墅秋，何人构成霓霞佳景
三面波光运河貌，哪位造出舫阁奇观

——以上三联皆唐诗祝题或录旧联

一舸披襟，雄风长属清天子
八方联袂，佳客欣逢丽日辰

——何钟嘉撰

海内庆升平，熙朝盛世追天宝

江南称富庶,御舫宸游揽物华

——王翼奇撰　思竹书

万岁昭苏,吴越星云争烂熳
一龙驰骋,东南风雨协和甘

——李利忠撰

喜迎嘉宾来万里
共谈往史越千年

——吴亚卿撰

有客凭栏,满目云天多少事
几人打桨,一河烟雨古今情

——程佰华撰

炒脍和羹,得名自东坡宋嫂
赏心乐亭,有客迎夜月春江

——王翼奇撰

一水晴波,兰舟载酒
千年古韵,柳岸藏诗

——萧佛寿撰

风入襟怀春满座
舟能蕴藉客盈门

——李重之撰

畅游古运河,四面风光来眼底
小酌新醅酒,十分温暖入心头

——姜渭滨撰　也行书

南北通途,一河连五水
春秋佳日,片刻值千金

——吴亚卿撰

绾结苏杭,为天堂纽带
勾留宾客,尽地主情怀

——尚佐文撰　亦斯书

河埠曾传沾圣泽
楼船信是款嘉宾

——吴亚卿撰

河上有时来旧雨

亭前无日不春风

——尚佐文撰

春风得意鱼知乐
秋水澄怀鸟忘机

——李泽渐撰　云飞书

东院评弹，花飞鸟啭歌千曲
西厢说话，海倒江翻听一人

——潘晓东撰

阅尽千骑南北客
迎来一座怡情人

——张郁盈撰　古风书

江桥暮雨上衣绿
柳岸东风拂面长

——李庄撰　石鼓书

桨声灯影偏宜夜
绿树红花尽是春

——吴谷撰

河上风清，待你一舒怀抱
舫中味美，容君尽享悠闲

——未立斋撰

一舸高朋，翩临湖墅
四时佳景，胜揽钱塘

舟中卷幔花为壁
水上开樽月满楼

——李利忠撰

田家普济桥

建于宋开禧年间，原在天水桥巷东端，横跨中河，近年建立交桥时拆毁。
旧有联：
西湖旧风光，荷送清香集鸥鹭。
北门新水利，苔披纪影伏蛟龙

白衣寺

位于杭城长庆街新华路南段马巷内 12 号，建于清道光年间，石柱上镌联。

珠现西方鹿苑，风繙贝叶

灯然南海鱼山，香霭天花

——陆鉴三撰

金元七总管庙

康熙间，徐紫珊所撰碑记，谓“神元人七者行次”。总管，其官名也。《巧对录》卷六载：“杭州清波门外有庙曰金元七总管。”庙有联，大家都说颇工。

金元七总管

唐宋八大家

总管，其官名也。

——姚伊宪（号古芬，清仁和人）撰

万寿亭石牌坊

万寿亭旧在武林门内北仓桥。现在体育场路建石牌坊，以记万寿亭、万寿宫旧事，骆恒光书额“嵩呼华祝”。柱上镌联：

黄瓦龙翔，枕碧池而浩荡

朱楹猊拱，环丹壁于周围

——旧联　宋涛书

宝烛重檐，沾膏露醴泉之盛泽

贞镌四石，仰瞻云就日之崇坊

——前贤旧联　驾沧书

大和弄

此弄在延安路凤凰街。

凤翼凌空，七彩虹蜺腾紫气

麟蹄驰远，四时雨露润苍生

——吴亚卿题

“严州府”酒楼

楼在朝晖四区新市街。

五味珍馐，席上共称伊尹
四方宾客，座中谁是阮元

——方简庵撰　王生良书

江涨桥亭

亭在古运河江涨桥北堍。
千年舟檝水为路
两岸人家虹作桥
王少求撰（檝通楫。）

运河文化广场牌坊

在拱宸桥东，额“利泽千秋”郭仲选题，额“南北通津”朱关田题。
吴沟隋渎元河，三朝伟构
一水五江六省，千里通衢

——余永忠撰　郭仲选书

牌屹东隅，万缕丹曦迎璀璨
坊邻西子，一轮皓月共婵娟

——余元钱撰　朱关田书

拱宸桥码头候船室

拱宸广济，同枕江南秀水
绿带芳园，再绘运河新姿

——韩幼叔撰　王小勇书

拱宸桥碑亭

拱以迎宸，湖山信美
富而好礼，气象日新

——尚佐文撰　陈振濂书

戏院楼台

管笛笙箫，古运河无边风月
锣铙鼓钹，新拱墅有韵春秋

——应仰云撰　王冬龄书

春水一篙天上坐
薰风万里日边来

——李利忠撰　吕国璋书

何愁云远飞南浦
自华楼高起北辰

——余元钱撰　刘江书

南熏轩

在古运河北岸，清水公寓一侧。
康乾几度宸游，史载南朝盛世
华厦长留伟迹，诗吟千里通波

——王翼奇撰　祝遂之书

御马亭

在古运河华光桥附近，蒋北耿题“御马亭”。亭中有“御码头”碑，宋涛题，方建新撰碑记，姜东舒书。

龙御舟来三级浪
鞭挥马去一亭云

——余元钱撰　羊晓君书

漫道云儿曾北望
惟留烟雨说南巡

——驾沧书

藏春亭

在东河万安桥南，江天蔚署额。
暖气丝丝，傍岸春花初吐艳
凉风习习，临流秋月倍扬辉

——程中一撰　夏一鹏书

新横河桥

在建国路中段，近解放路，建于清末，今圮。
流通北道千仓粟
得来南湖万顷波

——佚　名

银瓶井

原在庆春街与孝女路口，为清同治六年(1867)由杭州司狱吴廷康“考证”所建。传说岳飞被害后，他的“幼女”为尽忠孝之道，抱银瓶投井自殉。今移圣塘景区。

殉孝闲重渊，与上虞曹娥相拟
阙疑求故籍，赖梧溪乐府以传

——佚　名

龙泉亭

一生献丹诚，南山松柏都苍翠
九天无遗憾，故园桃李已芳华

——邓家旗题

半山桥

从泛仙槎向何处
偶传红叶到人间

——佚　名

杜桥小轩

此地是杜子桥边，运司河下
有时见风来水面，月上柳梢

——佚　名

其　他

清泰茶室

旧在杭州城站旁。

正瓯越销兵、沪杭同轨之时，借胜境涤尘器，在明圣湖六桥以外
问陆公茶灶、屈子兰汤何处，有层楼矗云表，距清泰门百武而遥

——刘葆良题

城站旅馆

汽笛一声，落梅体谱错中错
层楼更上，携茗来看山外山

——汤寿潜题

鑫泰恒钱庄

朱提公子千金诺
白水真人四海游

——盛宣怀题

奎元馆

在解放路，为杭州百年老店，众多政要、名人均曾来品尝面食。程十发题“江南面王”。

三碗两碗，碗碗如意
万条千条，条条顺心

——朱德源题

知味观

闻香下马

知味停车

——佚　名

张同泰

这是杭城百年老药店，曾熙题铜牌“张同泰道地药材”悬于大门两旁。位于同春坊孩儿巷口。中堂有联。

修合无人见

存心有天知

——范水泉书

悉遵古法，务尽其良

货真价实，存心利济

——张同泰古训　吕国璋书

仙乐处酒家

翘首仰仙踪，白也仙、林也仙、苏也仙，我今买醉湖山里，非仙也仙

及时行乐地，春亦乐、夏亦乐、秋亦乐，冬来寻诗风雪中，不乐也乐

——佚名（白指白居易，林指林逋，苏指苏东城。）

张小泉剪刀店

创于明崇祯间，距今已有470年左右历史。

得心应手，裁得称心如意

开合和顺，剪却世间烦忧

——永兴题

杭州地名对

十八涧

六一泉

蝙蝠洞

螺蛳门

张御史巷

五状元园

二圣庵，三圣庙
十字路，八字桥

多子街，多福巷
旌德观，旌功坊

——以上梁章钜撰

杭州寺名楼名成对

中和和丰丰乐桥，银杓银瓮
妙法法因因果寺，金轮金刚

——佚　名

会　馆

杭州奉直八旗会馆
如此好湖山，愿与诸君说礼乐，敦诗书，共乐清时钟鼓
依然敬桑梓，及兹暇日修孝弟，讲忠信，毋忘开国规模

——文廷式题

杭州安徽会馆

川岳几经过，回思南北邮程，此地更添游子迹
湖山虽大好，话到枌榆旧社，何人不动故乡情

——鲍源深撰

美擅湖山，留此地萍踪，好共一觞一咏
欢联桑梓，问故乡梅信，无忘江北江南

——薛时雨题

宦游两浙东西，好水好山，到此浑忘身是客
美尽大江南北，谁宾谁主，数来皆属意中人

——龚照瑗题

附：浙江杭州在各地之会馆楹联

天津浙江会馆

从之字江边，到丁字沽边，三千里远来，同归此宅

拓越中旧馆，为浙中新馆，十一郡成集，各话其乡

——俞樾题

开封浙江会馆

扈跸此停踪，且留泯雪因缘，共说宴游追洛社
弹冠先励志，好壮湖山名胜，各舒经济答清时

——王文韶题

成都浙江会馆

南渡家居，揽贺监湖光，曾是钓游先世地
西川宾馆，饫浙庖风味，依然去盍故乡人

——赵藩题

济南浙闽会馆

同是南人，四座高风倾北海
来游东国，两乡旧雨话西湖

——龚易图题

兰州浙江会馆

胜地旧储才，竞说人文萃吴越
他乡权聚首，好将宾馆作枌榆

——易棠题

四千里支派遥承，有时话到山阴，敢忘故土
数十载萍踪无定，何幸宦游塞上，尽听乡音

——方汝翼题

悠悠思故乡，洞天石扉，独上高楼望吴越
依依慰远客，层城瑶馆，更教长笛奏伊凉

——夏启瑜题

故里忆东瓯，来从龙湫雁荡之间，桑梓瞻依，长征未已
假途经西陇，远出金城玉门以外，枌榆雅集，小住为佳

——林竞题

历守令司道，权领兼圻，自惭南郭庸才，滥竽五莅金城任
合蒙哈番回，巡行按堵，寄语西湖旧侣，持节重经玉塞来

——陶模题

安庆全浙会馆

帘前春色应须惜
槛外长江空自流

——王思沂题

浙水记分流,溯此间嘘吸江河,地脉曾详前汉志
皖台同挹爽,看吾辈摩挲风月,他乡仍忆故山秋

——沈秉成题

三江(广西梧州)两浙会馆

我本黄叶村人,更合吴越一家,好聚会冠裳,共敦乡谊
谁是苍梧地主,每忆湖山千里,且从容樽酒,各话行踪

——袁思韠永题

长沙浙江缋堂

薜荔惊秋,长沙旧是招魂地
梓桑展敬,浙水当谋归骨期

灵爽此凭依,看湘水有情,且休怀三竺云山,六桥烟雨
旧庐重补葺,率乡人荐洁,须共念故园桑梓,异地松楸

——以上谭鑫振题

第十五编

余　杭

径　山

径山是天目山东南余脉，在余杭西部，距杭州市中心42公里，面积9.8平方公里。径山奇峰林立，山路蜿蜒，茂林修竹，风光幽秀，历代名人多有题咏。

散为云雾翳星斗
聚作潭井藏蜿蜒

——苏辙题

杭州地脉，发自天目
群山飞翥，驻于钱塘

——杨孟瑛题

西上通双径
南来控独松

——查慎行题

径山寺

在径山上，建寺于唐大历四年(769)。定名。径山禅寺”。宋时曾名“承天禅寺”，南宋孝宗手书寺额“径山兴圣万寿禅寺”，清康熙手书“香云禅寺”。现“江南第一山”、“径山古寺”由骆恒光题写。“径山万寿禅寺”和“大雄宝殿”由赵朴初题写，钟楼、鼓楼分别由商向前、俞德明题写。

万寿腾龙，古刹传灯明正果
五峰并秀，名山驻锡仰高风

——俞昶熙撰　姜东舒书

苦海驾慈航，听暮鼓晨钟，西土东瀛同登彼岸
智灯悬宝座，悟心经慧典，禅机茶道共味真谛

——戴盟题

海内五峰秀
天涯双径游

——范成大题

飞楼涌殿压山破
朝钟暮鼓惊龙眠

——佚名集苏东坡句

五山围绕，梵宫辉煌
六和传灯，高僧辈出

——袁一凡题

五观若明金易化
三心未了水难消

——姜东舒题

（以上两联题藏经楼，径山寺藏经有着悠久历史。旧寺里有经版房。此楼与天王殿皆食不果俞德明署额，释木鱼题写“法堂”匾额。）

百万梠松双径杳
三千楼阁五峰寒

——佚名题　三游堂

（在径山禅寺妙喜庵内，寺旁还有放生池、天显塔和苏东坡洗砚池。）

孤雪卧此中
万山拜其下

——圆信题　径山茅舍

（明末有僧圆信，主径山寺时结庐山中，独居一庵，因撰此联。）

黄鹤山（东天竺）

在余杭星桥乡，与超山云海洞南北遥对。相传有仙子乘鹤过此，故名。山麓有佛日院，后晋天福七年（936—944）吴越王钱弘佐建。后改名佛日净慧寺，逐渐成为建筑群。苏轼、秦观、黄庭坚曾多次来游。

钟闻四十里
门对二三峰

——苏轼句

五里乔松径
千年古道场

——秦观句

水声黄鹤寺
云气白龙潭

——贝琼题

超　山

杭州超山列为江南三大赏梅胜地之首(另两处是苏州邓尉、无锡梅园)。超山赏梅源自北宋,已逾千年历史,有唐梅、宋梅,中国五大古梅中,超山就占了两席。

宋梅亭

1923年春,书画家周梦坡发起与文友相约,构筑了这个石亭。"宋梅亭"三字由余任天题写。

鸣鹤忽来耕,正香雪留春,玉妃舞夜
潜龙何处去,有萝猿挂月,石虎啸秋

——吴昌硕题(石鼓文)

带水接西泠,其地恍分三竺胜
流风忆南渡,当年犹剩一枝春

——王体仁题

几度阅兴亡,花开如旧
三生澄因果,子熟有时

——钮衍题

腊雪不沾墙下水
冻梅先祖岭头枝

——姚景瀛集李商隐、罗邺句　赵苏书

胜景压皋亭,有人如白石化虹,吹沏几番横笛
溪根遗宋室,此地与孤山放鹤,同留千古幽香

——吴东迈题

与林和靖同时,高风在望
问宋漫堂到处,香雪如何

——湛翁(马一浮)书

与孤屿萼绿花,同联眷属

剩越山冬青树，共阅兴亡

——梦坡居士题

吴昌硕纪念馆

继龙泓悲庵而作，印社长西泠，是先生宏开浙派

与唐英宋尃为邻，梅园瞻北斗，俾后学永挹清芬

——王翼奇撰

吴昌硕墓

吴昌硕于1927年在上海逝世，遂其遗愿，葬于超山。两位夫人章氏、蒋氏之灵柩也一同葬于墓中。当时墓表由慈溪冯开撰文，三原于右任书丹，余杭章炳麟篆额，门人周梅谷刻石。墓碑“吴昌硕先生之墓”由戴传贤题，墓前石坊上“安吉吴氏墓道”及其阴“旧时月色”由谭延闿题。埋在墓穴底层之“安吉吴先生墓铭”由陈三立撰文，米孝臧书丹，郑孝胥书盖，周梅谷刻石。如今墓碑“吴昌硕先生墓”，由诸乐三题。

金石乐

书画缘

——吴昌硕自题

其人为金石名家，沉酣到三代鼎彝，两京碑碣

此地傍玉潜故宅，环抱有几重山色，十里梅花

——沈卫题

龙光桥

在余杭塘栖镇，与广济桥一样，都横跨京杭大运河。明万历间重修，原名落瓜桥，清乾隆南巡时改今名。联镌于石柱上。

此处一名落瓜堰

前程十里古棠溪

——佚　名

陆羽泉

在余杭双溪乡凉亭头，俗称陆家井。相传陆羽曾在此烹茗撰《茶经》。

一卷经文，苕霅溪边证慧业

千秋祀典，旗枪风里拜神灵

——佚　名

章太炎故居

在离杭州市18公里的余杭区仓前镇老街中段,赵朴初署额。第二进有“扶雅堂”、“一代宗儒”匾额。堂中塑有章太炎半身铜像。

书雄九域
论振神州

——佚　名

春秋一变公谷出
乾坤所挺周孔奠

——佚名(此联用甲骨文书写)

肩头伊尹谁能任
脚底鸥夷未了心

——章炳麟自题

文昌阁

文笔卓天山共秀
楼台得坠水洄澜

——佚　名

日将星,日相星,日司中司命司禄星,戴斗匡而遍照寰区
以孝教,以忠教,以积学积德积功教,格苍穹在广行阴骘

——佚　名

余杭某氏堂

无狂放气,无道学气,无名人风流气,方称儒者
有朗读声,有纺织声,有小儿啼笑声,才算人家

杨乃武与小白菜冤案资料陈列馆

在余杭古镇京航乐园即小西湖里。馆额朱关田题。

杨乃武墓

墓在离冤案资料陈列馆约三华里外的白虎山麓安山村。墓碑上刻。显考同治癸酉孝廉书勋府君之位"。此联系杨在狱中狂书。

斯文扫地
乃武归天

——杨乃武自挽

小白菜墓

小白菜的灵塔在杭州余杭镇东安乐山上，碑上镌"传临济正宗第四十三世准提堂上圆寂先师慧之墓"。

奇冤几许终昭雪
积恨全消免复盆

——董季麟诗联　郎薇荪书

梁实秋故居

何为春日柳
犹忆腊月松

——梁实秋自题

无情不似多情苦
百岁常怀千岁忧

——梁实秋集句

沈近思故居

沈近思，1671 年生于杭州五杭，九岁即孤，后中进士，建紫阳书院课士，建双忠(岳飞、于谦)祠以昭忠义。著有《学易》、《励志杂录》、《天鉴堂诗文集》等。

操比寒潭洁

心同秋月明

——雍正赐联

洞霄宫

在余杭镇西南角的大涤山,为道教36洞天中之第34洞天。

庭下流泉翠蛟舞

洞电飞鼠白鸦翻

——苏轼题

剑石苔花碧

丹池水气红

——林逋题

第十六编

萧山

钱江观潮城

在萧山区南阳镇江边赭山乌龟山。在此可观赏钱江狂潮、一线潮、船头潮、回头潮和潮中潮等壮景。

风急水如立
帆飞山欲摇

——尤侗题

云气遥连山气合
江潮去尽海潮来

——陈志言题

入港绿潮深蘸岸
披云白塔远招人

——佚名集陆游句

潮来江水黑
日出海门红

——朱继芳题

云分雨脚回沙涂
帆趁潮头出海门

——马臻题

势连沧海阔
色比白云深

——姚合题

齐声怒过轰雷鼓
乱沫喷来碎玉山

——徐积题

倒排山岳穷千变
阖辟云雷竦百灵

——柳贯题

滩头潮来倒雪屋
海面月出行金盘

——王冕题

山影乍浮沉
潮波忽来往

——薛据题

航苇何曾见神异
射潮未免话荒唐

——乾隆题

海门潮落江声急
吴苑秋深树脚明

——王阳明题

东方文化园

在萧山区，集佛、道、儒三教于一园。前面大牌坊高33米，两旁有侧楼。

胜地开南国风光，如画如诗，好水好山供啸咏
名园萃东方文化，可观可兴，先贤先哲赖传承

——薛驹

融佛藏、道家、儒学精华，引万国嘉宾游浙地
透云坊、锦宇、绮园佳气，邀三江碧水绕杨

——周友生撰　信空书

来东浙涛声，俯仰古今，我欲因之梦寥廓
接西湖景色，流连廊榭，君当就此赋休闲

——张学理撰钱法成书

天下显杨歧，光腾处，华构连云，放眼全收儒释道
凡间誉阆苑，屐印时，烟塘隐柳，会心频狎鸟虫鱼

——王漱居题

长风自养浩然气
明月相生高洁心

——余　苳

淑秀闲游春苑
登高快沐江风

——徐宏道

杨岐禅寺

在萧山区义桥镇，面对钱塘江、富春江、浦阳江之三江口，背依杨岐山。创建于南宋嘉定二年(1226)，几经沧桑，近年重修三进大殿，并配置海灯舍利宝塔，中国梵钟文化长廊以万佛金塔地宫，中国宗教协会认定为“中国佛教文化展示中心”。有匾额“杨岐禅寺”(刘江题)、“杨歧胜境”(诸涵题)、“无量佛海”(驾沧题)、“咫尺西天”(蒋北耿题)、“同登彼岸”(李文采题)、“威镇三洲”(郑竺三题)、“钟鼓楼”(王冬龄题)。

秉烛静读经，物外禅门传般若
焚香听讲法，尘中居士得禅心

——徐润芝题

盛世重人文，三园三教三江口
名城开圣域，东国东方东海滨

——王翼奇撰

驻锡杨岐，寻根西土
立宗宋代，播法东赢

——吴仲谋撰　秦天孙书题天王殿

佛从南海飞来，莫测风云，象鸣狮吼，卅二应身寻声救苦
法自东土远播，圆通宇宙，月窟天根，发恢宏愿教礼度人

——冷晓撰　骆恒光书

慧炬高擎，照破人天长夜
慈航普渡，导离生死迷津

——俞建华题园通宝殿(王志运署额。)

寿无量，法无边，无是无非无烦恼
度有缘，求有难，有因有果有菩提

——诸涵题

花即是禅，鸟即是禅，山耶云耶亦是禅，钟声磬声中，随你自为禅意去
男可成佛，女可成佛，老者少者都成佛，松影杉影里，何人不抱佛心来

——蒋北耿题

祖师乃方会，开杨岐一派，上继临济，下合净土，佛国东南源长流
文脉在钱塘，扬钟声千秋，东渡扶桑，北传新罗，人间百代会弥陀

——吕国璋题

杨枝水洒，喜万物逢春，福田广种
岐路心迷，愿众生礼佛，觉岸同登

——卢前题

常乐柔和忍辱法则，持净戒，顺正教
安住慈悲喜舍中普，于众生，放大光

——叶一苇题

慧眼禅心，广积善缘，沾宝相庄严，十分垂福佑
云光碧影，远从菩提，歌圆觉亨通，百世传妙谛

——楼浩之题

南海而来，东瀛而往，中经赤县宁而已
弥陀可念，菩萨可尊，最是丹心不可违

——丁祥题(以上题大雄宝殿，赵朴初署额。)

名胜古迹

李成虎烈士墓

在衙前镇凤凰山麓。李成虎是农民协会领导人之一。墓碑为“李成虎君墓，民国十一年一月二十四日受害于萧山狱中，其孚张保乞尸归葬”，沈定一书。上海工局友谊会全体同仁敬立“精神不死”碑。

中国革命史上的农人，这位要推头一个

四山乱葬堆里之坟墓，此外更无第二支

吃苦在我

成功在人

——以上沈定一题

江　寺

江寺在北干山南一华里处。南朝齐建元二年(480)始建。旧时，寺额、大悲阁记文、山水壁画称为江寺“三绝”。寺前有梦笔桥，为南朝齐时建。

彩笔已随春蝶化

遗文空对野花开

山川秀色应谁主

宇宙闲身我亦来

——以上江应轸题

汤寿潜纪念碑

在进化镇大汤坞。碑高将近九米，底拓半身像，丰子恺绘。碑额与碑文均由马一浮题写。

南海补陀，公是诸天佛子

东方曼倩，人称陆地神仙

——朱葆三题

政绩如赵阅道，文章似叶水心，一代高名齐泰斗
恬退学韩蕲王，孤洁追林处士，千秋遗爱在湖山

——冯国璋题

碧血轩亭，赖有公言俾千古
黄衫庐墓，感同心变慰孤儿

——吴芝瑛题

毛奇龄故里

毛奇龄，号西河，萧山人。康熙十八年(1678)以廪监生荐举博学鸿词科，任会试同考官。

千秋经述留天地
万里蛮荒见姓名

一瓦一椽，一粥一饭，檀那脂膏，行人血汗，
尔戒不持，尔事不办，可惧可忧，可嗟可叹
一时一日，一月一年，流光易度，形影匪坚，
凡心未尽，圣果未圆，可惊可怕，可悲可怜

——以上毛奇龄自题于琉球使者访见时

葛云飞墓

葛云飞是鸦片战争期间抗击英军进犯定海战役中牺牲的民族英雄。其故里萧山进化乡山头埠村，有“清葛壮节公故里表”，阴刻“民族英雄”四大字。墓在萧山区所前乡三泉王村黄湾寺北侧。

泉台光宠泽
抔土奠忠灵

——镌在墓室前石柱上

任事惟忠，决机惟勇
持躬以正，接人以诚

——葛云飞自题

忠孝两难全，看碧血淋漓，犹留半额头颅见阿母
英雄真不死，抱丹心冥没，总是十分肝胆报君王

——潘世恩题

武穆两言，不爱不怕
文成一诀，即知即行

——宋稷辰题

蔡东藩墓

在所前镇池头沈村北割子山。蔡是近代著名历史演义小说家，所著《中国历史通俗演义》计十一部，数百万言。

无父母，无兄弟，无姊妹。卿似我，我亦似卿。
十七年苦况齐尝，总怜同病相依，合当偕老
多患难，多险阴，多疾厄。死复生，生而复死。
四百里征夫闻讣，自悔临岐忍别，有负深情

——蔡东藩挽妻王氏

妻一死，史死一妻，纵难向铁面阎罗，细问两度姻缘，胡皆中断
我负卿，卿亦负我，即不念薄情夫婿，回看三龄弱女，何忍长归

——蔡东藩挽继室黄氏

洄澜桥

半市七桥，足征东土人烟聚
一河六巷，汇使南流地利兴

——王氏撰书

县衙门石牌坊

旧在萧山县署大门外。

眼前百姓即儿孙，留得儿孙地步
堂上一官称父母，还他父母心肠

——佚　名

名孝廉

萧山县过去有位孝廉名沈云轩，工诗善画，去世后门人公挽此联。

作帝师师，公之桃李遍天下
为民父父，膏以黍苗及后人

寻桂听鹂馆

此馆在萧山南江公园。唐伯虎曾为萧山集义乡听月楼作《听月诗》有“江淹梦笔生花”句，萧山梦笔桥仍在。

何以遣闲情？春听黄鹂，秋寻丹桂

不妨谈逸事，诗成吟月，笔梦生花

——王翼奇撰

跋

平素喜爱游山玩水，看到天地间的绿色、蓝色、碧色，听到大自然的水声、风声、鸟声，顿感心旷神怡。旅游时，我们也常常抄录一些佳联妙对。这对旅行者来说，是最方便的事情，不必查阅资料，也不必找人采访，就能从对联中了解景观的历史背景与景色特点。有时，我们也凭读到的楹联去找已经湮没的景点，发思古之幽情，获意外之启示。祖国的山山水水、名胜古迹连同它的楹联都走到笔记本中来了。

近年寓居西子湖畔，与杭州西湖结下了不解之缘，对西湖楹联状况有了更深的理解。西湖楹联与西湖景点一样，是极其丰富多彩的。就全国来说，西湖是楹联蕴藏量最多最好的景区之一。全国历来刊行的楹联集都少不了西湖楹联，而且篇幅都是最大或较大的。根据现有资料就西湖本身来说，最早汇编的《西湖楹联》刊于 1889 年(清光绪十五年)，以后也陆续刊出一些楹联或联话等集子。历经盛衰兴废，"一朝天子一朝臣"，有些楹联也随之而更替，尤其是十年"文革"，楹联更遭严重摧残。直至 1985 年才有陆鉴三氏校补的《西湖楹联选》由浙江人民出版社出版；1986 年王荣初氏编著的《西湖楹联》由浙江文艺出版社出版。后者只有 141 则，是以分析欣赏西湖楹联为主。前者是以 1928 年(民国 17 年)杭州六艺书局出版的《西湖古今楹帖新集》为底。本加以校订增删而成，共有 897 副，下限为民国初年。对照民国 8 年二酉山房印行的《正续西湖楹联》等版本发现有许多楹联没有收，如左宗棠祠、阮元祠等楹联，甚至连俞樾的长联也遗漏了。这可能是基于某种原因。但陆氏与王氏两版本，对西湖楹联的传承与欣赏起了一定作用，如今只能在图书馆找到，书坊中已绝迹了。时代要求杭州西湖有一本较为广泛收集的楹联书籍刊行。

为了深入调查西湖楹联的现状，笔者曾步行(除了长距离乘车船外)到现有杭州市范围内各个景点，包括星布各处的亭台楼阁、桥梁、纪念地，逐副笔录了所有看得到的楹联，遇到河道宽阔的桥梁柱联、前面盖了高大建筑物的洞府门联(如香山洞)、快要漫漶湮没的摩崖石刻联句，都是经过一而再、再而三地探索，甚至用望远镜或手电筒探个究竟。另一方面，从杭州西湖文献中查出的楹联，属于风景名胜一类的，也逐副找到它的所在地或遗址，将周围的景观记录下来，让楹联与景点对上号，供园林学家恢复景点时参考。

经过三年来的查阅文献、调查研究，发现了历代楹联大家与书法家梁同书、郑板桥、林则徐、左宗棠、俞曲园、康有为、赵之谦、于右任、阮文达等一些新的作品，也发现了不少不知名人士的好联（如修建保俶塔时发现之楹联、镌刻于绉云峰阴之对联、几座桥梁之柱联以及各景区新征来的楹联等）并编入此书。本着"古今兼收、雅俗共赏"原则，对现有新旧各景区的楹联，大体上皆予以收录。新撰的楹联，有出类拔萃之佳作，有新意，有时代精神，但也有在艺术上不很圆满的作品。然这些楹联既已经分别刻在竹木上，铸在金属上，煅在砖版上，镌在石柱上，也就一并收录下来，让大家共同欣赏、评论。

以往的楹联集大多是以名胜古迹、寺庙道观、书院庄园、宗祠墓地、亭台楼阁等诸部类编排的。为了便于以楹联作旅游向导，使读者理解楹联背景与自然环境，激发旅游兴趣，我们打破旧的框框，大体上以景区景点编排，必要时将横额收录，并在联前或附注中对景点与楹联略作简介，以便欣赏。书写楹联，一般不用标点符号。鉴于书中有一定数量的长联，所以加以断句，便于阅读。楹联艺术与书法艺术可谓珠联璧合，题写西湖楹联者有许许多多乃书法犬家，因而尽可能将楹联的撰者与书者分别标明。一时探索不出的，只好阙如，请联界前辈补正。凡"新瓶装老酒"者，一般皆注明谁撰题谁补书。

原先这本联稿分上下两大编，上编为名胜名联，下编为名人名联。名胜名联果然是名人撰书的，但还有不少名人未为名胜题联，却在政治、军事、经济、思想文化诸方面题写格言、赠言、勉劝、寿诞、悼挽、婚嫁、讽喻等楹联。从古至今，杭州人或寄寓杭州的外地人有许多是楹联名家，而且还有很多楹联集行世。像梁同书《梁山舟楹帖》，俞曲园《西湖楹联录》、赵祖望《宋词集联》、邵锐《衲词楹帖》、罗振玉《集殷虚文字楹帖》、徐珂《易林分类集联》、徐望《澹庐楹语》、马慧裕《集禊帖》《文章游戏・杭州俗语对・杂类集对》、李叔同《华严集联三百》以及今人王翼奇《集句对联字帖》等，在杭州历代名人诗文集、年谱、日记以及地方史志中都有不少楹联。鉴于篇幅过大，便先将"名胜名联"单独成册付梓，待以后有机会时再将"名人名联"增补校订，争取出版。

这册楹联集还不完善，名为《西湖楹联大观》，离"大观"还远得很。还有许多庄园别墅名胜古迹的楹联，还须作进一步地发掘、抢救。在宗教文化方面，虽也收录了不少楹联，但对于西湖昔日的楹联数量来说，恐还有很多遗漏，随着一些名人纪念地与宗教活动地的恢复，有必要做"拾遗补缺"工作。以"大观"的要求，去年秋季这册联集初稿送出版社后，还增补了三次，因为杭州恢复旧景观与建设新景点的工作在不断进行，一直赶不上形势。

请名家写序言对一本书的出版来说，好似昔日造塔在塔刹上安置“定风珠”一样，可以压压惊。回头一想，反正要请教于楹联家、书法家、园林学家、考古学家和广大读者，让各界人士充分提出批评意见，所以只将编纂经过，写了这个文字过长的跋。

郑立于郑霜枝

2000年春初稿于东瓯横阳言志楼

2002年夏定稿于西子湖畔言志楼三舍

增订再版跋

杭州出版社于2003年出版了笔者与次女郑霜枝共同编著的《西湖楹联大观》。在短短几个月内第一版刊出的书全部由新华书店发行完毕，连出版社的少量库存也销售一空。“爱屋及乌”，世人爱杭州西湖，因而也爱及与之有关的西湖楹联了。

近年，不断地有读者来信来电向书店、出版社求购此书，也有一些港、澳、台友人向笔者索取此书。究其缘由，还是说明世人对西湖的酷爱，对楹联这一民族传统文化的酷爱，也与媒体之评价有关。《楹联文化》转载了《〈西湖楹联大观〉跋》，萧耘春兄撰了《闲话〈西湖楹联大观〉》的评论文章，于是海内外一些报刊，或分别选载了上述二文，或发了书评，因而连较少接触这类书的朋友也想看看这本书。

杭州在创新、在前进，西湖在怀旧、在修复。近几年，西湖修复了许许多多自然景观和人文景观，重现了许许多多历代名人名联，也涌现许许多多当代联家、书法家、金石家共同制作的楹联。以石牌坊为例，修复、重建、新建之石牌坊，约有数十处。凡有新景点、新楹联出现，笔者皆亲到现场予以记录，并采集了与景点与楹联有关的历史资料和如今状况，为增订出版《西湖楹联大观》作准备。杭州出版社于2004年早就有增订再版此书的打算，由于忙于出版《西湖全书》，直到今日才与读者见面。收录在此书的楹联有近三千副，其中五百多副是新增的。

晚年与老伴及子孙们定居西子湖畔，感到无限幸福；能为杭州西湖做一点事，感到万分欣慰。现就增订再版的《西湖楹联大观》有关事宜再说一说，以求教于方家与读者：

历经沧桑，有些西湖景观略有变动，不少楹联的位置也有所更动。凡是在西湖或杭州境内变动的，注明出处或人次，选其有关的楹联编入。凡是从外地移来的与西湖无因缘关系的景观与楹联一概不收。编入此书的联语，尽可能找到它原来的处所或联集出处，让楹联供人欣赏时更切地切人切时切事。

近年，西湖修复了许多名人故居，编入此书的主要是故居主人的联句，也适当编人一些有代表性的后人题写故居的联句。限于篇幅，对联句一般不加注释与述评。

在昔日的西湖楹联集中，收录过许多匾额题识，尤其是御制的匾额。如今收进此书的只是少数与楹联密切相关的匾额，其余只好割爱。

凡是重复的楹联，如徐渭撰“八百里湖山，知是何年图画；十万家烟火，尽归此处楼台”一联，当今西湖有三处用它，那只能收录一处，另注明它的最早悬挂处。

如今在西湖各景区看到的楹联，落款颇值得斟酌。有的只署自己的姓名，说明此联是你书写的，但是否是你撰的或抄录别人的联句就不清楚了。有人书写旧联，未署原撰者与书者的姓名。当然，古人不会向今人争知识产权。但写明了可以还其历史旧貌，也是对古人的尊重。有的新制啦旧联，未署“补书”或“重书”，这就有可能让读者误认为古人为今人，或是今人为古人了。西湖有不少新修复的牌坊楹联，写明原撰者为谁，书者为谁，如今是谁重写或补书的，这就较完备了。因此书中凡是有类似情况者，尽可能找到有文献根据的原撰书者的姓名，然后再写明是谁重书或补书者。至于撰写者的别号、年龄、何时题于何处，没有特殊情况，就一概省略了。有的撰书者在佛寺的楹联中署什么“八十八叟”“九十老人”或“时年九十有几”等，这在亭台楼阁楹联或赠送他人联句还可以，但在佛寺中就大可不必了。省文史馆员、活到一百岁的运用鸡毫书法家张鹏翼与苏渊雷教授都认为，佛是无量寿，在佛殿里署自己有多大岁数，会遭人耻笑的。

西湖有凡处旧联改动了。田汉题盖叫天墓联“英名盖世三岔口，杰作惊人十字坡”，钱君匋将联句中的“盖世”改为“盖代”，题于盖叫天的故居“剑南寄庐”。苏小小墓、亭有皮琳集句的“湖山此地曾埋玉，花月其人可铸金”，茅盾曾有易“花”为“风”之说，成为“风月其人可铸金”。此次重建墓亭，还其旧貌，仍用“花月其人可铸金”。但已出的联集和报刊引用过改动了的联句，为了不让后人化功夫去考订，也在联后注明。韬光庵旧有吴忠礼撰的一联“松声竹声钟磬声，声声自在；山色水色烟霞色，色色皆空”，启功改为“松声竹声钟磬声，有声俱妙；山色水色烟霞色，是色非空”。两者皆予记录，让读者予以评论。改联古有先例，不是新的创举。据有关文献记述，清乾隆中期孙髯翁所撰陆树堂草书的昆明大观楼长联，阮芸台（即阮元）总制滇黔时，把此联修改了多处，并另制联板悬于大观楼，滇人啧有烦言。阮元离任后大观楼重建，马如龙即将原陆树堂草书的孙髯翁长联以拓片重刻挂上去，并把阮元那副改动的联重新放下来。阮元是一代文坛宗师，曾先后任浙江学政、巡抚，所以笔者顺便提一下古人改联之缘由，以便共同探讨改联之正误与得失。

第六卷　西湖楹联

在增订再版此书过程中，得到魏桥、徐吉军等先生的指导，也得到刘良文、叶小龙诸君的协助，在此深表谢意！

郑立于　郑霜枝

2006年岁次丙戌

夏月于西子湖畔言志楼三舍